o PAÍS
dos OUTROS

O PAÍS dos OUTROS

Leïla Slimani

Tradução de Dorothée de Bruchard

intrínseca

Copyright © Éditions Gallimard, 2020

TÍTULO ORIGINAL
Le pays des autres

COPIDESQUE
Luisa Tieppo
Vera Siqueira

REVISÃO
Eduardo Carneiro
Juliana Borel

ADAPTAÇÃO DE PROJETO GRÁFICO E DIAGRAMAÇÃO
Ilustrarte Design

DESIGN DE CAPA
Lázaro Mendes

IMAGEM DE CAPA
Giorgio Cravero | *Arancia*, projeto Colors, 2015

CIP-BRASIL. CATALOGAÇÃO NA PUBLICAÇÃO
SINDICATO NACIONAL DOS EDITORES DE LIVROS, RJ

S642p

    Slimani, Leïla, 1981-
      O país dos outros / Leïla Slimani ; tradução Dorothée de Bruchard. - 1. ed. - Rio de Janeiro : Intrínseca, 2024.
      21 cm.

      Tradução de: Le pays des autres
      ISBN 978-85-510-1035-8

      1. Romance francês. I. Bruchard, Dorothée de. II. Título.

24-88046   CDD: 843
                         CDU: 82-31(44)

Gabriela Faray Ferreira Lopes - Bibliotecária - CRB-7/6643

[2024]
Todos os direitos desta edição reservados à
Editora Intrínseca Ltda.
Av. das Américas, 500, bloco 12, sala 303
22640-904 – Barra da Tijuca
Rio de Janeiro - RJ
Tel./Fax: (21) 3206-7400
www.intrinseca.com.br

/ LIVRO I

Guerra, guerra, guerra

*À memória de Anne e Atika,
cuja liberdade não cessa de me inspirar.*

À minha adorada mãe.

A maldição desta palavra: mestiçagem, registremo-la na página em letras garrafais.

ÉDOUARD GLISSANT
L'Intention poétique

I

Na primeira vez que visitou a fazenda, Mathilde pensou: *É muito longe.* Tamanho isolamento a preocupava. Não tinham carro nessa época, 1947, e percorreram os vinte e cinco quilômetros que os separavam de Meknés numa velha carroça conduzida por um cigano. Amine não se importava com o desconforto do banco de tábua nem com a poeira que fazia a esposa tossir. Só tinha olhos para a paisagem e se mostrava impaciente por chegar às terras que o pai lhe confiara.

Em 1935, após anos de labuta como tradutor no exército colonial, Kadour Belhaj comprara aqueles hectares de terra pedregosa. Contara ao filho sobre a esperança que tinha de transformá-los numa próspera propriedade agrícola capaz de alimentar gerações de Belhaj. Amine se lembrava do olhar do pai, da voz que não hesitava enquanto expunha os planos para a fazenda. Acres de vinhas, explicara ele, e hectares inteiros reservados aos cereais. Na parte mais ensolarada da colina, teriam de construir uma casa, cercada de árvores frutíferas e fileiras de amendoeiras. Kadour tinha orgulho de ser dono daquela terra. "Essa terra é nossa!", pronunciava essas palavras não ao modo dos nacionalistas ou dos colonos, em nome de princípios morais ou de um ideal, mas como um proprietário feliz com o que é seu por direito. O velho Belhaj queria ser enterrado ali, e que ali fossem enterrados também os filhos dele; que aquela terra o alimentasse e abrigasse sua última morada. No entanto, morreu em 1939, no momento em que o filho, alistado no Regimento dos Spahis, envergava orgulhosamente o albornoz e o saruel. Antes de partir para o *front*, Amine, primogênito e agora chefe de família, alugara a propriedade para um francês originário da Argélia.

Quando Mathilde perguntou do que tinha morrido esse sogro que não conhecera, Amine levou a mão à barriga e meneou a cabeça em silêncio. Passado um tempo, Mathilde descobriu o que acontecera. Desde que retornara de Verdun, Kadour Belhaj padecia de dores abdominais crônicas que nenhum curandeiro marroquino ou europeu conseguira aliviar. Ele, que se gabava de ser um homem racional, orgulhoso da educação e do talento que tinha para línguas estrangeiras, arrastara-se, cheio de vergonha e desespero, até o porão de uma *chuafa*. A bruxa tentara, em vão, convencê-lo de que estava enfeitiçado, de que alguém queria o mal dele e de que aquela dor era obra de um temível inimigo. Dera-lhe um papel dobrado em quatro contendo um pó amarelo-açafrão. Naquela mesma noite, ele tomara o remédio diluído em água e falecera poucas horas depois, em meio a um sofrimento atroz. A família não gostava de falar do assunto. Tinham vergonha da ingenuidade do pai e das circunstâncias da morte dele, pois o venerável oficial esvaziara as entranhas no pátio interno da casa, a djelaba branca encharcada de merda.

Nesse dia de abril de 1947, Amine sorriu para Mathilde e apressou o carroceiro, que esfregava os pés descalços e sujos um no outro. O camponês chicoteou a mula com mais força e Mathilde sobressaltou-se. A violência do cigano a revoltava. Ele estalava a língua, "ra", e açoitava o lombo esquelético do animal. Era primavera, e Mathilde estava grávida de dois meses. Os campos estavam cobertos de calêndulas, malvas e borragens. Um vento fresco balançava os caules dos girassóis. Dos dois lados da estrada ficavam as propriedades de colonos franceses, ali estabelecidos havia vinte, trinta anos e cujas plantações se estendiam no horizonte em suave declive. Vinham, em sua maioria, da Argélia, e a eles as autoridades haviam concedido as melhores e mais extensas terras. Amine esticou um braço e pôs a outra mão, em concha, na testa, para proteger os olhos do sol do meio-dia e contemplar a vastidão que se descortinava diante dele. Apontando o dedo, mostrou à mulher a fileira de ciprestes que circundava a propriedade de Roger Mariani, o qual fizera fortuna na produção de vinho e na criação de porcos. Da estrada, não se enxergava a casa principal, nem mesmo os acres de vinhas. Entretanto, não era difícil para Mathilde imaginar a riqueza daquele fazendeiro, riqueza que a enchia de esperança quanto ao futuro dela própria. A paisagem, de uma beleza serena, recordava-lhe a gravura pendurada acima do piano na casa do seu professor de música, em Mulhouse. Lembrou-se da explicação que ele dera: "Isso fica na Toscana. Quem sabe um dia a senhorita conhecerá a Itália."

A mula parou e começou a pastar a grama que crescia à beira do caminho. Não tinha intenção nenhuma de galgar a subida que lhe avultava à frente, coberta de grandes pedras brancas. Furioso, o carroceiro se aprumou e encheu o animal de insultos e açoites. Mathilde sentiu os olhos marejarem. Tentou se conter e se aninhou junto ao marido, que achou aquela manifestação de afeto inoportuna.

— O que foi? — perguntou Amine.

— Peça a ele que pare de bater na pobre da mula.

Mathilde pousou a mão no ombro do cigano e olhou para ele tal qual criança tentando acalmar um genitor furioso. O carroceiro, no entanto, redobrou a violência. Cuspiu no chão, ergueu o braço e perguntou:

— Quer levar uma chicotada também?

Mudaram os ânimos e também a paisagem. Chegaram ao alto de uma colina de vertentes áridas. Já não havia flores nem ciprestes, só umas poucas oliveiras subsistindo em meio às pedras. Emanava daquela colina uma sensação de esterilidade. Ali já não era a Toscana, pensou Mathilde; era o faroeste. Desceram da carroça e foram andando até uma pequena habitação branca e sem charme, que tinha por telhado uma reles chapa metálica. Não se tratava de uma casa, e sim de uma sumária fileira de cômodos pequenos, escuros e úmidos. A única janela, situada bem no alto para prevenir a invasão de pragas, deixava passar uma luz parca. Nas paredes, Mathilde notou grandes círculos esverdeados causados pelas últimas chuvas. O antigo inquilino morava sozinho; a esposa tinha voltado para Nîmes depois de perder um filho, e ele nunca cogitara fazer daquela construção um lugar caloroso, passível de acolher uma família. Apesar do tempo ameno, Mathilde sentiu-se gelada. Os planos que Amine lhe contara enchiam-na de apreensão.

★

Experimentara esse mesmo desnorteio ao aterrissar em Rabat, no dia 1º de março de 1946. A despeito do céu extraordinariamente azul, da alegria de reencontrar o marido e do orgulho de ter escapado ao destino que lhe estava reservado, sentira medo. Havia passado dois dias viajando. De Estrasburgo para Paris, de Paris para Marselha, depois de Marselha para Argel, onde embarcou num velho Junkers e pensou que ia morrer. Sentada num banco desconfortável, em meio a homens de olhar cansado pelos anos de guerra, teve de se conter para não gritar. Durante o voo ela chorou, vomitou, rezou a Deus. O gosto de bile na boca se mesclava com o de sal. Estava triste, não tanto com a ideia de morrer sobrevoando a África, mas, sim, com a de chegar com um vestido amarrotado e sujo de vômito na plataforma onde a esperava o homem de sua vida. Aterrissou, afinal, sã e salva, e Amine estava lá, mais bonito que nunca, sob um céu de um azul tão profundo que parecia ter sido lavado em água corrente. O marido a beijou no rosto, atento aos olhares dos demais passageiros. Segurou o braço direito dela de um modo que era a um só tempo sensual e ameaçador. Parecia querer controlá-la.

Pegaram um táxi e Mathilde se apertou contra o corpo de Amine, que ela sentia, enfim, tenso de desejo, faminto por ela. "Nós hoje vamos dormir num hotel", anunciou ele, dirigindo-se ao motorista, e, para provar sua moralidade, acrescentou: "É minha mulher. Acabamos de nos reencontrar." Rabat era uma cidade pequena, branca e ensolarada, de uma elegância que surpreendeu Mathilde. Ela contemplou, maravilhada, as fachadas *art déco* dos edifícios do centro e grudou o nariz no vidro para observar melhor as lindas mulheres que desciam a avenida Lyautey, luvas combinando com os sapatos e o chapéu. Por toda parte havia obras, prédios em construção diante dos quais homens maltrapilhos pediam trabalho. Ali, freiras caminhavam ao lado de duas camponesas que levavam um feixe de lenha às costas. Uma menininha de cabelo curto ria, montada num burro puxado por um homem negro. Pela primeira vez na vida, Mathilde respirava o ar salgado do Atlântico. A luz esmoreceu e se fez mais rosada e aveludada. Ela estava com sono, e já ia deitando a cabeça no ombro do marido quando este anunciou que tinham chegado.

Não saíram do quarto durante dois dias. Ela, tão curiosa quanto às pessoas e ao mundo lá fora, recusou-se a abrir as venezianas. Não se cansava das mãos de Amine, da boca, do cheiro da pele dele, que, agora entendia, tinha a ver com o ar daquele país. Ele exercia sobre ela um verdadeiro feitiço, e Mathilde implorava que ficasse dentro dela o máximo de tempo possível, até para dormir, até para conversar.

    Dizia a mãe de Mathilde que o sofrimento e a vergonha eram o que reavivava a memória de nossa condição animal. Sobre aquele prazer, porém, nunca ninguém tinha lhe falado. Durante a guerra, nas noites de desolação e tristeza, Mathilde se masturbava na cama gelada do seu quarto, no andar de cima. Quando soava o alarme anunciando as bombas, assim que se ouvia o ronco de um avião, Mathilde corria, não por sua sobrevivência, mas para saciar seu desejo. Sempre que sentia medo, subia para o quarto, cuja porta não tinha trinco, mas ela pouco ligava se alguém a visse. De qualquer forma, as pessoas gostavam de ficar agrupadas nas tocas ou nos porões, queriam morrer juntas, como bichos. Deitar-se na cama e gozar era o único meio de acalmar o medo, de controlá-lo, de ter algum poder sobre a guerra. Estendida nos lençóis sujos, pensava nos homens que, em toda parte, atravessavam planícies, armados com fuzis, homens privados de mulheres, assim como ela estava privada de homem. E enquanto ia apertando o sexo, imaginava a imensidão daquele desejo insaciado, daquela fome de amor e posse que acometera a terra inteira. A ideia daquela lascívia infinita a mergulhava num estado de êxtase. Jogava a cabeça para trás e, revirando os olhos, imaginava legiões de homens vindo até ela, tomando-a, agradecendo-lhe. Medo e prazer se confundiam, e nos momentos de perigo aquele era sempre o primeiro pensamento que lhe ocorria.

    Ao fim de dois dias e duas noites, Amine, morto de sede e de fome, teve quase que arrancá-la da cama para Mathilde aceitar ir sentar-se a uma mesa no terraço do hotel. E mesmo ali, enquanto o vinho lhe aquecia o coração, ela pensava no lugar que Amine, dali a pouco, voltaria a preencher entre suas coxas. O marido, porém, assumiu um ar sério. Devorou metade de um frango com as mãos e quis falar sobre o futuro. Não voltou com ela para o quarto e se escandalizou com a sugestão de uma sesta. Ausentou-se várias vezes para telefonar. Quando ela perguntou com quem estivera falando e quando iriam embora de Rabat e do hotel, ele se mostrou bastante vago. "Vai dar tudo certo", dizia, "vou resolver tudo".

Após uma semana, num dia em que Mathilde passara a tarde sozinha, Amine entrou no quarto nervoso, contrariado. Mathilde o cobriu de carícias e se sentou no colo dele. Ele deu um gole na cerveja que ela lhe servira e disse:

— Tenho uma má notícia. Vamos ter de esperar uns meses para nos instalarmos na nossa propriedade. Falei com o inquilino, e ele se recusa a deixar a fazenda antes do fim do contrato. Tentei ver um apartamento em Meknés, mas ainda há muitos refugiados na cidade e não se acha nada para alugar a um preço razoável.

Mathilde ficou desconcertada.

— O que vamos fazer, então?

— Até lá, vamos morar na casa da minha mãe.

Mathilde levantou-se de um salto e começou a rir.

— Está falando sério?

Parecia achar a situação ridícula, hilariante. Como é que um homem como Amine, um homem capaz de possuí-la como ele o fizera naquela noite, queria que ela acreditasse que iam morar com a mãe dele?

Mas Amine não viu graça. Permaneceu sentado, para não ter que sustentar a diferença de altura entre ele e a mulher. Com voz gélida e fitando o piso de granito, afirmou:

— Aqui é assim.

Ela ainda iria ouvir essa frase muitas vezes. Naquele instante preciso, compreendeu que era uma estrangeira, uma mulher, uma esposa, uma criatura à mercê das outras. Amine agora estava no território dele, era ele quem ditava as regras e o rumo a seguir, traçava os limites do pudor, da vergonha e do decoro. Na Alsácia, durante a guerra, ele era um estrangeiro, um homem de passagem que tinha de se manter discreto. Quando o conhecera, no outono de 1944, fizera-lhe as vezes de guia e protetora. O regimento de Amine estava estacionado no vilarejo em que ela morava, a poucos quilômetros de Mulhouse, e tivera de aguardar vários dias as ordens de avançar para leste. De todas as moças que cercaram o jipe no dia em que eles chegaram, Mathilde era a mais alta. Tinha ombros largos e panturrilhas de garoto. Os olhos dela eram verdes como a água das fontes de Meknés, e ela não os tirava de Amine. Na longa semana em que ele permaneceu no vilarejo, ela passeou com ele, apresentou-lhe os próprios amigos e lhe ensinou jogos de baralho. Ele era um bom palmo mais baixo que ela e tinha a pele mais escura que se possa imaginar. Era tão bonito que ela temia que o roubassem. Medo de que fosse uma ilusão. Nunca sentira algo assim. Nem pelo professor de piano, quando tinha 14 anos. Nem pelo primo Alain, que enfiava a mão sob o vestido dela e roubava cerejas para ela à beira do Reno. Mas ali, na terra dele, sentiu-se indefesa.

★

Três dias depois, subiram num caminhão cujo motorista aceitara levá-los a Meknés. Mathilde ficou enjoada com o cheiro do caminhoneiro e o mau estado da estrada. Por duas vezes, tiveram de parar no acostamento para ela vomitar. Pálida e exausta, olhos fitos numa paisagem em que não via sentido nem beleza, Mathilde foi tomada pela melancolia. *Faça com que este país não me seja hostil*, pensou consigo. *Será que, um dia, este mundo me será familiar?* Já anoitecera quando chegaram a Meknés, e uma chuva forte e gelada fustigava o para-brisa do caminhão.

— Está muito tarde para lhe apresentar a minha mãe — explicou Amine. — Vamos dormir no hotel.

A cidade pareceu-lhe escura e inóspita. Amine explicou a ela sobre a topografia, que atendia aos princípios enunciados pelo marechal Lyautey no início do protetorado. Uma estrita separação entre a medina, cujos costumes ancestrais deviam ser preservados, e a cidade europeia, cujas ruas tinham nomes de cidades francesas e se pretendia um laboratório da modernidade. O caminhoneiro os deixou na parte baixa, na margem esquerda do uádi Boufakrane, à entrada da cidade autóctone. Ali vivia a família de Amine, no bairro do Berrima, bem em frente ao Mellah. Entraram num táxi para ir ao outro lado do rio. Seguiram por uma longa estrada em aclive, contornaram quadras esportivas e atravessaram uma espécie de zona tampão, um *no man's land* que dividia a cidade ao meio e onde era proibido construir. Amine lhe mostrou Camp Poublan, a base militar que dominava a cidade árabe e vigiava os mínimos sobressaltos que pudesse haver.

Hospedaram-se num hotel decente e o recepcionista examinou os documentos dos dois e a certidão de casamento com precauções de burocrata. Por pouco não irrompeu uma discussão na escada que levava ao quarto, porque o mensageiro teimava em falar em árabe com Amine, que se dirigia a ele em francês. O adolescente lançou olhares dúbios para Mathilde. Ele, que à noite tinha de apresentar um papelzinho às autoridades para atestar seu direito de andar pelas ruas da cidade nova, ressentia-se por Amine dormir com a inimiga e circular livremente. Assim que pousaram a bagagem no quarto, Amine vestiu novamente o casaco e o chapéu.

— Vou dar um alô para minha família. Não demoro. — Nem deu tempo de a mulher responder, bateu a porta e ela o ouviu correr escada abaixo.

Mathilde sentou-se na cama, pernas puxadas junto ao peito. O que estava fazendo ali? Só podia culpar a si mesma e à sua vaidade. Fora ela quem quisera viver aquela aventura, quem embarcara, bravateira, naquele casamento de que todas as amigas de infância invejavam o exotismo. E agora estava exposta a todo tipo de zombaria, todo tipo de traição. Amine podia ter ido se encontrar com uma amante. Podia até já ser casado, uma vez que, como observara o pai dela com um muxoxo constrangido, os homens ali eram polígamos. Podia estar jogando baralho em algum bar próximo, rejubilando-se com os amigos por ter dado um drible na esposa sufocante. Ela desatou a chorar. Sentia vergonha por ceder ao pânico, mas já anoitecera e ela não sabia onde estava. Se Amine não voltasse, estaria totalmente perdida, sem dinheiro, sem amigos. Não sabia nem o nome da rua em que estavam hospedados.

Estava ali desgrenhada, rosto vermelho e desfeito, quando Amine chegou, pouco antes da meia-noite. Ela levou um tempo para abrir a porta, tremia, e ele achou que alguma coisa tinha acontecido. Mathilde se jogou nos braços dele e tentou explicar o medo, a nostalgia, a angústia insana que tomara conta dela. Ele não entendia, e o corpo da mulher, agarrado ao dele, pareceu-lhe extremamente pesado. Ele a puxou para a cama e sentaram-se os dois, lado a lado. Amine tinha o pescoço molhado de lágrimas. Mathilde se acalmou, a respiração ficou mais lenta e ela fungou várias vezes, até que Amine lhe ofereceu um lenço que levava escondido na manga. Acariciou-lhe as costas devagar e disse:

— Não banque a criança. Você agora é minha mulher. Sua vida é aqui.

Dois dias depois, instalaram-se na casa do Berrima. Nas ruelas estreitas da cidade velha, Mathilde se agarrou ao braço do marido, tinha medo de se perder naquele labirinto onde se apinhava uma multidão de comerciantes, onde os comerciantes de legumes vendiam seus produtos aos berros. Atrás da pesada porta cravejada da casa, a família a esperava. A mãe, Mouilala, estava em pé no centro do pátio interno. Usava um elegante caftan de seda e um lenço verde-esmeralda cobria-lhe o cabelo. Tinha tirado, para a ocasião, antigas joias de ouro do seu baú de cedro: tornozeleiras, um broche gravado e um colar tão pesado que o corpo franzino se curvava um pouco para a frente. Quando o casal entrou, ela correu para abraçar o filho e o abençoou. Sorriu para Mathilde, a qual segurou-lhe as mãos e contemplou o bonito rosto bronzeado entre as dela, as faces levemente enrubescidas. "Ela disse 'Bem-vinda'", traduziu Selma, a irmã caçula que acabara de fazer 9 anos. Atrás dela estava Omar, um adolescente magro e calado, que manteve os olhos baixos e as mãos atrás das costas.

Mathilde teve de se habituar àquela vida amontoada uns sobre os outros, àquela casa em que os colchões eram infestados de percevejos e insetos danosos, em que não havia como se proteger dos ruídos corporais e dos roncos. A cunhada entrava em seu quarto sem avisar e se jogava em cima da cama, repetindo as poucas palavras em francês que aprendera na escola. À noite, Mathilde ouvia os gritos de Jalil, o irmão mais novo, que vivia trancado no andar de cima, na exclusiva companhia de um espelho que ele nunca perdia de vista. Fumava *sebsi* o tempo todo, e o cheiro de haxixe se espalhava pelo corredor e a atordoava.

Hordas de gatos arrastavam, o dia inteiro, seus vultos esqueléticos pelo pequeno jardim interno, onde uma bananeira coberta de pó lutava para não morrer. No fundo do pátio havia um poço, de onde a empregada, uma antiga escravizada, puxava água para a limpeza. Dissera-lhe Amine que Yasmine vinha da África, de Gana, talvez, e que Kadour Belhaj a comprara para a esposa no mercado de Marrakech.

Nas cartas que escrevia para a irmã, Mathilde mentia. Dizia que levava uma vida que lembrava os romances de Karen Blixen, Alexandra David-Néel, Pearl Buck. A cada missiva, criava aventuras em que se punha em cena, interagindo com populações nativas doces e supersticiosas. Descrevia a si mesma usando botas e chapéu, montando, altaneira, um puro-sangue árabe. Queria que Irène tivesse ciúme, sofresse a cada palavra, morresse de inveja, espumasse de raiva. Era a vingança contra a irmã mais velha rígida e autoritária, que a vida inteira a tratara como criança e tantas vezes sentira prazer em humilhá-la em público. "Mathilde, a desmiolada", "Mathilde, a despudorada", dizia Irène, sem carinho e sem indulgência. Mathilde sempre achara que a irmã falhara em compreendê-la e a mantivera prisioneira de um afeto tirânico.

Quando viera embora para o Marrocos, quando escapara do vilarejo em que morava, dos vizinhos e do futuro que lhe prometiam, Mathilde experimentara um sentimento de vitória. Redigira, de início, cartas entusiasmadas em que descrevia sua vida na casa da almedina. Acentuava o mistério das ruelas do Berrima, exagerava a sujeira das ruas, o barulho e o cheiro dos burros que transportavam os homens e suas mercadorias. Graças a uma das freiras do internato, encontrou um livrinho sobre Meknés que reproduzia gravuras de Delacroix. Deixou o livro de folhas amareladas na mesa de cabeceira e quis deixar-se impregnar por ele. Decorou trechos de Pierre Loti, que achava extremamente poético, e se extasiava com a ideia de que o escritor dormira a poucos quilômetros dali e pousara os olhos nas muralhas e na bacia de Agdal.

Ela contou sobre os bordadores, os caldeireiros, os torneiros de madeira sentados no chão de pernas cruzadas, nas lojas de subsolo. Contou sobre as procissões das confrarias na praça El Hedim e sobre o desfile de videntes e curandeiros. Houve uma carta em que gastou quase uma página para descrever a loja de um curandeiro que vendia crânios de hiena, corvos secos, patas de porco-espinho e veneno de cobra. Achou que isso causaria forte impressão em Irène e no pai, Georges, e que à noite, nas respectivas camas, no andar de cima da casa burguesa, a invejariam por ter sacrificado o tédio pela aventura, o conforto por uma vida romanesca.

Tudo naquela paisagem era inesperado, diferente do que ela conhecera até então. Precisaria de palavras novas, de um vocabulário inteiro, liberto do passado, para dizer sobre os sentimentos, a luz, tão forte que se vivia de olhos semicerrados, para descrever o espanto que a envolvia, dia após dia, ante tanto mistério e tanta beleza. Não havia nada que lhe fosse familiar, nem a cor das árvores nem a do céu, nem mesmo o gosto deixado pelo vento na língua e nos lábios: tudo tinha mudado.

Nos primeiros meses no Marrocos, Mathilde passou muito tempo sentada à pequena escrivaninha que a sogra colocara nos aposentos do casal. A velha senhora nutria por ela uma deferência tocante. Era a primeira vez na vida que Mouilala dividia a própria casa com uma mulher instruída, e, vendo Mathilde debruçada sobre o papel de carta pardo, sentia pela nora uma imensa admiração. De modo que proibiu que fizessem barulho nos corredores e obrigou Selma a parar de correr de um piso para outro. Também se opunha a que Mathilde passasse os dias na cozinha, por achar que não era lugar para uma europeia capaz de ler jornais e folhear um romance. Então, Mathilde se trancava no quarto e escrevia. Raramente sentia prazer em fazê-lo, porque, cada vez que se lançava na descrição de uma paisagem ou na evocação de uma cena vivida, seu vocabulário lhe parecia limitado. Sem cessar tropeçava nas mesmas palavras, pesadas e tediosas, e percebia então, confusa, que a linguagem era um campo imenso, um playground sem limites que a assustava e aturdia. Havia tanto a dizer, e ela queria ser Maupassant para descrever o amarelo que cobria as paredes da almedina, para dar vida à animação dos meninos que brincavam nas ruas em que mulheres deslizavam, como fantasmas, envoltas em haiques brancos. Recorria a um vocabulário exótico que, tinha certeza, seria do gosto do pai. Falava em razias, felás, *djinn* e zelliges de todas as cores.

O que ela queria, porém, era que não houvesse nenhuma barreira, nenhum obstáculo à sua expressão. Queria poder dizer as coisas tal como ela as via. Descrever os moleques de cabeça raspada por causa da micose, aqueles tantos garotos que corriam pelas ruas, gritavam e brincavam, viravam-se quando ela passava, paravam e, com um olhar sombrio, um olhar mais velho que eles, a observavam. Cometeu, um dia, a tolice de enfiar uma moeda na mão de um pequeno de calças curtas, que nem 5 anos tinha e usava um tarbuche maior que a cabeça. Não era mais alto que as sacas de juta cheias de semolina ou lentilha que ficavam expostas na frente da mercearia, nas quais Mathilde sempre fantasiara mergulhar o braço. "Para você comprar uma bola", dissera-lhe, sentindo-se inflada de orgulho e alegria. Mas o pequeno começara a gritar, e meninos surgiram de todas as ruas adjacentes e foram para cima de Mathilde feito uma nuvem de insetos. Invocavam o nome de Deus, diziam umas palavras em francês, mas ela não entendia e teve que sair correndo, sob o olhar zombeteiro dos passantes, os quais pensavam "assim ela aprende a não fazer caridade à toa". Teria gostado de observar aquela vida sublime de longe, ser invisível. A alta estatura, a pele clara, a condição de estrangeira mantinham-na à margem das coisas, desse silêncio que faz com que a gente se sinta em casa. Apreciava o cheiro do couro nas ruas estreitas, do fogo de lenha e da carne fresca, o cheiro da água estagnada e das peras amadurecidas, da bosta de burro e da serragem. No entanto, não tinha palavras para isso.

Quando cansava de escrever ou de reler romances que já sabia de cor, Mathilde se deitava no terraço, onde se lavava roupa e se punha a carne para secar. Escutava as conversas da rua, as cantigas das mulheres naqueles bastidores que lhes eram reservados. Observava-as, às vezes, passarem feito funâmbulas de um terraço para outro e não se estatelarem por um triz. Moças, empregadas, esposas gritavam, dançavam, trocavam confidências naqueles terraços que só abandonavam à noite, ou ao meio-dia, quando o sol estava forte demais. Encoberta por uma mureta, Mathilde repetia as poucas ofensas que conhecia a fim de aprimorar o sotaque, e os transeuntes levantavam a cabeça e a insultavam de volta. "*Lay atik typhus!*"* Deviam achar que era um garotinho troçando com eles, um moleque morto de tédio de tanto andar grudado nas saias da mãe. Sempre de ouvido à espreita, absorveu o vocabulário com uma rapidez que pegou todos de surpresa. "Ainda ontem não entendia nada!", espantou-se Mouilala, e dali em diante passaram a tomar cuidado com o que falavam na frente dela.

---

* "Que Deus te dê tifo!" [N. da A.]

★ ★ ★

Mathilde aprendeu árabe na cozinha. Acabou impondo sua presença e Mouilala aceitou que se sentasse ali para observar. Piscavam e sorriam para ela, cantavam. Aprendeu, primeiro, a dizer tomate, óleo, água e pão. Aprendeu o quente, o frio, o léxico das especiarias e, em seguida, o do clima: seca, chuva, geada, vento quente e até tempestade de areia. Com esse vocabulário, também foi capaz de expressar o corpo e falar de amor. Selma, que estudava francês na escola, lhe servia de intérprete. Não raro, ao descer para o café da manhã, Mathilde encontrava Selma dormindo no sofá da sala. Ralhava com Mouilala, a quem pouco importava se a filha estudava, tirava boas notas ou era assídua na escola. Deixava a menina dormir feito um urso hibernando e não se animava a acordá-la cedo para ir à escola. Mathilde tentara convencer a sogra de que Selma, por meio do estudo, poderia conquistar independência e liberdade. Mas a velha senhora franzira a testa. O semblante, em geral tão afável, se anuviara, e ela se ressentira com a *nassrania** por lhe dar lições de moral. "Por que deixa que ela falte à escola? Está pondo em risco o futuro dela." *De que futuro essa francesa está falando?*, perguntava-se Mouilala. Que mal tinha Selma passar o dia inteiro em casa aprendendo a rechear tripas e depois costurá-las, em vez de ficar enchendo as páginas de um caderno? Mouilala havia tido filhos demais, preocupações demais. Tinha enterrado um marido e vários bebês. Selma era o presente, o descanso dela, a última oportunidade que a vida lhe dava de se mostrar terna e tolerante.

Em seu primeiro Ramadã, Mathilde decidiu jejuar também, e o marido lhe agradeceu por se curvar assim aos ri-

---

* Nazarena: termo empregado para designar os cristãos. [N. da A.]

tos deles. Tomou, todas as noites, a *harira*, cujo gosto não apreciava, e se levantou antes de o sol nascer para comer tâmaras e beber leite coalhado. Mouilala não saiu da cozinha durante todo o mês santo, e Mathilde, gulosa e de fraca vontade, não entendia que alguém pudesse se privar de alimento passando o dia inteiro entre aromas de pão e tagine. Do alvorecer ao cair da tarde, as mulheres estendiam massas de amêndoa, molhavam bolos fritos no mel, sovavam massa embebida de gordura e a esticavam até ficar fina igual a papel de carta. As mãos daquelas mulheres não temiam o frio nem o calor, e elas pousavam as palmas abertas nas chapas escaldantes. O jejum as deixava pálidas, e Mathilde se perguntava como conseguiam resistir naquela cozinha superaquecida, em que o cheiro da sopa chegava a entontecer. Ela mesma, naqueles longos dias de privação, não conseguia pensar em outra coisa senão no que ia comer quando a noite viesse. De olhos fechados, rolava a saliva na boca, deitada num dos sofás úmidos da sala. Combatia a dor de cabeça imaginando fatias de pão quentes, ovos fritos com carne defumada, chifres de gazela molhados no chá.

E então, quando soava o chamado para a prece, as mulheres punham na mesa um jarro de leite, ovos cozidos, a tigela de sopa fumegante, as tâmaras que elas abriam com as unhas. Mouilala tinha um agrado especial para cada um: recheava *raïs* com carne e acrescentava pimenta nos do filho caçula, que gostava que a língua lhe ardesse. Espremia suco de laranja para Amine, cuja saúde a preocupava. Em pé à porta da sala, ela esperava que os homens, de rosto ainda amassado pela sesta, partissem o pão, descascassem um ovo cozido e se recostassem numa almofada, para só então, finalmente, ir à cozinha se alimentar. Mathilde não entendia. Dizia: "Isso é escravidão! Ela passa o dia inteiro cozinhando e ainda tem que esperar vocês terminarem de comer! Não posso acreditar." Indignava-se com Selma, que ria, sentada junto à janela da cozinha.

Gritou para Amine sua ira e a reiterou depois da Eid al--Adha, festa que deu ensejo a uma briga terrível. Na primeira vez, Mathilde ficou calada, petrificada pela cena dos açougueiros com os aventais cheios de sangue. Do terraço, no alto da casa, observou as ruelas silenciosas da almedina, por onde transitavam os vultos desses carrascos e dos garotos que iam e vinham entre as residências e o forno. Riachos de sangue quente e borbulhante escorriam de casa em casa. Pairava no ar um cheiro de carne crua, e à porta das moradias, em ganchos de ferro, pendurava-se o pelo lanoso do animal. *É um bom dia para cometer um assassinato*, pensara Mathilde. Nos outros terraços, na seara das mulheres, labutava-se sem trégua. Elas cortavam, retalhavam, esfolavam, esquartejavam. Encerravam-se na cozinha para limpar as vísceras, livrar as tripas do cheiro de fezes antes de as rechear, costurar e refogar demoradamente em molho picante. Havia que separar a gordura da carne, deixar cozinhar a cabeça do animal — porque até os olhos seriam comidos pelo filho mais velho, que enfiaria o dedo no crânio para extrair os globos reluzentes. Amine, quando ela lhe disse que aquilo era uma "festa de selvagens", "um rito de gente cruel", que a carne crua e o sangue lhe davam ânsia de vômito, ergueu para o céu as mãos trementes, e só não as grudou na boca da mulher porque aquele era um dia sagrado e ele, por respeito a Deus, tinha de ser calmo e compassivo.

*

No fim de cada carta, Mathilde pedia a Irène que lhe enviasse livros. Romances de aventuras, coletâneas de contos que tivessem por cenário países frios e distantes. Não confessou que não ia mais à livraria do centro na parte europeia. Tinha horror àquele bairro de futriqueiras, mulheres de colonos e militares, sentia-se prestes a matar alguém naquelas ruas das quais tinha tantas lembranças ruins. Num dia de setembro de 1947, grávida de sete meses, Mathilde dera por si na avenue de la République, que a maioria dos meknasis chamava simplesmente de "avenida". Fazia calor e as pernas dela estavam inchadas. Pensou que poderia ir ao Cinema Empire, ou então tomar um refresco na esplanada do Roi de la Bière. Nisso, levou um esbarrão de duas jovens senhoras. A de pele mais escura desatou a rir: "Olhe só para essa aí. Foi engravidada por um árabe." Mathilde se virou e agarrou a manga da mulher, que se soltou num gesto brusco. Não fosse a barriga, não fosse o calor estar tão extenuante, Mathilde teria ido atrás, teria acabado com ela. Teria devolvido os tantos golpes que levara ao longo da vida. Menina insolente, adolescente lasciva, esposa indócil, sofrera tabefes e humilhações, a fúria dos que queriam fazer dela uma mulher respeitável. Essas duas desconhecidas teriam pagado pela vida de domesticação que Mathilde suportava.

Por estranho que pareça, nunca ocorreu a Mathilde que Irène ou Georges pudessem não acreditar no que ela contava, e muito menos que pudessem vir visitá-la algum dia. Quando se instalou na fazenda, na primavera de 1949, sentiu-se livre para mentir sobre a vida de proprietária fundiária. Não confessou que sentia falta da agitação da almedina, que a promiscuidade que em outros tempos execrara hoje lhe parecia algo invejável. Com frequência escrevia "você tinha que ter me visto", sem perceber que ali estava a constatação da imensa solidão na qual vivia. Entristeciam-na aquelas tantas primeiras vezes que não interessavam a ninguém senão a ela mesma, aquela existência sem espectadores. *Viver para quê*, pensava, *se é para não ser vista?*

Concluía as missivas com "amo vocês" ou "sinto sua falta", mas nunca mencionou sentir saudade da terra natal. Não cedeu à tentação de dizer que as revoadas de cegonhas que chegavam em Meknés no início do inverno lhe causavam uma imensa melancolia. Nem Amine nem as pessoas da fazenda partilhavam do seu amor pelos animais, e, um dia, ao evocar diante do marido a lembrança de Minet, o gato da infância, este revirou os olhos ante tamanha pieguice. Ela recolheu alguns gatos, que cativou com pão molhado em leite, e quando as mulheres berberes olhavam para ela achando um desperdício aquele pão dado para o gato, pensava: *Há que recuperar o amor perdido, lhe fez tanta falta.*

Que interesse haveria em dizer a verdade para Irène? Em contar que passava os dias trabalhando feito louca, feito alucinada, com o bebê de 2 anos às costas? Que poesia poderia extrair daquelas longas noites passadas a gastar os dedos numa agulha, costurando roupinhas para Aïcha que parecessem novas? À luz de uma vela, nauseada com o cheiro da cera de má qualidade, tirava moldes de revistas antigas e, com uma dedicação admirável, costurava calcinhas de lã. Durante o tórrido mês de agosto, só de combinação, se sentou no chão de cimento e, num lindo tecido de algodão, confeccionou um vestido para a filha. Ninguém reparou como era bonito, ninguém notou o detalhe no franzido, o lacinho nos bolsos, o forro vermelho que realçava o todo. Essa indiferença das pessoas pela beleza das coisas a matava por dentro.

Amine aparecia muito pouco nos relatos de Mathilde. O marido era uma personagem secundária envolta numa atmosfera opaca. Queria dar a Irène a impressão de que a história de amor entre eles era tão ardente que não havia como compartilhá-la ou colocá-la em palavras. O silêncio dela era prenhe de insinuações lascivas e fazia com que as omissões passassem por pudor, ou até delicadeza. Porque Irène, que se apaixonara e se casara pouco antes da guerra, com um alemão entortado pela escoliose, ficara viúva apenas três meses depois. Quando Amine chegara no vilarejo, Irène observara, os olhos transbordando de inveja, a irmã estremecer sob as mãos do africano. A pequena Mathilde com o pescoço coberto de chupões escuros.

Como poderia confessar que o homem que conhecera durante a guerra não era mais o mesmo? Sob o peso dos problemas e humilhações, Amine tinha mudado, se tornado sombrio. Quantas vezes, andando de braço dado com ele, não sentira o peso do olhar dos passantes? O contato da pele de ambos então lhe parecia ardido, desagradável, e não podia evitar de notar, com uma espécie de repulsa, a estranheza do marido. Refletia que era preciso muito amor, mais amor do que se achava capaz de sentir, para sustentar o desprezo das pessoas. Era preciso um amor forte, imenso e inabalável para suportar a vergonha quando os franceses o tratavam sem a formalidade esperada, quando os policiais pediam os documentos a ele, quando se desculpavam ao reparar nas medalhas de guerra dele ou no perfeito domínio da língua. "Ora, meu amigo, o seu caso é diferente." E Amine sorria. Em público, afirmava não ter problema algum com a França, uma vez que até quase morrera por ela. Entretanto, tão logo ficavam a sós, Amine ficava ranzinza e ruminava a vergonha que sentia por ter sido covarde e traído seu povo. Entrava em casa, abria os armários e atirava no chão tudo que a mão alcançava. Mathilde também se enfurecia, e um dia, no meio de uma briga em que ele berrou "Cale a boca! Você me envergonha!", abriu a geladeira e apanhou uma tigela de pêssegos maduros com que planejava cozinhar um doce. Jogou as frutas passadas no rosto de Amine, sem notar que Aïcha os observava, embasbacada de ver o pai assim, cabelo e pescoço melados de suco.

Amine só falava sobre trabalho. Sobre os operários, os problemas, o preço do trigo, as previsões meteorológicas. Quando membros da família vinham visitá-los na fazenda, sentavam-se na saleta e, depois de perguntar três, quatro vezes pela saúde dele, calavam-se e tomavam o chá. Mathilde achava-os todos de uma baixeza revoltante, de uma trivialidade que lhe doía mais que a solidão ou a saudade do país que deixara. Queria poder falar sobre seus sentimentos, suas esperanças, as angústias que a percorriam e não tinham sentido, como toda angústia. *Será que ele não tem vida interior?*, perguntava-se, observando Amine, que comia sem dizer palavra, os olhos fixos num tagine de grão-de-bico feito pela empregada e cujo molho, gorduroso demais, repugnava Mathilde. Amine só se interessava pela fazenda e pela labuta. Nada de riso, de dança, de tempo para ficar à toa, para conversar. Não conversavam. O marido era austero como um quacre. Falava com ela como a uma criança a quem se devesse educar. Ela aprendia as boas maneiras junto com Aïcha, e tinha que assentir quando Amine explicava "Isso não se faz" ou "Não temos condições para isso". Quando chegara ao Marrocos, ainda parecia uma menina. E tivera que entender, em poucos meses, como lidar com a solidão e com a vida doméstica, suportar a brutalidade de um homem e a estranheza de um país. Saíra da casa do pai para a casa do marido, mas não tinha a sensação de ter conquistado independência ou autoridade. Podia, quando muito, exercer o mando sobre Tamo, a jovem empregada. Contudo, Ito, a mãe da garota, estava atenta, e Mathilde, na frente dela, nunca ousava erguer a voz. Tampouco sabia usar de paciência ou pedagogia com a própria filha. Oscilava entre o carinho mais voraz e a fúria mais histérica. Às vezes, ao olhar para a sua menina, aquela maternidade lhe soava monstruosa, cruel, desumana. Como é que uma criança podia criar outras crianças? Haviam rasgado aquele corpo tão jovem e tirado de dentro dele uma vítima inocente que ela não sabia como defender.

Quando Amine se casara com ela, Mathilde tinha apenas 20 anos, e isso, na época, não o preocupara. Até achara encantadora a juventude da esposa, os olhões dela surpresos e extasiados com tudo, a voz ainda frágil, a língua morna e doce como a de uma menininha. Ele tinha 28, não era muito mais velho, mas reconheceria, mais tarde, que a idade não tinha a ver com o mal-estar que Mathilde por vezes lhe inspirava. Ele era homem e havia lutado na guerra. Era de um país onde Deus e honra se confundem, além de que já não tinha pai, o que o obrigava a manter certa gravidade. Aquilo que o encantava quando ainda estavam na Europa começou a lhe pesar, depois a irritá-lo. Mathilde era frívola e caprichosa. Amine se ressentia por ela não se mostrar mais firme, não ser mais durona. Não tinha tempo nem talento para consolá-la. As lágrimas dela! Quantas lágrimas já não derramara desde que chegara ao Marrocos! Chorava à menor contrariedade, caía em prantos o tempo todo, e isso o exasperava. "Pare de chorar. Minha mãe, que perdeu filhos, que ficou viúva aos 40 anos, chorou menos em toda a vida que você na última semana. Pare, pare!" Era a tendência das mulheres europeias, pensava ele, isso de recusar a realidade.

Ela chorava demais, ria demais, ou ria do jeito errado. Quando se conheceram, passavam tardes inteiras deitados na grama, à beira do Reno. Mathilde lhe contava sobre os sonhos dela e ele a incentivava, sem pensar nas consequências, sem julgar sua vacuidade. Ela o divertia, a ele que não sabia rir mostrando os dentes, que sempre tapava a boca com a mão como se achasse que a alegria era, de todas as paixões, a mais vergonhosa e a mais impudica. Depois, em Meknés, tudo ficou diferente, e nas raras vezes que foi com ela ao Cinema Empire saiu da sessão de mau humor, zangado com a esposa, que ria dando gritinhos e tentara enchê-lo de beijos.

Mathilde queria ir ao teatro, ouvir música a todo o volume, dançar na saleta. Sonhava com vestidos bonitos, recepções, chás-dançantes, festas sob as palmeiras. Queria ir ao baile de sábado no Café de France, ao Vale Feliz no domingo e convidar amigos para o chá. Lembrava-se, com complacente nostalgia, das recepções oferecidas pelos pais. Tinha medo de o tempo passar muito depressa, de a miséria e a labuta se eternizarem e, quando viesse o descanso, estar velha demais para os vestidos e a sombra das palmeiras.

Uma noite, pouco depois de se mudarem para a fazenda, Amine cruzou a cozinha vestido com as roupas de domingo na frente de Mathilde, que dava de comer a Aïcha. Ela ergueu os olhos para o marido, estupefata, sem saber se se alegrava ou se zangava.

— Estou saindo — disse ele. — Uns antigos colegas de guarnição estão na cidade.

Inclinava-se para dar um beijo na testa de Aïcha, quando Mathilde se levantou. Chamou Tamo, que estava limpando o quintal, e lhe pôs a criança nos braços. Com voz segura, perguntou:

— Devo me arrumar ou não é necessário?

Amine ficou perplexo. Balbuciou qualquer coisa sobre ser uma noitada entre amigos, não ser conveniente para uma mulher.

— Se não é conveniente para mim, não vejo como poderia ser para você — rebateu ela.

E Amine, sem entender o que lhe acontecia, deixou-se seguir por Mathilde, que largara o avental numa cadeira da cozinha e beliscava as bochechas para realçar o corado do rosto.

No carro, Amine não disse uma palavra e ficou de cara amarrada, concentrado na estrada, furioso com Mathilde e com a própria fraqueza. Ela falava, sorria, fingia não perceber que não era bem-vinda. Convenceu a si mesma de que usando de leveza conseguiria descontraí-lo, e foi doce, brejeira, desenvolta. Chegaram à cidade sem que ele tivesse descerrado os lábios. Amine estacionou, saiu desabalado do carro e foi andando muito depressa em direção ao café. Parecia nutrir a vã esperança de despistá-la nas ruas da cidade europeia, ou não querer, simplesmente, passar pela humilhação de chegar de braço dado com a mulher.

Ela o alcançou tão rápido que não deu tempo de ele dar uma explicação aos amigos que o aguardavam. Os homens se levantaram e cumprimentaram Mathilde com timidez e deferência. Omar, seu cunhado, indicou-lhe uma cadeira ao lado dele. Todos estavam elegantes, vestiam paletó e tinham o cabelo penteado com brilhantina. Pediram bebidas ao grego jovial que mantinha aquele café fazia quase vinte anos. Um dos únicos cafés da cidade em que não reinava nenhum tipo de segregação, em que os árabes bebiam álcool à mesma mesa com os europeus, no qual mulheres que não eram prostitutas vinham dar mais alegria às noitadas. A esplanada, situada numa esquina, era abrigada dos olhares externos por altas e frondosas laranjeiras. Tinha-se a sensação de estar isolado do mundo, em segurança. Amine e os amigos brindaram, mas falaram pouco. Houve longos silêncios, entrecortados por risos baixinhos ou pelo relato de uma anedota. Era sempre assim, mas Mathilde não sabia. Não podia acreditar que aquele era o normal das noitadas de Amine entre homens, essas noitadas que tanto ciúme lhe causavam e tanto lhe ocupavam os pensamentos. Achou que era ela quem tinha estragado a festa. Teve vontade de contar alguma coisa. A cerveja lhe deu coragem e ela evocou, com voz tímida, uma lembrança de sua Alsácia natal. Tremeu um pouco, custou a encontrar as palavras, a história se revelou sem graça e ninguém riu. Amine olhou para ela com um desprezo que lhe partiu o coração. Nunca na vida se sentira tão intrusa.

No outro lado da rua, a lâmpada do poste começou a piscar e em seguida estourou. A esplanada, iluminada só por algumas velas, revestiu-se de um novo encanto, e a escuridão aquietou Mathilde, que teve a impressão de se deixar esquecer. Temia o momento em que Amine iria querer abreviar a noite, pôr fim ao mal-estar, o momento em que diria "Vamos". Ela seguramente teria direito a uma cena, gritos, uma bofetada, a testa prensada contra a vidraça. Então desfrutou os ruídos indefinidos da cidade, escutou as conversas dos vizinhos de mesa e fechou os olhos para ouvir melhor a música vinda de dentro do café. Queria que aquilo durasse mais um pouco, não queria ir para casa.

Os homens se descontraíram. O álcool fez efeito, e eles passaram a conversar em árabe. Achando, talvez, que ela não entendesse. Um jovem garçom com o rosto cheio de espinhas pôs na mesa uma travessa de frutas. Mathilde mordeu um pedaço de pêssego e uma fatia de melancia cujo sumo respingou e lhe manchou o vestido. Segurou uma semente preta entre o polegar e o indicador e deu um peteleco. A semente voou, foi parar no rosto de um homem obeso de tarbuche que suava num fraque. O homem abanou a mão como se espantasse uma mosca. Mathilde pegou outra semente e, desta feita, tentou mirar um homem alto e muito louro, que esticara as pernas para o lado e falava animadamente. Contudo, errou o alvo e atingiu a nuca de um garçom, que por pouco não derrubou a bandeja. Mathilde deu uma risadinha e passou a hora seguinte metralhando os convivas em volta, que foram tomados de convulsões. Pareciam acometidos por uma estranha doença, uma dessas febres tropicais que impelem as pessoas a dançar e a fazer amor. Os clientes se queixaram. O dono do bar mandou acender incensos para conter a invasão de moscas. Os ataques, porém, não cessavam, e dali a pouco estavam todos com dor de cabeça de tanto beber e inalar incenso. A esplanada se esvaziou, Mathilde se despediu dos amigos do marido e, quando ao chegar em casa Amine a esbofeteou, pensou que, pelo menos, tinha se divertido um bocado.

Durante a guerra, enquanto avançava para leste com seu regimento, Amine pensava na sua fazenda da mesma forma que outros sonhavam com uma mulher ou com a mãe deixada para trás. Tinha medo de morrer e não honrar a promessa que fizera de fecundar aquelas terras. Nos longos momentos de tédio que a guerra reservava, os homens apanhavam baralhos, montes de cartas todas manchadas, romances. Amine, não. Mergulhava na leitura de uma obra de botânica ou de uma revista especializada que tratava dos novos métodos de irrigação. Havia lido que o Marrocos ia se tornar igual à Califórnia, aquele estado norte-americano repleto de sol e laranjeiras em que os agricultores ficavam milionários. Assegurava a Murad, seu ajudante de ordens, que o reino estava à beira de viver uma revolução, de se livrar daqueles tempos sombrios em que o camponês tinha medo das razias e por isso preferia criar ovelhas a cultivar o trigo, porque a ovelha tem quatro patas e pode correr mais rápido que o agressor. Amine mantinha a firme intenção de desprezar os antigos métodos e transformar a fazenda dele num modelo de modernidade. Lera, cheio de entusiasmo, o relato de um certo H. Ménager, antigo soldado como ele, que, ao fim da Primeira Guerra Mundial, havia plantado eucaliptos na abandonada planície do Gharb.

Inspirando-se no relatório de uma missão australiana enviada por Lyautey em 1917, comparara as qualidades das terras e a pluviometria da região com as daquele longínquo continente. Zombaram desse pioneiro, é claro. Franceses e marroquinos escarneciam desse homem que pretendia plantar, a perder de vista, árvores que não davam frutos e cujos troncos cinzentos enfeavam a paisagem. H. Ménager, entretanto, conseguiu convencer o Departamento de Águas e Florestas e, em pouco tempo, ficou evidente que ele apostara certo: o eucalipto detinha os ventos de areia, permitia sanear os baixios em que pululavam parasitas e as fundas raízes iam buscar água no lençol freático inacessível ao simples camponês. Amine queria ser um desses pioneiros para quem a agricultura era uma busca mística, uma aventura. Queria seguir os passos daqueles que, sábios e perseverantes, haviam empreendido experimentos naqueles solos ingratos. Esses agricultores tachados de loucos tinham, pacientemente, plantado laranjeiras de Marrakech a Casablanca e iam transformar aquele país seco e austero num jardim da abundância.

Amine voltou para o Marrocos em 1945, aos 28 anos, vitorioso e casado com uma mulher estrangeira. Batalhou para recobrar a posse da propriedade, formar seus lavradores, semear, colher, pensar grande e longe, como dissera um dia o marechal Lyautey. Em fins de 1948, após meses de negociações, Amine recuperou suas terras. Precisou, primeiro, reformar a casa, construir mais janelas, preparar um pequeno jardim, pavimentar um quintal atrás da cozinha para lavar e estender a roupa. Do lado norte, por um terreno inclinado, mandou construir bonitos degraus de pedra e instalou uma elegante porta envidraçada que abria para a sala de jantar. Dali eles podiam contemplar a suntuosa silhueta do Zerhun e as vastas extensões selvagens que, havia séculos, serviam de área de passagem para os animais.

Nos quatro primeiros anos na fazenda, iriam enfrentar uma sucessão de reveses, e a vida deles assumiria tons de relato bíblico. O colono que alugara a propriedade durante a guerra só ocupara uma pequena parcela cultivável, e tudo ainda estava por fazer. Foi necessário, primeiro, desbastar o mato e desembaraçar a terra da palmeira-anã, uma planta perversa e tenaz que exigiu dos homens trabalho exaustivo. À diferença dos colonos das fazendas vizinhas, Amine não contava com o auxílio de um trator, e seus lavradores tiveram de passar meses arrancando as palmeiras-anãs com a enxada. Depois, foi preciso gastar semanas desempedrando o terreno, e este, uma vez limpo, foi rasgado com charrua e lavrado. Semearam-se lentilhas, ervilhas, feijões e acres inteiros de cevada e trigo-mole. A plantação foi então atacada por uma nuvem de gafanhotos. Uma nuvem avermelhada e crepitante, saída direto de um pesadelo, veio devorar as safras e os frutos das árvores. Amine se enfureceu com os lavradores que, para espantar os parasitas, limitavam-se a bater em latas de conserva. "Bando de ignorantes! É só isso que sabem fazer?", berrava para aqueles homens, que chamava de retardados e a quem ensinou a cavar valas nas quais puseram farelo envenenado.

No ano seguinte, houve a seca e a tristeza da colheita, porque as espigas de trigo estavam tão vazias quanto estaria o estômago dos camponeses nos meses por vir. Nos aduares, os lavradores rezaram para que chovesse, rezas aprendidas séculos antes que nunca tinham demonstrado eficácia. Mas rezavam assim mesmo, sob o ardente sol de outubro, e a surdez de Deus não revoltava ninguém. Amine mandou cavar um poço que lhe exigiu um bocado de trabalho e lhe engoliu parte da herança. As galerias, porém, eram constantemente tomadas pela areia, e os camponeses não conseguiam bombear água para fazer a irrigação.

Mathilde tinha orgulho do marido. E embora se exasperasse com as ausências dele, embora se ressentisse por ele deixá-la em casa sozinha, sabia que era honesto e trabalhador. Achava, às vezes, que o que faltava a ele era sorte e uma certa dose de intuição. Que era o que o pai dela tinha. Georges era menos sério, menos obstinado que Amine. Bebia até esquecer o próprio nome e as regras elementares do pudor e da polidez. Jogava baralho até o sol raiar e adormecia nos braços de mulheres de seios fartos, as quais tinham pescoço branco e roliço com aroma de manteiga. Despedia o contador num surto repentino e se esquecia de contratar outro, e deixava a correspondência se amontoar na sua velha escrivaninha de madeira. Convidava os oficiais de justiça para tomar um trago e terminavam abraçados cantando canções dos velhos tempos. Georges tinha um faro excepcional, uma intuição que nunca falhava. Era assim, algo que nem ele sabia explicar. Entendia as pessoas e sentia pelo ser humano, e portanto por si mesmo, uma compaixão complacente, um carinho que lhe valia a simpatia dos desconhecidos. Georges não negociava por cupidez, mas por simples jogo, e, se acontecia de lograr alguém, era sem querer.

Apesar dos insucessos, apesar das brigas e da pobreza, Mathilde nunca achou que o marido fosse incompetente ou preguiçoso. Dia após dia, via Amine acordar ao amanhecer, sair de casa cheio de determinação e retornar ao entardecer, as botas cobertas de terra. Amine percorria quilômetros e quilômetros sem nunca se extenuar. Os homens do aduar admiravam-lhe a resistência, embora às vezes se melindrassem com o desprezo daquele irmão pelos métodos de cultivo tradicionais. Observavam-no se agachar, tatear a terra com os dedos, espalmar a mão no tronco de uma árvore como se esperasse que a natureza fosse lhe revelar seus segredos. Ele queria tudo com pressa. Ele queria dar certo.

★ ★ ★

Explodira a febre nacionalista naquele início dos anos 1950, e os colonos eram objeto de um ódio feroz. Houve sequestros, atentados, fazendas incendiadas. Os colonos, por sua vez, se uniram em grupos de defesa, dos quais Amine sabia que o vizinho, Roger Mariani, fazia parte. "A natureza não liga para política", disse ele a Mathilde certo dia, para justificar a visita que pretendia fazer ao indecoroso morador. Queria entender a que se devia a pujante prosperidade de Mariani, saber que tipo de trator ele usava, que sistema de irrigação mandara instalar. Também imaginava que poderia fornecer cereais para a criação de porcos do vizinho. Não estava nem aí para o resto.

Certa tarde, Amine atravessou a estrada que separava as duas propriedades. Passou em frente a grandes galpões que abrigavam modernos tratores, a chiqueiros repletos de porcos gordos e saudáveis, à adega em que a uva era tratada segundo os mesmos procedimentos que se empregavam na Europa. Tudo ali transpirava esperança, riqueza. Mariani estava em pé nos degraus em frente à própria casa, segurando pela trela dois cães amarelos e ferozes. O corpo dele, vez ou outra, era projetado à frente, fazendo-o perder o equilíbrio, e não dava para saber se era pela força dos dois canzarrões ou se era um faz de conta para salientar a ameaça que pairava sobre o importuno visitante. Amine, sem jeito, gaguejou ao se apresentar e apontou na direção da própria fazenda.

— Preciso de conselhos — declarou.

Mariani, cujo semblante se iluminara, examinou o árabe encabulado.

— Pois bebamos à nossa boa vizinhança! Temos todo o tempo para falar de negócios.

Atravessaram o jardim luxuriante e sentaram-se à sombra, numa varanda de onde se avistava o Zerhun. Um homem magro e de pele negra pôs copos e garrafas na mesa. Mariani serviu ao vizinho um licor de anis e, vendo que Amine hesitava, por causa do calor e do trabalho que o aguardava, deu uma risada.

— Você não bebe, não é?

Amine sorriu e tomou um gole do líquido esbranquiçado. O telefone tocou dentro da casa, mas Mariani não se importou.

O colono não o deixou falar. A impressão de Amine foi a de que o vizinho era um homem muito solitário, que via ali uma rara oportunidade para confidências. Com uma familiaridade que o deixou desconfortável, Mariani queixou-se dos lavradores que trabalhavam para ele, dos quais já formara duas gerações, mas que ainda se mostravam sujos e preguiçosos.

— Deus do céu, essa sujeira!

Vez ou outra, erguia os olhos remelentos para o bonito rosto do convidado e acrescentava, com uma risada:

— Não falo por você, é claro. — E, sem deixá-lo responder, prosseguia: — Digam o que disserem, este país vai ficar uma beleza, quando já não estivermos aqui para fazer florir as árvores, revolver a terra, nela investir nossa teimosia. Eu lhe pergunto: o que havia aqui antes da nossa chegada? Nada. Não havia nada. Olhe ao redor. Séculos de vidas humanas, e não houve um que se desse ao trabalho de cultivar estes hectares. Sempre ocupados em guerrear. Nós, aqui, passamos fome. Enterramos, semeamos, cavamos túmulos, construímos berços. Meu pai morreu de tifo neste lugar. E eu arrebentei as costas dias a fio montado em meu cavalo, percorrendo a planície, negociando com os povos. Não conseguia me deitar numa cama sem gritar, de tanto que me doíam os ossos. Agora, vou lhe dizer, devo muito a este país. Ele me trouxe de volta para a essência das coisas, me reconectou com a energia vital, com a brutalidade.

O rosto de Mariani foi ficando vermelho, a fala se tornou mais lenta por efeito do álcool.

— Na França, eu estava fadado a uma vida de pederasta, a uma existência acanhada, sem amplitude, sem conquistas e sem espaço. Este país me deu a oportunidade de viver como homem.

Mariani chamou o empregado, que acorreu com passinhos miúdos. Repreendeu-o, em árabe, pela lerdeza e bateu o punho na mesa com tanta força que o copo de Amine entornou. O colono fez o gesto de cuspir e fitou as costas do velho criado que desaparecia dentro de casa.

— Olhe e aprenda! Eu conheço esses árabes! Os lavradores são uns ignorantes; como não ter vontade de surrá-los? Falo a língua deles, conheço os defeitos que têm. Sei perfeitamente o que andam dizendo sobre a independência, mas não vai ser um punhado de exaltados que vai tirar meus anos de trabalho e suor. — E com uma risada, pegando os lanchinhos que o criado finalmente trouxera, repetiu: — Não falo por você!

Amine por pouco não se levantou, desistindo de fazer daquele poderoso vizinho um aliado. Mas Mariani, cujo rosto se parecia estranhamente com o de seus cães, virou-se para ele e, percebendo que Amine se magoara, disse-lhe:

— Você quer um trator, é isso? Acho que podemos dar um jeito.

II

No verão que antecedeu o ingresso de Aïcha na escola primária, fez muito calor. Mathilde se arrastava pela casa com uma combinação desbotada, uma alça caída dos ombros largos, cabelos grudados de suor na testa e nas têmporas. Num braço segurava Selim, o bebê, e com a outra mão se abanava com um jornal ou um pedaço de papelão. Andava sempre descalça, apesar das chorumelas de Tamo, que dizia que dava azar. Mathilde cumpria as tarefas cotidianas, mas todos os gestos dela pareciam mais lentos, mais laboriosos que de costume. Aïcha e o irmão, Selim, que acabava de completar 2 anos, estavam excepcionalmente bem-comportados. Não tinham fome nem vontade de brincar e passavam o dia nus, deitados no piso ladrilhado, incapazes de falar ou de inventar brincadeiras. No início de agosto, o *chergui* pôs-se a soprar e o céu se fez branco. As crianças foram proibidas de sair, porque esse vento do Saara era o pesadelo das mães. Quantas histórias Mouilala não contara para Mathilde, de crianças levadas pela febre que o *chergui* traz com ele? Dizia a sogra que não se devia inalar esse ar viciado, que aspirá-lo era se arriscar a queimar por dentro, a ressecar feito planta que murcha de repente. Por causa desse vento maldito, a noite chegava e não trazia trégua. A luz esmorecia, a escuridão cobria os campos e fazia sumir as árvores, mas o calor persistia com toda a força, como se a natureza tivesse feito reservas de sol. As crianças ficavam nervosas. Selim desatava a gritar. Chorava de raiva, e a mãe o pegava no colo e o consolava. Passava horas com o filho apertado junto ao corpo, ambos exaustos, torsos encharcados de suor. Foi um verão interminável, e Mathilde se sentiu terrivelmente só. Mesmo com o calor extenuante, o marido passava o dia nas lavouras. Acompanhou o trabalho dos lavradores em colheitas que se revelaram frustrantes. As espigas estavam secas, as jornadas de trabalho se sucediam e todos temiam que em setembro se morresse de fome.

Uma noite, Tamo avistou um escorpião preto sob uma pilha de panelas. Soltou um grito estridente, que fez Mathilde e as crianças correrem para a cozinha. O cômodo dava para um pequeno quintal onde se punha a roupa e a carne para secar, se amontoavam bacias sujas e rondavam os gatos paparicados por Mathilde. Mathilde insistia para que mantivessem sempre fechada a porta que dava para fora. Temia as cobras, os ratos, os morcegos e até os chacais, que formaram um bando próximo ao forno de cal. Tamo, avoada, devia ter se esquecido. A filha de Ito ainda não completara 17 anos. Era risonha e voluntariosa, gostava de ficar no quintal, de cuidar das crianças, ensinar-lhes o nome dos animais em chleuh. Contudo, não apreciava muito o modo como Mathilde a tratava. A alsaciana se mostrava dura, autoritária, ríspida. Encasquetara de explicar a Tamo o que ela chamava de boas maneiras, mas não tinha a menor paciência para isso. Quando tentou iniciá-la nos rudimentos da culinária ocidental, teve de se render à evidência: Tamo não dava a mínima, não prestava atenção, segurava sem vontade a espátula com que deveria mexer o creme de confeiteiro.

Assim que Mathilde entrou na cozinha, a jovem berbere se pôs a salmodiar e escondeu o rosto nas mãos. Mathilde não entendeu de imediato o que tanto assustara a garota. Então viu as pinças pretas do aracnídeo sobressaindo de uma frigideira que ela havia comprado em Mulhouse logo após o casamento. Ergueu Aïcha, que, como ela, estava descalça. Em árabe, mandou Tamo se recompor.

—Pare de chorar — repetiu — e tire essa coisa daí.

Cruzou o longo corredor que conduzia ao quarto e disse para as crianças:

— Hoje à noite, meus queridos, vocês vão dormir comigo.

Sabia que o marido ia brigar com ela. Não gostava do modo como educava os filhos, da complacência que tinha para com as dores e os sentimentos deles. Acusava-a de estar criando pessoas fracas, manhosas, sobretudo o menino. "Não é assim que se educa um homem, que se dá a ele os meios de enfrentar a vida." Naquela casa afastada de tudo, Mathilde sentia medo, saudade dos primeiros anos no Marrocos, quando moravam na almedina de Meknés, em meio às pessoas, ao barulho, ao burburinho. Quando se abria sobre isso com o marido, ele zombava. "Vocês estão bem mais seguros aqui, acredite." Naquele fim de agosto de 1953, chegou a proibi-la de ir à cidade, porque temia agitações de rua ou alguma insurreição. Com o anúncio do exílio do sultão Sidi* Mohammed ben Youssef na ilha da Córsega, a fúria tomara conta do povo. Em Meknés, como em todas as cidades do reino, o clima era explosivo, os gestos, nervosos, um incidente qualquer podia se transformar em tumulto. Na almedina, as mulheres andavam vestidas de preto, olhos vermelhos de ódio e de lágrimas. "*Ya Latif, ya Latif!*"** Em todas as mesquitas do reino, os muçulmanos rezavam pelo retorno do soberano. Formaram-se organizações secretas que defendiam

---

* Meu senhor. [N. da T.]
** "Oh, meu Deus!" [N. da A.]

a luta armada contra o opressor cristão. O grito *"Yahya el Malik!"** se erguia nas ruas, do amanhecer até a noite. Aïcha, porém, ignorava completamente a política. Nem mesmo sabia que aquele era o ano de 1953, que havia homens lubrificando armas para conquistar a independência e outros, para lhes negá-la. Aïcha não estava nem aí. Durante todo o verão, só pensou na escola, e isso a aterrorizava.

Mathilde deixou os dois filhos em cima da cama e ordenou que não saíssem dali. Retornou após alguns minutos, trazendo um par de lençóis brancos embebidos de água gelada. As crianças se deitaram nos lençóis frescos e molhados, e logo Selim adormeceu. Mathilde balançava os pés inchados fora da cama. Acariciava a farta cabeleira da filha, que sussurrou:

— Não quero ir para a escola. Quero ficar aqui com você. Mouilala não sabe ler, Ito e Tamo também não. Que problema tem isso?

Mathilde emergiu bruscamente da sua letargia. Endireitou-se e aproximou o rosto do de Aïcha.

— Nem Ito nem sua avó escolheram isso.

A menina não podia, no escuro, distinguir as feições da mãe, mas sentiu na voz de Mathilde uma seriedade inabitual, e isso a preocupou.

— Nunca mais quero ouvir esse tipo de bobagem, entendeu? — Do lado de fora, uns gatos brigavam, soltavam miados medonhos. — Sinto inveja de você, sabia? — prosseguiu Mathilde. — Bem que eu queria voltar para a escola, aprender mil coisas, fazer amigos para a vida toda. Você está começando a vida de verdade e agora é uma menina crescida.

Os lençóis secaram e Aïcha não conseguia dormir. De olhos abertos, sonhava com a nova vida. Imaginava-se num pátio arborizado e fresco, a mãozinha segurando a mão de

---

* "Viva o rei! Viva o rei!" [N. da A.]

uma menina que seria sua alma gêmea. A vida de verdade não era aqui, dissera Mathilde, nessa casinha branca isolada no alto da colina. A vida real não era ficar zanzando o dia inteiro atrás dos lavradores. Então todos os que trabalhavam nas lavouras do pai não tinham uma existência real? O jeito que eles cantavam, o carinho com que acolhiam Aïcha em seu piquenique à sombra das oliveiras não contavam? Metade de um pão assado ainda de manhã no *kanun*,* em frente ao qual as mulheres ficavam sentadas horas a fio, inalando uma fumaça preta que acabaria por matá-las.

Até então, Aïcha nunca tinha parado para pensar naquela vida entre parênteses. Exceto, talvez, quando eles iam lá no alto da cidade europeia, e ela se via cercada pelo barulho dos carros, dos vendedores ambulantes, dos jovens do ensino médio correndo para os cinemas. Quando ouvia a música jorrar de dentro dos cafés. O martelar dos saltos no cimento. Quando a mãe a puxava com impaciência pelas calçadas e dizia "com licença" para as pessoas. Sim, Aïcha já notara que em outros lugares existia uma vida diferente, mais densa, mais veloz, uma vida que parecia, toda ela, voltada para um objetivo. Suspeitava que a existência deles era apenas uma sombra, uma dura labuta longe dos olhares alheios, uma devoção. Uma servidão.

O primeiro dia de aula chegou. Sentada no banco de trás do carro, Aïcha estava paralisada de medo. Agora não havia mais dúvida, eles podiam dizer o que quisessem, aquilo era mesmo um abandono. Um terrível e covarde abandono. Iam deixá--la ali, naquela rua estranha, ela, a selvagem que só conhecia a imensidão dos campos e o silêncio da colina. Mathilde ia conversando, rindo bobamente, e Aïcha bem via que a mãe

---

* Termo magrebino para designar um fogão baixo, de barro ou metal, a carvão de lenha. [N. da T.]

também não estava tranquila. Que aquele teatro soava falso. Apareceram as portas do internato e o pai estacionou. Na calçada, mães seguravam a mão de menininhas bem-vestidas. Elas usavam vestidos novos, de corte impecável, mas de cores discretas. Eram meninas da cidade, para quem se exibir era habitual. As mães, de chapéu, conversavam enquanto as crianças se abraçavam. Para elas, era um reencontro, pensou Aïcha, era a continuação de seu mundo. Aïcha começou a tremer.

— Não quero — desatou a gritar. — Não quero descer!

Os berros estridentes chamaram a atenção de pais e alunas. Ela, em geral tão calma e acanhada, perdeu toda a compostura. Encaracolou-se no meio do banco de trás, se agarrou e gritou de partir o coração e furar os tímpanos. Mathilde abriu a porta:

—Venha, querida, não precisa ter medo.

Lançou-lhe um olhar suplicante, um olhar que Aïcha reconheceu. Era assim que os camponeses aquietavam os animais antes de matá-los. "Vem, meu bichinho, por aqui", e em seguida era o cercado, eram as pancadas, o matadouro. Amine abriu a outra porta e, cada qual por seu lado, tentaram pegar a menina. O pai conseguiu puxá-la, e ela se segurou na porta com uma fúria, uma força espantosa.

Formou-se um pequeno ajuntamento. Compadeciam-se de Mathilde, que de tanto viver nos confins, entre os nativos, transformara os filhos em pequenos selvagens. Aqueles gritos, aquela histeria, eram bem típicos da gente da roça. "Sabe que essas mulheres arranham o rosto até sangrar para expressar desespero?" Ninguém ali frequentava os Belhaj, mas todos conheciam a história da família que morava numa fazenda isolada na estrada de El Hajeb, a vinte e cinco quilômetros do centro da cidade. Meknés era tão pequena e o tédio ali era tanto, que aquele estranho casal dava pano para conversa nas horas calorentas da tarde.

★

No Palais de la Beauté, onde as jovens senhoras iam enrolar os cabelos e passar esmalte nas unhas, Eugène, o cabeleireiro, zombava de Mathilde, a lourona de olhos verdes que era dez centímetros, no mínimo, mais alta que o marido, o *bicot*.* Eugène divertia as clientes salientando as dissemelhanças entre eles: Amine, com o cabelo preto e a linha frontal tão baixa que lhe endurecia o olhar. Ela, que tinha o nervosismo das moças de 20 anos e, ao mesmo tempo, um quê de masculinidade, de violência, uma incivilidade que levara Eugène a deixar de atendê-la. Com palavras bem escolhidas, o cabeleireiro descrevia-lhe as pernas longas e firmes, o queixo voluntarioso, as mãos sem nenhum trato e aqueles pés imensos, tão grandes e inchados que ela só conseguia usar sapatos masculinos. A branca e o escurinho. A mulher gigantesca e o oficial parrudo. Sentadas debaixo dos secadores, as clientes caíam na risada. Entretanto, quando vinha à memória da plateia que Amine lutara na guerra de libertação, que havia sido ferido e condecorado, os risos esmoreciam. As mulheres sentiam-se obrigadas a calar-se, o que só as tornava mais amargas. Que estranho espólio de guerra era Mathilde, pensavam. Como é que esse soldado convencera a robusta alsaciana a segui-lo até aqui? Do que ela quisera fugir para chegar a isso?

★

Ajuntaram-se ao redor da menina. Destilaram conselhos. Um homem afastou Mathilde brutalmente e tentou chamar Aïcha à razão. Ergueu os braços para o alto, invocou o pai-nosso e os princípios fundamentais que esteiam uma boa educação.

---

* Termo pejorativo para designar os árabes do norte da África. [N. da T.]

Mathilde levava empurrões, tentava proteger a garota. "Não encoste nela, não se aproxime da minha filha!" Estava arrasada. Vê-la chorar assim era uma tortura. Queria pegá-la no colo, embalá-la, confessar sobre as mentiras que lhe contara. Sim, ela havia inventado lembranças idílicas de amizades eternas e mestres dedicados. Os professores não eram tão gentis assim, na verdade. As recordações que guardava da escola eram da água gelada que tinha de passar no rosto na madrugada escura, dos tapas que choviam a torto e a direito, da comida pavorosa e das tardes com o estômago embrulhado de fome e de medo e do anseio desesperado por um gesto de carinho. *Vamos embora*, queria gritar. *Deixe isso para lá. Vamos para casa e vai ficar tudo bem, vou saber o que fazer, vou saber lhe ensinar.* Amine dirigiu-lhe um olhar furioso. Ela estava estragando a menina com tanto mimo e carinhos ridículos. Sem contar que fora Mathilde quem tinha insistido para matriculá-la nessa escola de franceses, onde apontava a torre de uma igreja, onde se rezava para um deus estrangeiro. Mathilde, por fim, engoliu as lágrimas e, sem jeito, sem convicção, estendeu os braços para a filha.

— Vem, minha querida, vem, minha pequenina.

Concentrada que estava na filha, não notou que zombavam dela, que olhos se voltavam para o chão e observavam os sapatões de couro desbotado que ela calçava. As mães cochichavam por trás das mãos enluvadas. Escandalizavam-se e riam. Frente ao portão do internato Notre-Dame, lembraram que tinham de ser compassivas, que o Senhor estava olhando.

Amine segurava a filha pela cintura, estava exasperado.

— Que palhaçada é essa? Quer fazer o favor de largar essa porta? Comporte-se. Está nos envergonhando.

O vestido da filha subiu até a cintura deu para ver a calcinha. O porteiro da escola os observava, apreensivo. Não ousou intervir. Brahim era um velho marroquino de rosto redondo e afável. Usava, na cabeça careca, um gorrinho de crochê branco. O paletó azul-marinho, muito grande para ele, estava impecavelmente bem passado. Os pais não conseguiam acalmar a menina, que parecia possuída pelo demônio. Isso acabaria prejudicando a cerimônia da volta às aulas e a madre superiora ficaria furiosa ao saber da confusão que se armara às portas de sua venerável instituição. Ia cobrar-lhe explicações, recriminá-lo.

O velho porteiro se aproximou do carro e, com toda a delicadeza, tentou desprender os dedinhos agarrados na porta. Em árabe, dirigiu-se a Amine:

— Eu seguro a menina e você arranca com o carro, certo?

Amine meneou a cabeça. Fez com o queixo um sinal para Mathilde, que retornou para o lugar dela. Ele não agradeceu ao velho. Assim que Aïcha soltou a porta, o pai arrancou. O carro se afastou, e Aïcha ficou sem saber se a mãe lhe lançara um último olhar. Pronto, tinha sido abandonada.

Viu-se na calçada. No vestido azul, todo amassado, faltava um botão. Os olhos estavam vermelhos de tanto chorar e o homem que segurava a mão dela não era o seu pai.

— Não posso ir com você até o pátio. Tenho que ficar aqui, no portão. É o meu trabalho — disse e pôs a mão nas costas da menina, empurrando-a para dentro.

Aïcha meneou docilmente a cabeça. Sentiu vergonha. Ela, que se imaginava tão discreta como uma libélula, tinha chamado a atenção de todo mundo. Seguiu pela alameda no fim da qual esperavam as irmãs, alinhadas em frente à sala de aula, todas vestindo um longo hábito preto.

Entrou. As alunas já estavam sentadas nos respectivos lugares e a encaravam sorrindo. Aïcha teve tanto medo que sentiu vontade de dormir. Sua cabeça estava cheia de zumbidos. Tinha certeza de que, se fechasse os olhos, cairia imediatamente num sono profundo. Uma irmã tocou-lhe o ombro. Segurava uma folha de papel. Perguntou-lhe:

— Como você se chama?

Aïcha ergueu os olhos, sem entender o que se esperava dela. A freira era jovem e a menina gostou do seu rosto bonito de pele muito pálida. A irmã repetiu a pergunta e se abaixou para ficar na altura de Aïcha, que por fim sussurrou:

— Eu me chamo Mchicha.

A irmã franziu a testa. Ajeitou os óculos, que tinham escorregado pelo nariz, e consultou novamente a lista de chamada.

— Senhorita Belhaj. Senhorita Aïcha Belhaj, nascida em 16 de novembro de 1947.

A menina se virou. Olhou para trás, sem entender a quem a freira se dirigia. Não sabia quem eram aquelas pessoas e, dentro do peito, conteve um soluço. O queixo começou a tremer. Cravou as unhas na pele dos braços. O que acontecera? O que ela tinha feito para merecer estar trancada ali? Quando é que a mãe voltaria? A irmã custou a acreditar, mas teve de admitir: aquela menina não sabia o próprio nome.

— Senhorita Belhaj, sente-se ali, junto à janela.

Até onde era capaz de lembrar, "Mchicha" era o único nome que tinha ouvido. Era esse o nome que a mãe gritava da porta de casa quando queria que ela entrasse para jantar. Era esse o nome que voava por entre as árvores, resvalava colina abaixo pela boca dos camponeses que procuravam por ela e que afinal a encontravam, dormindo, encolhida ao pé de um tronco. "Mchicha", ouvia ela, e não podia existir outro nome, já que era esse que soprava com o vento, que fazia rir as mulheres berberes que a abraçavam como se ela fosse sua filha. Esse era o nome que a mãe cantarolava, à noite, em meio às canções de ninar que inventava. Era o último som que ela ouvia antes de dormir e que, desde o dia em que nascera, povoava os seus sonhos. "Mchicha", gatinha. A velha Ito, que estava lá quando ela veio à luz, comentara com Mathilde que o choro do bebê parecia um miado e a apelidara assim. Ito ensinara Mathilde a amarrar a criança nas costas com um pano grande. "Desse jeito ela dorme e você trabalha." Mathilde achara muita graça naquilo. Passava os dias assim, sentindo a boca da filha grudada na nuca. E aquele carinho a preenchia.

Aïcha sentou-se no lugar que a professora indicou, ao lado da janela, atrás da bonita Blanche Colligny. As alunas voltaram os olhos na direção dela e aquela atenção repentina lhe soou como uma ameaça. Blanche mostrou a língua para ela, deu uma risadinha e cutucou com o cotovelo a colega ao lado. Imitou o jeito como Aïcha se coçava por causa da lã barata que a mãe usava para costurar as calcinhas da menina. Aïcha se virou para a janela e escondeu o rosto no braço dobrado. Irmã Marie Solange se aproximou.

— O que foi, senhorita, está chorando?
— Não, não estou chorando. Estou fazendo a sesta.

Aïcha carregava consigo um pesado fardo de vergonha. Vergonha das roupas que a mãe costurava para ela. Aventais acinzentados a que Mathilde acrescentava, às vezes, um pequeno enfeite. Flores nas mangas, um debrum azul na gola. Mas nada nunca aparentava ser novo. Nada aparentava ser dela. Achava tudo com jeito de usado. Tinha vergonha do cabelo. Era o que mais lhe pesava, aquela massa informe e crespa, impossível de pentear e que, mal chegava à escola, escapulia das presilhas que Mathilde penara para prender. Mathilde não sabia o que fazer com a cabeleira da filha. Nunca tivera que domar uma juba como aquela. Os fios, finíssimos, arrebentavam sob as presilhas, queimavam com o ferro, resistiam ao pente. Pediu conselhos a Mouilala, mas a sogra deu de ombros. Na sua família, as mulheres nunca haviam tido o azar de ostentar uma cabeleira crespa daquelas. Aïcha tinha herdado o cabelo do pai. Mas Amine o mantinha bem curto, como os militares. E, de tanto frequentar o hammam, quando aspergia a cabeça com água fervente, os bulbos tinham se atrofiado e o cabelo deixara de crescer.

A cabeleira de Aïcha rendia-lhe as mais humilhantes chacotas. Em pleno pátio, era só ela que se via. Corpo miúdo, rosto de elfo e a cabeleira imensa, explosão de mechas louras e ásperas que formavam uma coroa dourada quando batia o sol. Quantas vezes não sonhara com o cabelo de Blanche? Na frente do espelho, no quarto da mãe, tapava a cabeleira com as mãos e tentava imaginar que aparência teria com as longas e sedosas madeixas de Blanche. Ou com os cachos pretos de Sylvie. Ou com as comportadas tranças de Nicole. Seu tio Omar mexia com ela. Dizia que ela penaria para conseguir um marido, que tinha cara de espantalho. Sim, a cabeça de Aïcha parecia estar coberta por um tufo de palha. Sentia-se ridícula por ter aquela aparência, no mais profundo do ser.

As semanas passavam, sempre idênticas. Toda manhã, Aïcha se levantava ao amanhecer e se ajoelhava no escuro, ao pé da cama, pedindo a Deus que nada as atrasasse para a escola. Mas sempre havia alguma coisa. Um problema com o fogão, que soltava uma fumaça preta. Uma discussão com o pai. Os gritos no corredor. A mãe que finalmente aparecia, ajeitando o penteado e o lenço. Enxugando uma lágrima com as costas da mão. Queria se manter digna, mas afinal não se aguentava. Dava meia-volta para o quarto. Desatava a berrar que queria ir embora dali, que tinha cometido o maior erro da sua vida, que era uma estrangeira. Que se o pai dela soubesse, quebraria a cara daquele marido gritalhão. Entretanto, o pai dela não sabia. O pai dela estava longe. E Mathilde depunha as armas. Ralhava com a filha, que a esperava comportadamente à porta da rua e tinha vontade de dizer: "Vamos logo, sim? Pelo menos uma vez, queria chegar na hora."

Aïcha maldizia o carro de segunda mão que o pai comprara do Exército americano por um preço acessível. Amine tentara raspar a bandeira pintada no capô, mas ficara com receio de estragar a lataria, de modo que ainda se viam umas estrelas descascadas e um resquício de listra azul na carroceria. A caminhonete, além de feia, era caprichosa. Quando a temperatura subia, saía uma fumaça cinzenta do capô, e precisavam esperar o motor esfriar. No inverno, ela não pegava. "Tem que esquentar", dizia Mathilde. Aïcha culpava o veículo por todos os problemas que a afligiam e maldizia esses Estados Unidos que todos reverenciavam. "São todos uns bandidos, uns incompetentes, uns imprestáveis", resmungava. Por culpa daquela lata-velha, era alvo das chacotas das colegas — "Seus pais deviam comprar um burro! Assim você se atrasaria menos!" — e das reprimendas da madre superiora.

Amine, com a ajuda de um camponês, conseguira fixar uma cadeirinha na parte de trás. Aïcha ia sentada entre as ferramentas e os caixotes de frutas e verduras que a mãe entregava no mercado de Meknés. Certa manhã, ainda meio sonolenta, a menina percebeu algo roçar sua minúscula canela. Soltou um grito, e quase que Mathilde deu uma guinada no volante.

— Senti uma coisa se mexendo — justificou-se Aïcha.

Mathilde não quis parar e correr o risco de depois o carro não pegar.

— Você está imaginando coisas de novo — ralhou, passando as mãos nas axilas encharcadas.

Assim que estacionou na frente do internato e Aïcha saltou para a calçada, as dezenas de meninas que se apinhavam diante do portão desataram a gritar. Agarraram-se às pernas das mães, algumas correram para o pátio. Uma delas desmaiou, ou fingiu. Mathilde e Aïcha se olharam sem entender, até que viram Brahim apontando o dedo para alguma coisa, rindo.

—Vejam só o que vocês trouxeram — disse, achando graça.

Uma comprida cobra não venenosa deslizara da traseira do carro e vinha atrás de Aïcha, indolente, feito um cão fiel acompanhando o dono num passeio.

Em novembro, quando o inverno se instalou, tiveram de enfrentar as manhãs de breu. Mathilde segurava a mão da filha, puxava-a pela alameda, por entre as amendoeiras cobertas de geada, e Aïcha tiritava. No escuro amanhecer, ouviam apenas o ruído da própria respiração. Nenhum som de animal, nenhuma voz humana vinha perturbar o silêncio. Entravam no carro úmido, Mathilde ligava a ignição, mas o motor engasgava. "Não é nada, só precisa esquentar." O carro, transido de frio, tossia igual a tuberculoso. Aïcha, vez ou outra, tinha um acesso de fúria. Chorava, chutava as rodas, maldizia a fazenda, os pais, a escola. Uma palmada estalava. Mathilde saía do carro e o empurrava declive abaixo até a porteira no fim do jardim. No meio da testa, uma veia ameaçava explodir. O rosto arroxeado da mãe deixava Aïcha assustada, impressionada. O carro pegava, mas havia, em seguida, uma subida um tanto íngreme. A lata-velha ia roncando mais e mais forte e, não raro, morria.

Um dia, apesar da exaustão e da vergonha de ter que tocar a campainha do internato, Mathilde começou a rir. Era uma manhã de dezembro, fria mas ensolarada. O céu estava tão límpido que dava para ver as montanhas do Atlas, como uma aquarela pendurada bem no alto. Com voz retumbante, Mathilde exclamou:

— Caros passageiros, apertem os cintos. Vamos decolar dentro de instantes!

Aïcha riu e grudou as costas no assento. Mathilde fez uns barulhos fortes com a boca e Aïcha se segurou na porta, pronta para voar. Mathilde girou a chave, pisou no acelerador, o motor ronronou e, em seguida, emitiu um chiado asmático. Mathilde se deu por vencida.

— Caros passageiros, queiram nos desculpar, mas os motores, ao que parece, não têm potência suficiente e as asas precisam de um pequeno reparo. Não será possível levantar voo hoje, teremos de prosseguir por terra. Mas podem contar com nosso estimado piloto: voaremos dentro de alguns dias, está prometido!

Aïcha sabia muito bem que carros não voavam, mas ainda assim, durante anos, não podia se aproximar daquela subida sem sentir o coração disparar, sem pensar *é hoje!*. Mesmo sendo totalmente inverossímil, não podia impedir a si mesma de esperar que a caminhonete mergulhasse nas nuvens, que as levasse para novos lugares, onde poderiam rir feito doidas, de onde veriam por um outro ângulo aquela colina distante de tudo.

Aïcha detestava aquela casa. Havia herdado a sensibilidade da mãe, e Amine concluiu que as mulheres eram todas iguais, medrosas e impressionáveis. Aïcha tinha medo de tudo. Da coruja no abacateiro, cuja presença, diziam os lavradores, anunciava uma morte próxima. Dos chacais, cujos uivos não a deixavam dormir, e dos cães errantes de costelas salientes e tetas infectadas. O pai a prevenira: "Se for passear por aí, leve umas pedras com você." Ela duvidava muito que seria capaz de se defender, de espantar aqueles bichos ferozes. Mesmo assim, enchia os bolsos de pedregulhos, que chacoalhavam quando ela andava.

Aïcha tinha, mais que tudo, medo do escuro. Do escuro profundo, denso, infinito que cercava a fazenda dos pais. À tardinha, depois da escola, o carro da mãe enveredava pelas estradas rurais, as luzes da cidade se distanciavam e elas se entranhavam num mundo opaco e perigoso. O carro avançava na escuridão como se penetrasse numa gruta, como se afundasse em areias movediças. Nas noites sem lua, não se distinguia sequer a silhueta maciça dos ciprestes ou o contorno dos fardos de feno. O breu engolia tudo. Aïcha prendia a respiração. Rezava pai-nossos e ave-marias. Pensava em Jesus, que passara por sofrimentos terríveis, e repetia para si mesma: "Eu jamais conseguiria."

Dentro de casa, piscava uma luz fraca e lúgubre, e Aïcha vivia na permanente apreensão de haver uma queda de energia. Era frequente ela ter de andar pelo corredor feito uma pessoa cega, as mãos espalmadas nas paredes, o rosto encharcado de lágrimas, berrando "Mamãe, onde você está?". Mathilde também ansiava por claridade, e pressionava o marido. Como é que Aïcha iria fazer as tarefas de casa estragando as vistas tentando enxergar os cadernos? Como é que Selim podia correr e brincar se tremia de medo? Amine fizera a aquisição de um gerador que permitia recarregar as baterias, o qual ele empregava também no outro lado da fazenda, com a finalidade de bombear água para os animais e irrigar os campos. Na ausência desse dispositivo, as baterias descarregavam rapidamente e a luminosidade das lâmpadas ia ficando mais e mais sinistra. Mathilde então acendia velas e fingia achar essa iluminação bonita e romântica. Contava para Aïcha histórias de duques e marquesas, de bailes em palácios esplêndidos. Ria, mas estava, na verdade, se lembrando da guerra, dos blecautes em que amaldiçoava o seu povo, os sacrifícios e o impulso de seus 17 anos. Devido ao carvão usado para cozinhar e aquecer a casa, as roupas de Aïcha estavam sempre impregnadas de um odor de fuligem que lhe dava náuseas e fazia as colegas rirem. "Aïcha cheira a carne defumada", gritavam as alunas no pátio. "Aïcha vive igual aos Chleuh nas suas choças."

Na ala oeste da casa, Amine instalou seu escritório. Nas paredes desse cômodo, que chamava de "meu laboratório", ele afixara imagens cujos títulos Aïcha sabia de cor. "O cultivo dos cítricos", "A poda da vinha", "Botânica aplicada de agricultura tropical". Aquelas gravuras em preto e branco não faziam o menor sentido para ela, e achava que o pai era uma espécie de mago capaz de influir nas leis da natureza, de falar com as plantas e os animais. Certo dia, quando ela estava gritando com medo do escuro, Amine a ergueu sobre os ombros e saíram os dois para o jardim. O breu era tanto que ela nem sequer conseguia enxergar a ponta dos sapatos do pai. Um vento frio levantou a camisola da menina. Amine tirou um objeto do bolso e o estendeu para Aïcha. "É uma lanterna. Sacuda-a para cima e aponte a luz para os olhos dos pássaros. Se conseguir, eles vão sentir tanto medo que vão ficar paralisados, e aí você pode apanhá-los com a mão."

Em outra ocasião, chamou a filha para ir com ele até o pequeno jardim que projetara para Mathilde. Havia ali um broto de lilás, um arbusto de rododendro e um jacarandá que ainda não tinha dado flor. Embaixo da janela da sala crescia uma árvore, cujos ramos disformes vergavam com o peso das laranjas. Amine mostrou para Aïcha o ramo de limoeiro que trazia na mão e, com um dedo cuja a unha estava sempre manchada de terra, indicou os dois rebentos brancos e graúdos que tinham se formado. Com a faca, fez um entalhe profundo no tronco da laranjeira.

— Agora, preste atenção. — Amine introduziu delicadamente a ponta do ramo do limoeiro, cortada em "T", na incisão feita na árvore. — Vou pedir a um lavrador que coloque resina e amarre. Quanto a você, pense num nome para essa árvore esquisita.

Irmã Marie Solange gostava de Aïcha. Era fascinada por aquela menina, para a qual acalentava intimamente grandes ambições. A pequena tinha uma alma mística, e, onde a madre superiora diagnosticava uma certa histeria, irmã Marie Solange enxergava o chamado do Senhor. Toda manhã, antes da aula, as garotas iam à capela, que ficava no fim de um estreito caminho de cascalho. Aïcha com frequência chegava atrasada, mas, assim que cruzava o portão do internato, seu olhar se voltava por inteiro para a casa de Deus. Para lá se dirigia com uma determinação e gravidade que contrastavam com a idade dela. Alguns metros antes da porta, acontecia de ela se ajoelhar e avançar assim, os braços abertos em cruz, com o cascalho lhe rasgando a carne, o semblante impassível. A madre superiora, ao vê-la, levantava-a com um gesto brutal. "Não me agrada nem um pouco essa cena complacente, senhorita. Deus sabe reconhecer os corações sinceros." Aïcha amava a Deus e disse isso a irmã Marie Solange. Amava Jesus, que a acolhia, nu, nas manhãs geladas. Tinham-lhe contado que o sofrimento aproximava do céu. E ela assim acreditava.

    Certa manhã, no final da missa, Aïcha desmaiou. Não conseguiu pronunciar as últimas palavras da oração. Tiritava de frio na capela glacial, um velho pulôver cobrindo-lhe os ombros ossudos. Os cânticos, o cheiro de incenso, a voz possante de irmã Marie Solange, nada disso a aquecia. O rosto ficou pálido, ela cerrou os olhos e desabou no piso de pedra. Irmã Marie Solange teve de carregá-la nos braços. As alunas se irritaram com aquela cena. Aïcha é um rato de sacristia, diziam, uma santa do pau oco, uma futura fanática.

Deitaram-na numa salinha que fazia as vezes de enfermaria. Irmã Marie Solange deu-lhe um beijo na testa e nas faces. Não a preocupava, na verdade, a saúde da menina. O desmaio era prova de que se estabelecera entre o corpinho franzino e o de Nosso Senhor um diálogo de que Aïcha ainda não percebia a profundidade e a beleza. Aïcha tomou uns goles de água morna e recusou o torrão de açúcar que a irmã lhe deu para chupar. Disse que não merecia a guloseima. Irmã Marie Solange insistiu, Aïcha botou a língua para fora e em seguida trincou o açúcar com os dentes.

Pediu para voltar à sala. Disse que estava melhor, que não queria perder a aula. Sentou-se diante da carteira, atrás de Blanche Colligny, e a manhã transcorreu calma e tranquila. Não tirou os olhos da nuca de Blanche, que era rosada e roliça, com uma leve penugem loura. A garota usava o cabelo preso num coque no alto da cabeça, igual a uma bailarina. Aïcha passava horas observando diariamente aquele pescoço. Conhecia-o de cor e salteado. Sabia que, quando Blanche se inclinava para escrever, formava-se uma pequena dobra logo acima dos ombros. Durante a forte onda de calor, em setembro, a pele de Blanche se enchera de manchinhas vermelhas, que a comichavam. E Aïcha observara aquelas unhas manchadas de tinta coçando a pele até sangrar. Pingos de suor escorriam da raiz dos cabelos da garota até as costas, a gola dos vestidos ficava encharcada e ganhava um tom amarelado. Na sala de aula superaquecida, o pescoço ia se curvando como o de um ganso à medida que a atenção esmorecia, que o cansaço se fazia sentir, e acontecia de Blanche pegar no sono no meio da tarde. Aïcha nunca tocava na pele da colega. Tinha, às vezes, vontade de estender a mão, de roçar com a ponta dos dedos o relevo das vértebras, afagar as madeixas louras escapulidas do coque, que lembravam as penas de um pintinho. Refreava o impulso de aproximar o nariz daquele pescoço de que queria sentir o cheiro, de que desejava, com a ponta da língua, descobrir o gosto.

Nesse dia, Aïcha viu um arrepio percorrer a nuca de Blanche. Os pelos louros se eriçaram como os de um gato pronto para a briga. Perguntou-se o que teria causado essa comoção. Ou seria apenas o vento fresco entrando pela janela aberta por irmã Marie Solange? Aïcha já não ouvia a voz da professora nem o ranger do giz no quadro-negro. Aquela nesga de carne a enlouquecia. Por fim, não aguentou. Pegou o compasso e, num gesto rápido, fincou a ponta na pele de Blanche. Retirou-o quase em seguida e, com o polegar e o indicador, enxugou uma gota de sangue.

Blanche soltou um grito. Irmã Marie Solange se virou e por pouco não caiu do estrado.

— Senhorita Colligny! Que grito foi esse, pode me dizer?

Blanche foi para cima de Aïcha. Puxou o cabelo dela com toda força. Tinha o rosto contorcido de raiva.

— Foi essa peste! Ela beliscou o meu pescoço!

Aïcha não se moveu. Diante do ataque, baixou a cabeça, curvou as costas e não disse palavra. Irmã Marie Solange segurou o braço de Blanche e arrastou-a até a própria mesa com uma brutalidade que as alunas nunca tinham visto nela.

— Como ousa acusar a srta. Belhaj? Como pensar que Aïcha seria capaz de uma coisa dessas? Percebo sentimentos bem mesquinhos por trás disso tudo.

— Mas é verdade, juro! — gritou Blanche, levando a mão à nuca e examinando os dedos na esperança de encontrar um vestígio da agressão.

Contudo, não havia sangue algum, e irmã Marie Solange ordenou que ela escrevesse com letra caprichada: "Não acusarei minhas colegas de malfeitos imaginários."

No recreio, Blanche lançou a Aïcha olhares malévolos. "Você não perde por esperar", parecia dizer. Aïcha lamentou que o ataque com o compasso não tivesse surtido o efeito esperado. Contara que o corpo da colega ia desinflar como balão espetado com alfinete, reduzir-se a um invólucro flácido e inofensivo. Mas Blanche continuava bem viva, estava ali pulando no meio do pátio, fazendo as amigas rirem. Recostada na parede da sala, o rosto voltado para o sol de inverno que lhe aquecia o corpo e a apaziguava, Aïcha observava as meninas brincarem no recinto repleto de plátanos. As marroquinas punham as mãos ao redor da boca e cochichavam segredos entre si. Aïcha as achava lindas, com seus longos cabelos castanho-escuros trançados e presos sobre a testa por uma fina tiara de pano branco. Eram quase todas internas, dormiam nas águas-furtadas. Nas sextas-feiras, iam ao encontro das respectivas famílias em Casablanca, Fez ou Rabat, cidades onde Aïcha nunca estivera e que lhe pareciam tão longínquas quanto a Alsácia natal de Mathilde, sua mãe. Porque Aïcha não era nem totalmente nativa nem uma dessas europeias, filhas de fazendeiros, aventureiros, funcionários da administração colonial, que pulavam amarelinha com firmeza. Ela não sabia o que era, então ficava sozinha, parada junto à parede escaldante da sala de aula. *Como custa a passar*, pensou Aïcha. *Como custa a passar. Quando vou ver mamãe?*

No fim da tarde, as meninas desabalaram, aos gritos, para o portão do internato. Eram as férias de Natal. O cascalho rangeu sob os sapatos de verniz e os casacos de camurça se cobriram de poeira branca. Aïcha levou empurrões das colegas, que formavam um enxame ruidoso e nervoso. Cruzou o portão, acenou para irmã Marie Solange e parou na calçada. Mathilde não estava lá. Aïcha olhou as colegas irem embora, esfregando-se como gatos gordos nas pernas das mães. Um carro norte-americano estacionou na frente do internato e dele saiu um homem com um fez vermelho na cabeça. O homem contornou o veículo e, olhando em volta, procurou uma menina. Quando a avistou, pôs a mão no coração e baixou o queixo em sinal de respeito. *"Lalla* Fatima"*, disse para a aluna que vinha na direção dele, e Aïcha se perguntou por que aquela garota, que borrava os cadernos de saliva de tanto dormir sobre eles, estava sendo tratada como uma dama. Fatima desapareceu dentro do carro imenso, umas meninas acenaram para ela e gritaram "Boas férias!". Então cessaram os pipiares, a infância sumiu e a vida citadina retomou seu curso. Adolescentes jogavam bola no terreno baldio atrás da escola, e Aïcha escutava insultos em espanhol e francês. Os transeuntes lançavam-lhe olhares furtivos, reviravam os olhos como se buscando uma explicação para aquela criança, que não era uma mendiga, ter sido esquecida ali. Aïcha evitava os olhares, não queria que sentissem pena dela nem que viessem consolá-la.

Caiu a noite e Aïcha ficou grudada no portão, rezando para sumir, tornar-se um simples sopro, um fantasma, uma nuvem de vapor. O tempo custava tanto a passar, tinha a impressão de estar ali havia uma eternidade, canelas e braços congelados, a mente inteira voltada para a mãe que não chegava. Esfregou os braços com as mãos, saltitou de um pé para o outro a fim de se manter aquecida. A essa hora, pensou, as colegas estavam lanchando numa cozinha, deliciando-se com crepes de mel bem quentes. Algumas faziam as tarefas em escrivaninhas de acaju, em quartos que Aïcha imaginava repletos de brinquedos. As buzinas começaram a fazer estardalhaço, eram as pessoas saindo do trabalho, e Aïcha to-

---

*   Título respeitoso para designar uma mulher. [N. da A.]

mou um susto com a luz dos faróis que a cegavam. A cidade foi arrastada para uma dança frenética à qual os homens, de chapéu e sobretudo, impunham o ritmo. Rumavam a passos seguros para o calor de um quarto, alegres ao pensar na noite que passariam bebendo ou dormindo. Aïcha pôs-se a girar, um mecanismo enlouquecido, e, com as mãos unidas tão forte que ficaram brancas, rezou ao Menino Jesus e à Virgem Maria. Brahim não falou com ela porque a madre superiora o proibira de dirigir a palavra às moças do colégio. Entretanto, estendeu o braço para a menina, que pegou a mão dele e a apertou. Em pé no portão, ela olhava fixamente para o cruzamento por onde Mathilde enfim chegou.

Ela desceu da lata-velha de um salto e pegou a filha no colo. Num árabe mesclado de sotaque alsaciano, agradeceu a Brahim. Apalpou o bolso do jaleco sujo, decerto buscando uma moeda para dar ao porteiro, mas o bolso estava vazio e Mathilde enrubesceu. No carro, Aïcha não respondeu às perguntas de Mathilde. Não disse nada sobre o ódio de Blanche e das outras colegas. Três meses antes, Aïcha tinha chorado na saída da escola porque uma menina se negara a lhe dar a mão. Contou para os pais e eles disseram que não tinha importância, que ela não devia ligar para aquilo, e Aïcha ficara magoada com a indiferença deles. Na mesma noite, porém, enquanto o desapontamento não a deixava dormir, Aïcha ouvira os pais brigarem. Amine esbravejava contra essa escola de cristãos em que não havia lugar para a filha. Mathilde maldizia, entre dois soluços, o isolamento em que viviam. Aïcha nunca mais contou nada. Não falava de Jesus com o pai. Guardava segredo do amor que sentia pelo homem de pernas desnudas que lhe dava forças para controlar a ira. Não confessou para a mãe que passava os dias de estômago vazio desde que tinha achado um dente no ensopado de carneiro com vagem servido no refeitório. Não era um dentinho de leite, branco e pontudo, como o que ela havia perdido no verão e em troca do qual o ratinho* lhe trouxera um bombom de amêndoas. Não, era um dente escuro e oco, um dente de velho que parecia ter se soltado da gengiva, como se ele estivesse apodrecido. Toda vez que pensava nisso, sentia o estômago revirar.

---

* No original: *petite souris*, camundongo. O equivalente da fada do dente na tradição francesa. [N. da T.]

Em setembro, na mesma época em que Aïcha entrou para a escola, Amine decidiu adquirir uma ceifadeira-debulhadora. Tivera de assumir tantas despesas com a fazenda, as crianças, a mobília da casa, que com o que sobrara deu apenas para ir a um ferro-velho de um trambiqueiro, que lhe prometeu uma máquina excepcional, saída direto das fábricas norte-americanas. Amine, com um gesto brusco, fez sinal para que ele se calasse. Não estava interessado na lenga-lenga do homem, e, de qualquer forma, essa máquina era só o que ele podia comprar. Passou dias a fio trepado na ceifadeira e não queria deixar ninguém mais usá-la. "Vão detoná-la", explicou para Mathilde, que se preocupava por vê-lo cada dia mais magro. Tinha o rosto consumido de sol e cansaço, e a pele já tão escura quanto a dos recrutas africanos. Trabalhava sem parar. Vigiava cada gesto dos lavradores. Fiscalizava o carregamento das sacas até o anoitecer, e sucedeu várias vezes de o encontrarem dormindo sentado ao volante do carro, cansado demais para poder chegar em casa.

Durante meses, Amine deixou de ocupar o leito conjugal. Comia em pé na cozinha, falando com Mathilde em termos que ela não entendia. Tinha um ar de desvairado e virava para ela com os olhos arregalados e injetados de sangue. Queria dizer alguma coisa, mas só o que conseguia fazer era agitar os braços num gesto estranho e brusco, como se jogasse bola, como se estivesse prestes a matar alguém com uma facada. Sua angústia era tanto mais dolorosa por ele não ousar dividi-la com ninguém. Admitir o fracasso seria a morte. Não tinha a ver com as máquinas nem com o clima, nem mesmo com a incompetência dos trabalhadores agrícolas. Não, o que o consumia era o fato de o pai dele ter se enganado. Aquela terra não prestava para nada. Só um pequeno estrato era cultivável, e sob essa fina camada o que havia era o calcário, a rocha cinzenta e indiferente, a pedra em que sua ambição sem cessar esbarrava.

Sentia-se, às vezes, tão moído de preocupação e cansaço que sua vontade era de se deitar no chão, encolher as pernas junto ao corpo e dormir semanas a fio. Queria chorar como choram as crianças exaustas de brincar e se excitar e achava que as lágrimas afrouxariam a prensa que lhe apertava o peito. De tanto sol e insônia, pensou que estava enlouquecendo. Tinha a alma tomada por trevas, em que recordações de guerra se confundiam com a imagem da miséria que o rondava. Amine se lembrava da época das grandes fomes. Tinha uns 10, 12 anos quando vira subir do Sul famílias inteiras, com os respectivos animais, todos tão magros e famintos que não conseguiam emitir sequer um som. Com a cabeça infestada de micose, rumavam para as cidades levando suas súplicas mudas e enterravam os filhos à beira das estradas. A impressão que ele tinha era de que o mundo inteiro estava sofrendo, que hordas de esfomeados o seguiam, e ele não podia fazer nada porque, em breve, seria um deles. Esse pesadelo o perseguia.

*

Amine, contudo, não se deixou abater. Convencido por um artigo, resolveu se lançar na criação de bovinos. Um dia, ao retornar da escola, Mathilde o avistou à margem da estrada, a dois quilômetros da fazenda. Andava ao lado de um homem magro, vestido com uma djelaba encardida e um par de sandálias gastas que lhe machucavam os pés. Amine sorria, e o homem deu-lhe um tapinha no ombro. Pareciam se conhecer de uma longa data. Mathilde parou na beirada do caminho. Saiu do carro, ajeitou a saia e foi ao encontro dos dois. Amine pareceu incomodado, mas fez as apresentações. O homem chamava-se Buchaib, e Amine tinha acabado de fechar com ele um negócio de que muito se orgulhava. Com o pouco de economias que lhes restava, pretendia adquirir quatro ou cinco bois, que o camponês ia levar para as pastagens, nas montanhas do Atlas, a fim de engordá-los. Vendidos os animais, os dois dividiriam os lucros.

Mathilde não tirou os olhos do estranho. Não gostava do riso dele, que carecia de sinceridade e lembrava um acesso de tosse de alguém com a garganta irritada. A maneira como esfregava o rosto com os dedos longos e sujos causava a ela uma péssima impressão. Nem uma vez ele a olhou nos olhos, e Mathilde sabia que não era só por ela ser mulher ou estrangeira. Tinha certeza de que esse homem ia fazê-los de bobos. Naquela noite, tocou no assunto com Amine. Esperou que as crianças estivessem dormindo e o marido descansasse a cabeça no encosto da poltrona. Tentou convencê-lo a não fazer negócio com aquele homem. Sentiu certa vergonha dos argumentos que usava, vergonha de só conseguir falar em intuição, em mau pressentimento, na aparência pouco aprazível do camponês. Amine ficou furioso.

— Está dizendo isso só porque ele é negro. Só porque é um matuto que vive nas montanhas e não conhece os modos da cidade. Você não sabe nada dessas pessoas. Não tem como entender.

No dia seguinte, Amine e Buchaib foram à feira de gado. O *souk* ficava à beira de uma estrada, entre os vestígios de uma muralha que outrora protegera os citadinos das razias das tribos e algumas árvores, ao pé das quais os montanheses tinham estendido tapetes. Fazia um calor sufocante e Amine foi impactado pelo cheiro forte do gado, das fezes e do suor dos próprios camponeses. Tapou o nariz com a manga várias vezes, por medo de vomitar ou passar mal. Os animais, magros e plácidos, fitavam o chão. Os burros, as cabras, os escassos bois pareciam ter consciência do pouco caso que se fazia dos sentimentos deles. Mascavam sem entusiasmo os raros brotos de dente-de-leão, a graxa amarelada, os ramalhetes de *bakula*.* Calmos e resignados, aguardavam ser passados da mão cruel de um para a de outro. Os camponeses se atarefavam. Gritavam um peso, um preço, uma idade, uma serventia. Naquela região pobre e árida, era uma batalha cultivar, colher, cuidar dos animais. Amine pulou por sobre os grandes sacos de juta jogados no chão, tratou de não pisar nos estercos que secavam ao sol e foi direto para a ala oeste da feira, onde estava agrupada uma manada de bois.

Cumprimentou o dono, um velho com um turbante branco que lhe cobria a cabeça calva, e cortou, um tanto secamente para o gosto de Buchaib, as bênçãos com que ele o brindava. Amine falou sobre os animais com um tom de cientista. Fez perguntas técnicas que o velho não tinha condições de responder. Amine queria demonstrar, de forma clara e brutal, que eles não pertenciam ao mesmo mundo. O camponês se ofendeu e pôs-se a mascar uma haste de campainhas-amarelas, fazendo o mesmo barulho que os bois que estava vendendo. Buchaib retomou as rédeas da situação. Enfiou os dedos nas narinas dos animais e apalpou-lhes o lombo com ambas as mãos. Deu tapinhas no ombro do dono enquanto o

---

* Malva. [N. da T.]

interrogava sobre as quantidades de sêmen e dejeções e elogiou o trato que dava aos animais. Amine recuou alguns passos e teve de fazer um esforço para não deixar transparecer a irritação e o cansaço. A negociação durou horas. Buchaib e o camponês falavam, mas não avançavam. Entravam em acordo sobre um valor, em seguida um dos dois mudava de ideia, ameaçava ir embora, e um longo silêncio se instalava. Amine sabia que essas coisas eram assim mesmo, que era uma espécie de jogo ou ritual, mas várias vezes teve vontade de gritar para abreviar aquelas tradições ridículas. A tarde chegava ao fim. O sol principiou a sumir atrás dos relevos do Atlas, e um vento frio veio varrer o mercado. Bateram na mão do vendedor, que acabava de se desfazer de quatro animais em boa saúde.

Ao despedir-se do sócio para retornar ao seu vilarejo nas montanhas, Buchaib se mostrou extremamente simpático. Cumprimentou Amine pelos modos e as qualidades de negociador. Discorreu longamente sobre o senso de honra dos povos montanheses, sobre o valor da palavra dada. Falou mal dos franceses, gente desconfiada e dada a burocracias. Amine pensou em Mathilde e aquiesceu. O dia tinha sido exaustivo e o único desejo dele era ir para casa, ver os filhos.

Nas semanas que se seguiram, Buchaib enviou regularmente um emissário à fazenda. Um jovem pastor com canelas comidas de sarna e olhos rodeados de pus que atraíam moscas. O garoto, que decerto nunca comera o bastante para saciar a fome, falava nos bois de Amine com laivos poéticos. Dizia que a relva, lá em cima, era farta e fresca, que os animais engordavam a olhos vistos. No que pronunciou essas palavras, viu o semblante de Amine se iluminar e ficou feliz por estar trazendo alegria àquela casa. Voltou uma ou duas vezes, tomando com a mesma avidez o chá que Mathilde, a pedido dele, adoçava com três colheres de açúcar.

E então o garoto deixou de vir. Quinze dias se passaram, e Amine começou a se preocupar. Quando Mathilde perguntou a respeito, ele se enfureceu.

— Eu já lhe disse para não se meter nesse assunto. As coisas aqui funcionam assim. Não queira me ensinar a administrar a fazenda!

Mas a dúvida o torturava. À noite, não pegava no sono. Exausto, louco de angústia, despachou um dos lavradores que trabalhavam para ele em busca de notícias, mas o homem voltou de mãos abanando. Não tinha encontrado Buchaib.

— A montanha é muito grande, Si* Belhaj. Ninguém ouviu falar nele.

Certa noite, Buchaib voltou. Apresentou-se à porta da fazenda, rosto desfeito, olhos vermelhos. Ao ver Amine vindo até ele, bateu com as duas mãos na cabeça, arranhou as faces, soltou gritos de bicho acuado. Custou a recobrar o fôlego, e Amine não entendeu nada das explicações. Buchaib só repetia "Ladrões, ladrões!", e os olhos dele se enchiam de pavor. Contou que um bando de homens armados aparecera no meio da noite. Tinham amarrado os funcionários, depois de surrá-los, e levado o rebanho inteiro num caminhão.

— Os pastores não puderam fazer nada. São uns bravos rapazes, bons trabalhadores, mas o que poderiam esses homens contra armas e um caminhão?

Buchaib deixou-se cair numa poltrona. Pôs as mãos nos joelhos e chorou feito um menino. Disse estar humilhado para o resto da vida, que jamais se recobraria dessa vergonha. Depois de tomar um gole de chá, no qual pusera cinco torrões de açúcar, acrescentou:

— É uma grande tragédia para nós.

---

* Seu. [N. da T.]

— Vamos à polícia. — Amine estava em pé na frente do camponês.

— Polícia? — O homem recomeçou a chorar. Balançou a cabeça em sinal de desespero. — A polícia não vai poder fazer nada. A esta altura, esses ladrões, esses demônios, esses filhos de uma cadela já vão longe. Não vão conseguir encontrar a pista deles.

E se lançou numa comprida ladainha sobre o drama dos homens da montanha, que vivem longe de tudo, à mercê da violência e das estações. Chorou por ter de carregar aquela sina, lançando injúrias contra a seca, as doenças, as mulheres que morriam de parto, os funcionários corruptos. Ainda soluçava quando Amine o puxou pelo braço.

—Vamos à polícia.

Amine podia ser mais baixo que o camponês, mas nem por isso era menos imponente. Era um homem jovem e determinado, com músculos talhados pelo trabalho no campo. Buchaib sabia que ele tinha lutado na guerra, que era oficial do Exército francês e fora condecorado por atos heroicos. Amine segurou com pulso firme a manga da djelaba de Buchaib, que não opôs resistência. Entraram no carro e uma escuridão brutal os envolveu. Instaurou-se o silêncio. Buchaib transpirava, apesar do frio da noite. Amine lançava-lhe olhares furtivos. Observava as mãos do camponês, apenas visíveis à parca luz dos faróis. Temia que este, num rasgo de loucura ou desespero, fosse para cima dele e tentasse nocauteá-lo para fugir em seguida.

A delegacia de polícia apareceu no horizonte. Buchaib trocou o tom desesperado por um discurso mais sarcástico.

— Acha mesmo que esses incompetentes vão fazer alguma coisa para nos ajudar? — repetia e dava de ombros, como se a ingenuidade de Amine fosse a coisa mais ridícula que já tivesse visto na vida.

Pararam defronte do portão, e Buchaib continuou sentado. Amine deu a volta no carro, abriu a porta do passageiro e disse:

— Venha.

Amine chegou em casa ao amanhecer. Mathilde estava sentada à mesa da cozinha. Tentava trançar o cabelo de Aïcha, que mordia os lábios para não chorar. Ele olhou para elas. Sorriu sem dizer nada e foi para o quarto. Não contou para Mathilde que os policiais tinham recebido Buchaib como a um velho conhecido. Haviam dado risada ao escutar o relato sobre os ladrões das montanhas. Faziam cara de surpresa e perguntavam: "E o caminhão, diz para a gente, como é que ele era? E esses pobres pastores, não ficaram muito machucados? Quem sabe poderiam vir depor? Conte outra vez sobre a chegada dos ladrões. Guarde essa história, é realmente hilária." Amine teve a impressão de que era principalmente dele que riam. Dele, que se achava um grande latifundiário, que tinha comportamentos de colono, e caíra feito um trouxa na lábia do primeiro pilantra que aparecera. Buchaib ia passar uns meses na prisão, mas isso, para Amine, não era nenhum consolo. Não ia pagar suas dívidas. No fundo, o camponês tinha razão. De nada adiantara ter ido à polícia. Só servira para minar Amine mais um pouco. Não, ele devia era ter enfiado a mão na cara daquele jeca, daquele lixo. Devia tê-lo espancado até a morte. Quem teria se queixado? Haveria por aí alguma mulher, um filho, um amigo que iriam procurar por aquele traste? Para todos que conviviam com Buchaib seria decerto um alívio saber que ele havia morrido. Amine teria dado o cadáver de presente aos chacais e aos urubus, e assim, pelo menos, se sentiria vingado. Polícia... que tolice.

III

Aïcha acordou de coração leve. Era o primeiro dia das férias de Natal, e ela rezou deitada na cama, debaixo do cobertor de lã. Rezou pelos pais, que eram tão infelizes, e rezou por si mesma, pois queria ser boa e salvá-los. Desde que tinham vindo morar na fazenda, os pais brigavam o tempo todo. No dia anterior, a mãe havia rasgado em pedaços dois dos próprios vestidos. Dizia que não aguentava mais aqueles trapos miseráveis, que se ele não lhe desse dinheiro para comprar roupa ia passar a andar nua por aí. Aïcha apertou as mãos com mais força e rogou a Jesus que impedisse a mãe de andar despida pela rua, rogou ao Senhor que a poupasse de tamanha humilhação.

Na cozinha, Mathilde estava com Selim sentado no colo e afagava o cabelo crespo do menino adorado. Contemplava, com ar cansado, o quintal banhado de sol e o varal vergado sob o peso da roupa. Aïcha pediu à mãe que lhe preparasse uma cestinha de lanche.

— Podíamos acompanhar você no passeio, o que acha? Não quer esperar por nós?

Aïcha lançou um olhar furioso ao irmão, que ela achava chorão e preguiçoso. Não queria ninguém atrás dela, sabia muito bem aonde ir.

— Estão me esperando. Vou indo — disse ela, correndo para a porta e abanando a mão direita antes de escapulir.

Só parou de correr quando chegou no aduar, que ficava a quase um quilômetro da casa, na outra vertente da colina, atrás do pomar de marmeleiros. Correr lhe dava a sensação de ser inatingível. Corria, e esse ritmo impresso ao corpo não a deixava ouvir nem ver nada, encerrava-a numa alegre solidão. Corria, e quando o peito começava a doer, quando a garganta se enchia de um gosto de sangue e poeira, rezava um pai-nosso para se dar coragem. "*Venha a nós o Vosso reino, seja feita a Vossa vontade.*"

Chegou ao aduar arquejando, as pernas vermelhas das queimaduras de urtiga. "*Assim na terra como no céu.*" O aduar era composto por cinco casebres miseráveis, em frente aos quais saltitavam galinhas e crianças, e onde viviam os trabalhadores da propriedade agrícola. Havia roupa secando numa corda esticada entre duas árvores. Atrás das habitações, montículos de pedras brancas lembravam que antepassados estavam enterrados ali. Aquela trilha poeirenta, aquela colina em que os rebanhos pastavam, aquilo era tudo que eles tinham visto, mesmo depois da morte. Ali ficava a casa de Ito e suas sete filhas. O gineceu era famoso nas redondezas. É claro que, ao nascer a quinta filha, tinha havido risos e chacotas. Os vizinhos zombavam de Ba Milud, o pai, punham em dúvida a qualidade do sêmen dele, diziam-no embruxado por uma antiga amante. Ba Milud ficava danado. Quando nasceu a sétima filha, porém, a situação se inverteu e, num raio de vários quilômetros, passaram a achar o contrário: que Ba Milud era abençoado e havia naquela família qualquer coisa de mágico. Apelidaram-no de "o homem das sete donzelas", e essa alcunha o enchia de orgulho. Outros, no lugar dele, talvez se lamentassem: que problema! Que tormento! Filhas perambulando pelos campos, podendo ser abordadas, cobiçadas, emprenhadas pelos homens! Quantas despesas com essas filhas, as quais teria de casar, vender a quem oferecesse mais! Mas Ba Milud, o bonachão, o otimista, sentia-se aureolado de glória, era feliz naquela casa repleta de feminilidade, onde as vozes das meninas lembravam o chilrear dos pássaros ao chegar da primavera.

Tinham, quase todas, herdado as maçãs do rosto salientes e o cabelo claro da mãe. As duas primeiras eram ruivas, as outras quatro, louras, e todas ostentavam no queixo uma tatuagem de henna. Prendiam os longos cabelos em tranças apertadas que desciam até a cintura. Cobriam parte da testa larga com uma fita colorida, amarelo forte ou rosa-carmesim, e usavam brincos tão pesados que os lóbulos das orelhas das meninas tinham se distendido. O que todos notavam, porém, o que marcava a singularidade delas, era a beleza do sorriso. Tinham dentes pequeninos, brancos e brilhantes como pérolas. A própria Ito, que já envelhecera, que tomava chá com muito açúcar, ostentava um sorriso radiante.

Certo dia, Aïcha interrogara Ba Milud sobre a idade dele:

— Tenho, no mínimo, uns cem anos — respondera ele com a maior seriedade, e Aïcha ficara impressionada.

— Então é por isso que você só tem um dente?

Ba Milud desatara a rir, e tinham brilhado seus olhinhos sem cílios.

— Bem — disse ele —, isso é por causa do ratinho.

Fez um ar misterioso e cochichou no ouvido da menina. Lá fora, Ito e as filhas davam risinhos.

— Certa noite, eu tinha trabalhado tanto na lavoura, que adormeci no meio do jantar. Ainda tinha na boca um naco de pão embebido em chá com açúcar. Caí num sono tão profundo que nem senti quando o ratinho subiu no meu corpo, comeu o pão na minha boca e roubou meus dentes todos. Quando acordei, só tinha sobrado um.

Aïcha deu um gritinho de espanto e as mulheres da casa caíram na risada.

— Não assuste a menina, *ya Ba!** Não se preocupe, *benti*,** na sua casa, na fazenda, não há ratinhos como esse.

*

Desde que começara a ir à escola, Aïcha tinha menos tempo para vir ao aduar. Ito a recebeu em sua casa com gritos e risos. Gostava da filha do patrão, da imensa cabeleira de palha da menina, do jeito tímido e da cestinha que ela carregava. Era um pouco sua filha também, já que a vira sair da vagina da mãe e que Tamo, a mais velha das sete donzelas, trabalhava para aquela família desde que haviam ido morar na fazenda. Aïcha procurou pelas crianças, mas não havia ninguém no amplo cômodo principal onde eles comiam e dormiam, onde Ba Milud montava na esposa sem ligar para a presença das filhas. A casa era fria e úmida, e Aïcha sentiu dificuldade para respirar devido à fumaça do *kanun*, frente ao qual, agachada, Ito abanava um pedaço de papelão. Com a outra mão, quebrou um ovo que pôs para fritar sobre o carvão de lenha, acrescentando uma pitada de cominho.

— É para você — ofereceu-o a Aïcha.

E enquanto a menina comia com os dedos, sentada sobre os calcanhares, Ito afagou-lhe suavemente as costas, rindo da gema que pingava na gola da pequena camisa que Mathilde passara duas noites costurando.

Rabia chegou, as bochechas roxas de tanto correr. Era três anos mais velha que Aïcha, mas não propriamente uma criança. Aïcha a via como uma extensão dos braços da mãe. Rabia sabia descascar legumes com a mesma destreza, limpava os narizes sujos de muco, encontrava malva no pé das

---

* Ó, pai! [N. da A.]
** Minha filha. [N. da A.]

árvores, que depois picava e punha para cozinhar. Com as mãos tão finas como as de Aïcha, a pequena conseguia sovar o pão e varejar as oliveiras por sobre as vastas redes durante a colheita de azeitonas. Sabia que não devia subir nos galhos molhados, muito escorregadios. Assobiava de um jeito assustador para os cães vadios, que iam embora com o rabo entre as patas traseiras, que tremiam. Aïcha admirava as filhas de Ito, cujas brincadeiras ela observava sem nem sempre entender. Perseguiam-se uma à outra, puxavam-se os cabelos, e também acontecia de uma se jogar por cima da outra e arremedar um movimento de vaivém que arrancava risadas da que estava deitada de costas. Gostavam de fantasiar Aïcha e fazer troça com ela. Prendiam-lhe uma boneca de pano às costas, amarravam-lhe um lenço sujo na cabeça e batiam palmas ordenando que dançasse. Uma vez, tentaram convencê-la a fazer tatuagens também, a cobrir os pés e as mãos de henna. Ito, porém, interveio antes que isso acontecesse. Chamavam-na de "*Bent Tajer*"* com irônica deferência, acrescentando: "Você não é melhor que a gente, é?"

Num dia em que Aïcha comentou com ela sobre a escola, Rabia ficou transtornada. Tinha muita pena de Aïcha! Imaginava o internato como uma espécie de prisão na qual gente grande gritava em francês com crianças paralisadas de medo. Uma prisão em que não se aproveitava o fluxo das estações, na qual a criança passava dias inteiros sentada à mercê da crueldade dos adultos.

As duas meninas se embrenharam pelo campo, e ninguém lhes perguntou aonde iam. A lama, densa e pegajosa, grudava nos sapatos delas, foi ficando cada vez mais difícil avançar. Tinham de arrancar com os dedos a argila que se prendia nas solas e achavam graça desse contato com a terra. Sentaram-se ao

---

* "Filha do patrão." [N. da A.]

pé de uma árvore, estavam cansadas, e brincaram morosamente de escavar com o dedo pequenas tocas onde encontravam minhocas graúdas que esmagavam nas mãos. Queriam sempre saber o que havia no interior das coisas: no ventre dos animais, nas hastes das flores, nos troncos das árvores. Queriam estripar o mundo na esperança de lhe desvendar o mistério.

Nesse dia, falaram sobre fugas, sobre partir em aventura, riram à perspectiva dessa imensa liberdade. A fome, porém, se fez sentir, o vento ficou frio e o sol começou a descer. Aïcha implorou à amiga que fosse com ela, estava com medo de voltar para casa sozinha, e foi segurando o cotovelo de Rabia na pequena trilha de pedras. Já estavam quase chegando quando a amiga reparou, logo abaixo do paiol, num imenso monte de feno que os lavradores não tinham guardado no estábulo.

— Venha — disse para Aïcha, que não quis parecer covarde.

Subiram uma velha escada laranja até o telhado do paiol, e Rabia, o corpinho sacudido por uma risada, exclamou "Olha!" e pulou.

Durante alguns segundos, não houve ruído algum. Como se o corpo de Rabia tivesse evaporado, como se um *djinn* o tivesse raptado. Aïcha parou de respirar. Postou-se na beira do telhado, debruçou-se e chamou com voz fraca:

— Rabia?

Ao fim de alguns instantes, julgou ouvir um gemido ou um soluço. Sentiu tanto medo que desceu a escada a toda a pressa e correu para dentro de casa. Encontrou Mathilde sentada na poltrona de costume, Selim aos pés dela. A mãe se levantou, prestes a ralhar com a filha, dizer que tinha quase morrido de preocupação, mas Aïcha se agarrou nas pernas de Mathilde.

— Acho que Rabia morreu!

Mathilde chamou Tamo, que cochilava na cozinha, e saíram as duas em disparada até o paiol. Tamo desatou a berrar ao dar com a irmã no meio do feno manchado de sangue. Gritava, os olhos dela se reviravam, e Mathilde, para acalmá-la, lascou-lhe uma bofetada que a derrubou no chão. Mathilde se inclinou sobre a criança, cujo braço fora gravemente ferido por uma forquilha encoberta pelo feno. Pegou-a no colo e correu para a casa. Sem parar de acariciar o rosto da menina desmaiada, tentou ligar para um médico, mas o telefone estava sem sinal. Seu queixo tremia, e isso assustava Aïcha, que achava que se Rabia morresse o mundo inteiro ia detestá-la. Era tudo culpa sua, e amanhã teria de enfrentar o ódio de Ito, a fúria de Ba Milud, as imprecações do vilarejo inteiro. Saltitava de um pé para o outro, as pernas tomadas por um formigamento.

— Maldito telefone, maldita fazenda, maldito país! — Mathilde jogou o telefone na parede e pediu a Tamo que deitasse a irmã no sofá da sala.

Acenderam velas em volta da menina, que não se mexia, e, com aquela luz, já parecia um lindo cadáver pronto para ser sepultado. Se Tamo e Aïcha não diziam nada, se refreavam o impulso de se jogar no chão, era por medo, e também admiração por Mathilde, que naquele momento vasculhava o que fazia as vezes de armário de primeiros socorros. Ela se inclinou sobre Rabia, e o tempo parou. Só se ouvia o ruído da saliva que ela engolia, da gaze que cortava, da tesoura partindo o fio que usava para suturar a ferida. Pôs um pano embebido em água-de-colônia na testa de Rabia, que gemia baixinho, e disse:

— Pronto.

Quando Amine chegou em casa, e bem depois de Aïcha ter adormecido com o coração apertado de medo, Mathilde chorou e gritou. Amaldiçoou a casa, disse que não podiam continuar vivendo assim, feito selvagens, que não ia pôr a vida dos filhos em risco por nem mais um minuto.

★

No dia seguinte, Mathilde acordou ao alvorecer. Entrou no quarto da filha, que dormia ao lado de Rabia. Soergueu delicadamente o curativo que cobria o ferimento da criança e, em seguida, deu um beijo na testa de cada uma. Na escrivaninha da filha, avistou o calendário do Advento, que trazia escrito em letras douradas "Dezembro de 1953". Fora a própria Mathilde que o confeccionara: recortara vinte e quatro janelinhas que, agora percebia, continuavam todas fechadas. Aïcha afirmava não gostar de doces. Nunca pedia nada, recusava as frutas cristalizadas e as cerejas marinadas em aguardente que Mathilde deixava escondidas atrás de uma fileira de livros. A seriedade da filha a irritava. *É austera como o pai*, pensava. O marido já saíra para a lavoura, e, enrolada numa manta, ela sentou-se à mesa de frente para o jardim. Tamo trouxe chá e se inclinou sobre Mathilde, que fungou. Detestava o cheiro da empregada, não suportava a risada, a curiosidade e a falta de higiene dela. Chamava-a de suja, de mujique.

Tamo soltou um grito de admiração.

— O que é isso? — perguntou, apontando para o calendário, no qual se descolavam as estrelas douradas. Mathilde deu um tapa nos dedos da empregada.

— Não se aproxime. Isso é para o Natal!

Tamo deu de ombros e voltou para a cozinha. Mathilde se reclinou sobre Selim, que estava sentado no tapete. Lambeu o dedo indicador e o enfiou no açucareiro que Tamo deixara ali. Selim, que sabia apreciar, chupou o dedo e disse "obrigado".

Fazia semanas que Mathilde vinha dizendo que queria um Natal como os que tivera na Alsácia. Na época em que moravam no Berrima, ela não insistira para ter um pinheiro, presentes, a coroa do Advento. Não teimara com isso por compreender que era impossível, naquela casa escura e silenciosa, no centro da almedina, impor seu deus e seus ritos. No entanto, Aïcha agora estava com 6 anos e Mathilde sonhava, nessa casa que era dela, em proporcionar à filha um Natal inesquecível. Sabia que, na escola, as meninas se gabavam dos presentes que iriam ganhar, dos vestidos que as mães tinham comprado para elas, e não admitia que Aïcha fosse privada dessas alegrias.

Mathilde entrou no carro e enveredou pela estrada que conhecia de cor e salteado. Vez ou outra abanava o braço esquerdo para fora a fim de cumprimentar os lavradores, os quais levavam a mão ao coração. Dirigia velozmente quando estava sozinha, e até já a tinham denunciado a Amine, o qual a proibira de se arriscar dessa forma. Entretanto, estava com vontade de atravessar a paisagem, levantar nuvens de poeira, fazer a vida andar o mais depressa possível. Chegou à praça El Hedim e estacionou no alto do *derb*.* Antes de sair do carro, enfiou uma djelaba por cima da roupa e cobriu o cabelo com um lenço que puxou sobre o rosto. Uns dias antes, o carro dela fora apedrejado enquanto as crianças, em pânico, berravam no banco de trás. Não comentara nada com Amine, por medo de que ele a proibisse de sair. Dizia que era perigoso para uma francesa perambular pelas ruas da almedina. Mathilde não lia os jornais, pouco escutava o rádio, mas a cunhada, Selma, lhe dissera, com os olhos cheios de malícia, sobre a vitória próxima do povo marroquino. Contara, rindo, que haviam obrigado um jovem marroquino a comer um maço de cigarros, em castigo por não respeitar o boicote aos produtos franceses. "Um vizinho levou uma navalhada que lhe partiu os lábios. Disseram que ele fumava e ofendia Alá." Na cidade europeia, na saída do internato, as mães não se furtavam de contar, com voz forte e severa, traições de

---

* Ruela. [N. da T.]

árabes que sempre tinham tratado com respeito e deferência. Queriam que Mathilde escutasse essas histórias de franceses sequestrados, mantidos como reféns e torturados pelos homens das montanhas, porque a tinham como cúmplice desses crimes atrozes.

 Com o corpo e o rosto inteiramente cobertos, saiu do carro e rumou para a casa da sogra. Transpirava sob as várias camadas de tecido, volta e meia abaixava o lenço que lhe ocultava a boca para retomar o fôlego. Aquele disfarce lhe causava uma sensação estranha. Sentia-se como uma menina brincando de ser outra, e essa impostura a inebriava. Passava totalmente despercebida, fantasma entre fantasmas, e ninguém, com aqueles véus, podia adivinhar que era uma estrangeira. Cruzou com um grupo de garotos vendendo amendoins de Boufakrane e parou em frente a uma carrocinha para apalpar nêsperas alaranjadas e carnudas. Negociou o preço em árabe, e o vendedor, um camponês magro e risonho, cedeu-lhe o quilo por uma módica quantia. Teve então vontade de abaixar o véu, mostrar o rosto, os grandes olhos verdes, e dizer para o velho: "Você me confundiu com outra pessoa!", mas a brincadeira lhe soou ridícula, e renunciou ao prazer de zombar da ingenuidade dos passantes.

 Olhos baixos, com o véu levantado até o nariz, ela sentia-se desaparecer, e não sabia exatamente o que pensar. Esse mesmo anonimato que a protegia, e até a inebriava, era também um abismo em que ia afundando sem querer, e tinha a impressão de perder, a cada passo, um pouco mais do próprio nome, da própria identidade, e de, ao mascarar o rosto, mascarar uma parte essencial de si mesma. Convertia-se numa sombra, numa personagem familiar porém sem nome, sem gênero e sem idade. Nas raras vezes que se atrevera a comentar com Amine sobre a condição das mulheres marroquinas, sobre Mouilala, que nunca saía de casa, o marido imediatamente cortara a conversa: "Está se queixando do quê? Você é europeia, ninguém a proíbe de fazer nada, então cuide da sua vida e deixe a minha mãe com a dela."

Mathilde, contudo, insistia, por espírito de contradição, por não resistir à vontade de brigar. À noite, com um Amine exausto pelo trabalho no campo, esgotado pelos problemas, falava sobre o futuro de Selma, de Aïcha, dessas meninas cujo destino ainda não estava traçado. "Selma tem que estudar", afirmava. E, caso Amine permanecesse calmo, prosseguia: "Os tempos mudaram. Pense também na sua filha. Não me diga que pretende educar Aïcha como uma mulher submissa." Mathilde então citava, no árabe dela com sotaque alsaciano, as palavras pronunciadas por *Lalla* Aïcha em Tânger, em abril de 1947. Eles tinham escolhido o nome da primogênita em homenagem à filha do sultão, algo que Mathilde fazia questão de lembrar. Os próprios nacionalistas, aliás, não associavam o desejo de independência e a necessidade de promover a emancipação das mulheres? Eram cada vez mais numerosas aquelas que estudavam, usavam djelaba e até mesmo roupas europeias. Amine assentia com a cabeça, dava uns resmungos, mas não prometia nada. Nas estradas de terra, em meio às lavradoras, ele às vezes relembrava aquelas conversas. *Quem vai querer uma depravada?*, refletia. *Mathilde não entende nada.* Pensava então na mãe, que passara a vida enclausurada. Menina, Mouilala não tivera o direito de ir à escola com os irmãos. Depois, Si Kadour, o falecido marido dela, construíra a casa da almedina. Fizera uma concessão aos costumes com aquela janela única no andar de cima, de persianas sempre fechadas, da qual Mouilala era proibida de chegar perto. A modernidade de Kadour, que beijava a mão das francesas e, vez ou outra, pagava por uma prostituta judia em El Mers, terminava quando entrava em jogo a reputação da esposa. Algumas vezes, quando criança, Amine vira a mãe espiar pelas frestas o movimento da rua e pôr o indicador sobre os lábios para seiar um segredo entre eles.

O mundo, na visão de Mouilala, era atravessado por fronteiras intransponíveis. Entre homens e mulheres, entre muçulmanos, judeus e cristãos, e ela achava que, para bem se entender, era melhor não se ver com muita frequência. A paz perdurava quando cada qual permanecia no lugar que lhe cabia. Aos judeus do Mellah ela confiava o conserto dos braseiros, a confecção dos moisés, e encomendava artigos de armarinho indispensáveis para a casa a uma costureira magra e com as faces cheias de pelos. Nunca fora apresentada aos amigos europeus de Kadour, o qual se gabava de ser um homem moderno e gostava de usar fraque e calça de pregas. E nada perguntou quando, certa manhã, ao limpar a sala privada do esposo, descobriu, nos copos e tocos de cigarro, marcas vermelhas que formavam o desenho de uma boca.

Amine amava a esposa, amava e a desejava a ponto de, às vezes, acordar no meio da noite com vontade de mordê-la, devorá-la, possuí-la de modo absoluto. Vez ou outra, porém, acontecia de ele duvidar de si mesmo. Que loucura fora essa que lhe dera na cabeça? Como chegara a pensar que poderia viver com uma europeia, com uma mulher tão emancipada feito Mathilde? Por causa dela, por causa dessas dolorosas contradições, a vida de Amine parecia regida pelo movimento de um pêndulo descontrolado. Sentia, às vezes, uma necessidade violenta e cruel de retornar à própria cultura, de amar de todo o coração seu deus, sua língua e sua terra, e a incompreensão de Mathilde o punha fora de si. Queria uma mulher que fosse igual à mãe dele, que o entendesse por meias-palavras, que tivesse a paciência e a abnegação do povo ao qual ele pertencia, que falasse pouco e trabalhasse muito. Uma mulher que o esperasse no fim do dia, quieta e dedicada, e o olhasse comer e encontrasse nisso a felicidade e a realização dela própria.

Mathilde o convertia num traidor e num herético. Tinha vontade, de vez em quando, de estender um tapete para rezar, de encostar a testa no chão, de escutar, no coração dele próprio e sair da boca dos filhos, a língua dos antepassados. Sonhava em fazer amor em árabe, em dizer ao ouvido de uma mulher de pele dourada coisas muito doces, como se dizem às crianças. Em outros momentos, quando chegava em casa e a mulher corria para os braços dele, quando escutava do banheiro a filha cantar, quando Mathilde inventava brincadeiras ou pregava uma de suas peças, ele se alegrava, sentia-se acima dos outros. Tinha a sensação de ter sobressaído à massa, e lhe custava admitir que a guerra o transformara e a modernidade tinha lá suas vantagens. Sentia vergonha de si mesmo e de sua inconstância e sabia que Mathilde era quem pagava o pato.

*

Chegando frente à antiga porta cravejada, Mathilde agarrou a aldraba e bateu duas vezes com força. Yasmine, saias arregaçadas e exibindo as canelas pretas cobertas de pelos crespos, veio abrir. Eram quase dez da manhã, mas a casa estava sossegada. Ouvia-se o som dos gatos se espreguiçando e do esfregão encharcado que a empregada jogava sobre o piso. Ante o olhar espantado de Yasmine, Mathilde tirou a djelaba, lançou o lenço numa poltrona e subiu correndo ao andar de cima. Yasmine tossiu e cuspiu no poço um catarro grosso e esverdeado.

Lá em cima, Mathilde encontrou Selma dormindo no sofá. Gostava muito dessa garota caprichosa e rebelde, que acabava de completar 16 anos. Essa garota sem modos, mas não sem encantos, a quem Mouilala se limitava a dar amor e comida. "O que já é muito", observara Amine um dia. Sim, já era muito, mas não o suficiente. Selma vivia entre o amor cego da mãe e a vigilância brutal dos irmãos. Depois que desenvolvera seios e quadris, fora declarada apta para o combate, e os irmãos já não tinham pruridos em fazê-la voar contra as paredes. Omar, dez anos mais velho, dizia pressentir na irmã um pendor para a rebeldia, um espírito indomável. Sentia ciúme de ela ser a protegida, do carinho que a mãe descobrira tarde na vida e a ele sempre recusara. A beleza de Selma deixava os irmãos nervosos feito animais prevendo a tempestade. Queriam bater preventivamente, trancafiá-la antes que fizesse uma besteira e fosse tarde demais.

Com o passar dos anos, Selma se tornara cada vez mais bonita, de uma beleza desagradável, irritante, que causava incômodo nas pessoas e parecia prenunciar as piores tragédias. Mathilde se perguntava, olhando para ela, qual seria a sensação de ser assim tão bonita. Será que doía? Será que a beleza tinha um peso, um gosto, uma consistência? Será que Selma tinha ao menos consciência do mal-estar e da inquietação que a presença dela causava, do irresistível fascínio que as pessoas sentiam ao fitar as feições tão finas, tão perfeitas, daquele rosto adorável?

Mathilde era esposa, mãe, mas, estranhamente, era Selma quem, das duas, parecia ser mais mulher. A guerra deixara marcas no corpo de Mathilde, que completara 13 anos em 2 de maio de 1939. Os seios tinham demorado a crescer, como que atrofiados pelo medo, pela carência, pela fome. O cabelo, de um louro baço, era tão fino que se podia ver couro cabeludo, como nos bebês pequenos. Selma, ao contrário, exalava uma confiante sensualidade. Os olhos eram negros e brilhantes como as azeitonas que Mouilala punha para marinar no sal. As sobrancelhas grossas, o cabelo farto com inserção frontal baixa e a leve penugem castanha acima do lábio faziam com que se parecesse com uma heroína de Bizet ou de

Mérimée,* ou, pelo menos, com isso que Mathilde associava às mulheres mediterrâneas. Mulheres peludas e vibrantes, morenas ardentes capazes de enlouquecer os homens. Selma tinha, apesar da pouca idade, um jeito de empinar o queixo, de morder os lábios e de balançar o quadril direito que lhe dava um ar de heroína de romance. As mulheres a odiavam. No liceu, a professora a pegara para cristo, não cessava de repreendê-la e infligir-lhe castigos. "É uma adolescente rebelde e insolente. Fico até com medo quando estou de costas, imagine só. Saber que ela está ali, sentada atrás de mim, me causa um terror que é irracional, bem sei", confessara ela a Mathilde, que resolvera acompanhar de perto a educação da cunhada.

★

Em 1942, quando Amine foi feito prisioneiro na Alemanha, Mouilala saiu, pela primeira vez na vida, das ruelas familiares do Berrima. Com Omar e Selma, pegou o trem para Rabat, convocada pelo Estado-maior, de onde esperava enviar um pacote para o querido filho mais velho. Mouilala embarcou no trem envolta num amplo haique branco e se assustou quando o comboio deixou a estação em meio a silvos e fumaça. Ficou muito tempo olhando os homens e as mulheres que permaneciam na plataforma e acenavam, mãos ao léu. Omar instalou a mãe e a irmãzinha num compartimento de primeira classe, no qual já se achavam duas francesas. Estas puseram-se a cochichar. Pareciam surpresas ao ver que uma mulher como Mouilala, com joias nos tornozelos, cabelo pintado com henna e longas mãos calosas, pudesse viajar

---

* Referência a *Carmen*, conto de Prosper Mérimée (1845), adaptado para ópera por Georges Bizet em 1875. [N. da T.]

no mesmo vagão que elas. A primeira classe era vedada aos nativos, e elas ficavam atônitas com a burrice e a desfaçatez desses ignorantes. Quando o fiscal entrou no vagão, não puderam conter um frêmito de excitação. *Ah, vai acabar a palhaçada,* pensaram, *vão mostrar para essa* fatma* *qual é o lugar dela. Ela acha que pode sentar onde bem entende, mas existem regras, ora essa.* Mouilala tirou de baixo do haique os bilhetes de trem e, junto, o documento militar que citava o aprisionamento do filho. O fiscal examinou o documento e coçou a testa, sem jeito. "Tenha uma boa viagem, minha senhora", disse, erguendo o quepe. E desapareceu no corredor.

As duas francesas não se conformaram. A viagem perdera a graça. Não suportavam a visão daquela mulher toda velada. Incomodava-as o cheiro de especiarias que ela exalava, o olhar estúpido com que contemplava a paisagem. Irritava-as, principalmente, a molequinha que estava com ela. Uma garotinha de 6, 7 anos, cujas roupas burguesas não bastavam para disfarçar a falta de educação. Selma, que viajava pela primeira vez, não parava quieta um instante. Sentava-se no colo da mãe, pedia algo para comer, logo se empanturrava de biscoitos, dedos lambuzados de mel. Falava alto com o irmão que andava para lá e para cá no corredor, cantarolava canções árabes. A mais moça e a mais indignada das duas francesas fitava a menina. *É muito bonita,* pensou, e, sem que soubesse bem por quê, aquela beleza a horrorizou. A sensação que tivera foi a de que Selma tivesse roubado aquele rosto gracioso, tomado-o de outra menina, que o mereceria bem mais e por certo o trataria com mais cuidado. A garota era linda e indiferente à própria beleza, o que a tornava ainda mais perigosa. Pela vidraça do trem, apesar das finas cortinas de *voile* que as viajantes tinham fecha-

---

* Termo com que os franceses designavam as mulheres árabes empregadas como domésticas no Magrebe colonial. Por extensão, passou a designar toda mulher muçulmana. [N. da T.]

do, o sol penetrava no vagão, e essa luz, quente e alaranjada, fazia brilhar o cabelo de Selma. A pele, de um tom acobreado, parecia ainda mais suave, mais macia. Os imensos olhos rasgados lembravam os de uma pantera-negra que a francesa havia admirado, um dia, no zoológico de Paris. *Ninguém tem olhos assim*, pensou a passageira.

— Alguém a maquiou — sussurrou no ouvido da amiga.
— O quê?

A jovem senhora se inclinou para Mouilala e, destacando bem as sílabas, disse-lhe:

— Não se deve maquiar as crianças. Esse kohl nos olhos não fica bem. É vulgar. Entendeu?

Mouilala a encarou sem captar o sentido das palavras. Virou-se para Selma, que começou a rir e estendeu um pacote de biscoitos para as duas viajantes.

— A velha não fala francês. Como era de se imaginar!

A francesa estava frustrada. Tinha perdido uma ótima chance de afirmar sua superioridade. Se a nativa não entendia, então não adiantava, não tentaria educá-la. Súbito, como que tomada por um acesso de loucura, pegou no braço de Selma e puxou a menina para si. Tirou da bolsa um lenço, cuspiu nele e, num gesto brutal, pôs-se a esfregar os olhos da menina, que deu um berro. Mouilala puxou a filha, mas a outra teimava. Olhava para o tecido irremediavelmente limpo e seguia esfregando, para provar a si mesma e à companheira de viagem que a menina era uma rameira em potencial, uma puta. Sim, porque ela conhecia bem essas garotas, essas morenas sem medo de nada, que deixavam o marido completamente louco. Conhecia e odiava. Omar, que estava fumando no corredor, foi atraído pelos gritos e irrompeu no compartimento.

— O que foi?

A viajante se assustou diante do adolescente de óculos e saiu do local em silêncio.

No dia seguinte, de volta a Meknés, feliz por ter conseguido mandar cartas e laranjas para Amine, Omar esbofeteou a irmã. Ela não entendeu e, quando chorou, o irmão lhe disse:

— Nem pense em se maquiar um dia, está ouvindo? Se você se atrever a usar batom, eu lhe rasgo um sorriso de orelha a orelha, pode apostar.

E desenhou com o indicador, no rosto da menina, um sorriso macabro.

★

Selma se pôs de pé no sofá e enlaçou os braços no pescoço da cunhada, cobrindo-lhe o rosto de beijos. Desde que a conhecera, Selma fazia as vezes de guia, intérprete e melhor amiga de Mathilde. A cunhada lhe explicara os ritos, as tradições, as fórmulas de cortesia. "Se não souber o que responder, diga amém e tudo se resolve." Ela lhe ensinara a arte de fazer de conta e a de ficar quieta. Quando estavam sozinhas, cobria Mathilde de indagações. Queria saber tudo sobre a França, as viagens, Paris e os soldados norte-americanos que Mathilde conhecera na época da libertação. Fazia perguntas como um detento interroga alguém que, ao menos uma vez, já conseguiu fugir.

— O que está fazendo aqui? — indagou a Mathilde.

— Vou às compras de Natal — sussurrou a francesa. — Quer vir comigo?

Mathilde acompanhou a cunhada até o quarto e ficou vendo-a trocar de roupa. Sentada no chão sobre uma almofada, observou os quadris delgados de Selma, a barriga um tantinho roliça, os seios de mamilos escuros que nunca tinham sofrido o jugo das hastes de um sutiã. Ela enfiou um elegante vestido preto, cuja gola redonda lhe realçava a fineza da nuca. Tirou de uma caixa um par de luvas amareladas e salpicadas de manchas de bolor, que calçou com ridícula delicadeza.

Mouilala ficou preocupada.

— Não quero que andem pela almedina — disse para Mathilde. — Você não faz ideia de como as pessoas são invejosas. Seriam capazes de ficar caolhas só para deixar vocês cegas. Duas moças bonitas como vocês, não, isso não se faz. Elas vão lhes jogar um feitiço, e vocês vão voltar com febre ou coisa pior. Se quiserem passear, vão à cidade nova, lá não correm nenhum perigo.

— Ora, que diferença faz? — perguntou Mathilde, divertida.

— Os europeus não olham do mesmo jeito. Não sabem o que é mau-olhado.

As duas moças saíram dando risada e Mouilala ficou muito tempo parada atrás da porta, desnorteada e trêmula. Não entendia o que estava acontecendo, e perguntava-se o que era mais forte, a preocupação ou a alegria, quando via as duas saírem para a rua.

Selma não aguentava mais aquelas lendas estúpidas, aquelas crenças imbecis que Mouilala vivia repetindo incansavelmente. Ela nem escutava mais, e, não fosse o temor de faltar com o respeito a uma anciã, enfiaria os dedos nos ouvidos e fecharia os olhos toda vez que a mãe a alertasse contra os *djinn*, contra os feitiços, contra o olho fulminante do destino. Mouilala já não tinha nada de novo a oferecer. A vida, para ela, consistia em zanzar em círculos, cumprir sempre e de novo os mesmos gestos, com uma docilidade, uma passividade que deixavam Selma enojada. A velha era como esses cães estúpidos que ficam tontos de tanto tentar morder o próprio rabo e terminam por se deitar, gemendo, no chão. A jovem não suportava mais a presença constante da mãe, que, quando ouvia uma porta se abrir, indagava: "Aonde você vai?" Da mãe, que vivia perguntando se ela estava com fome, se estava entediada, e que, apesar da idade avançada, subia até o terraço para ver o que ela estava fazendo. Selma se sentia oprimida pela solicitude de Mouilala, pelo carinho, que para ela se aparentavam a uma forma de violência. Tinha vontade, às vezes, de gritar com Mouilala, e também com Yasmine, a criada, e considerava as duas mulheres igualmente escravizadas, pouco importando se uma delas tinha comprado a outra no mercado. A adolescente daria tudo por uma fechadura e uma chave, por uma porta cerrada sobre seus sonhos e segredos. Rezava para o destino lhe ser favorável e ela, um dia, conseguir fugir para Casablanca e se reinventar. Assim como os homens que gritavam "Liberdade! Independência!", ela gritava "Liberdade! Independência!", mas ninguém ouvia.

Rogou a Mathilde que a levasse até a place De Gaulle. Queria "andar na avenida", como diziam todos os rapazes e todas as moças da cidade nova. Ansiava ser como eles, que só viviam para ser vistos, subiam e desciam a avenue de la République a pé ou de carro, o mais lento possível, janelas abertas e rádio a todo o volume. Ser vista como as garotas daqui, ser coroada rainha da feira, ser eleita a garota mais bonita de Meknés e se pavonear para os rapazes e os fotógrafos. Daria tudo para pôr um beijo na cova do pescoço de um homem, saber que gosto tinha a nudez deles, de que modo olhariam para ela. Ela, que nunca testemunhara um grande amor, não tinha dúvida de que seria a coisa mais linda do mundo. Os tempos antigos, dos casamentos arranjados, haviam ficado para trás. Era, pelo menos, o que Mathilde lhe dissera, e ela queria acreditar.

★

Mathilde aceitou, menos para agradar à cunhada do que por ter compras a fazer no bairro europeu. Selma já era quase uma mulher, mas ficou um bom tempo parada na frente da loja de brinquedos, e quando apoiou as luvas na vitrine um vendedor saiu do interior gritando: "Tire as mãos daí!" Olhavam-na com desconfiança, assim vestida como uma europeia, o cabelo preso num coque frouxo sobre a nuca. Ajeitava constantemente as luvas, alisava a saia com uma obsessão ridícula, sorria para os transeuntes na ingênua esperança de compensar o que estivesse em falso e desfazer seu mal-estar. Em frente a um café, três garçons assobiaram ao vê-la, e Mathilde ficou constrangida com o sorriso que Selma lhes deu em troca. Teve de pegá-la pela mão e apertar o passo, com medo de que alguém as visse e Amine viesse a saber do lamentável incidente. Apressaram-se em direção ao mercado e Mathilde disse:

— Preciso fazer umas compras para o jantar. Não se afaste.

À entrada do bazar, algumas mulheres esperavam, sentadas no chão, que alguém lhes viesse propor um trabalho de empregada doméstica ou de babá. Usavam, todas, um véu que lhes cobria o rosto, exceto uma, cuja boca desdentada assustou Selma, que pensou: *Quem iria querer essa aí?* A adolescente andava devagar, arrastando as sapatilhas pretas no pavimento molhado. Teria gostado de ficar na cidade, tomar um sorvete, admirar as saias nas vitrines e as mulheres que dirigiam elas mesmas os respectivos carros. Gostaria de fazer parte desses grupos de jovens que organizavam festas surpresa nas tardes de quinta e dançavam ao som de música norte-americana. Na vitrine do vendedor de café havia um autômato, um homem negro de nariz achatado e lábios grossos que balançava a cabeça. Selma postou-se na frente do busto e ficou alguns minutos balançando a cabeça também, tal qual boneca mecânica. No açougue, riu ao ver um cartaz com o desenho de um galo e, em cima, as seguintes palavras: "Quando este galo cantar, fiado aqui se venderá." Tentou mostrar o desenho para Mathilde, que se irritou.

—Você só quer saber de rir. Não vê que estou ocupada?

Mathilde estava apreensiva. Revirava os bolsos. Recontava, testa franzida, o troco que os comerciantes lhe davam. O dinheiro se convertera num tema de discussão permanente. Amine a recriminava por ser irresponsável e dispendiosa. Mathilde tinha de insistir, se justificar, suplicar, de quando em quando, por dinheiro para a escola, para o carro, para a roupa da filha ou para pagar o cabeleireiro. Ele duvidava da palavra dela. Acusava-a de comprar livros, maquiagem, tecidos inúteis para fazer vestidos para os quais ninguém dava a mínima. "Quem ganha o dinheiro sou eu", gritava ele às vezes. E acrescentava, apontando com o dedo a comida na mesa: "Isto, isto e isto foi pago com o meu trabalho."

Quando adolescente, Mathilde jamais pensara que fosse possível ser livre sozinha. Parecia-lhe impensável, por ser mulher, por não ter estudo, o destino dela não estar intimamente ligado ao de outra pessoa. Só tarde demais percebera o erro, e, agora que tinha discernimento e alguma coragem, partir se tornara improvável. Os filhos brotaram como raízes e, a contragosto, ela se viu presa àquela terra. Sem dinheiro, não tinha para onde ir, e essa dependência, essa submissão, a matava por dentro. Por mais que passassem os anos, ela não se conformava, ainda sentia náuseas. Era como um dobrar de seu ser, um esmagamento que a enojava de si mesma. Quando Amine punha dinheiro na mão de Mathilde, quando ela se permitia um chocolate por gulodice e não por necessidade, sempre se perguntava se fizera por merecê-lo. E tinha medo de um dia, já mulher velha nessa terra estrangeira, não possuir nada e nada ter realizado.

Quando chegou em casa à noite, em 23 de dezembro de 1953, Amine ficou deslumbrado. Dirigiu-se pé ante pé até a saleta, onde Mathilde deixara umas velas acesas sobre uma coroa de folhas que ela mesma confeccionara. Em cima do aparador, havia um bolo coberto com um pano bordado e guirlandas vermelhas, ornadas com bolas de vidro e laços de veludo, enfeitavam as paredes.

Mathilde tinha se tornado senhora de seu domínio. Em quatro anos de vida na fazenda, demonstrara a capacidade de fazer muito com pouco: de decorar mesas com toalhas e buquês de flores silvestres, de vestir as crianças como burgueses decentes, de cozinhar mesmo com o fogão soltando fumaça. Já não tinha aqueles pavores de antigamente; matava insetos danosos com a ponta da sandália, desmembrava ela mesma os animais que os camponeses lhe traziam. Amine sentia orgulho da esposa e gostava de contemplá-la, suada e com o rosto escarlate, mangas arregaçadas até os ombros, cuidando das lidas da casa. O nervosismo dela o comovia, e, quando a beijava, dizia "meu amor", "minha querida", "meu soldadinho".

Quisera lhe dar, se pudesse, o inverno e a neve, para ela se sentir na Alsácia natal. Escavar, na parede de cimento, uma lareira ampla e nobre para ela se aquecer no átrio, como outrora, na casa em que ela passara a infância. Não podia lhe dar o fogo e os flocos, mas naquela noite, em vez de ir para a cama, mandou acordar dois lavradores e os arrastou consigo através dos campos. Os homens não fizeram pergunta alguma ao patrão. Caminharam docilmente e, enquanto iam se embrenhando campo adentro, enquanto a escuridão e os sons de animais os envolviam, ocorreu-lhes que talvez fossem alvo de uma armadilha, de um acerto de contas, ou que o patrão ia repreendê-los por um crime que não se lembravam de ter cometido. Amine pedira a eles que se munissem de um machado, e a todo instante se virava e murmurava:

— Mais rápido, não podemos ser surpreendidos pelo raiar do dia.

Um dos lavradores, chamado Achur, puxou a manga do patrão e disse:

— Aqui não é mais a fazenda, Sidi. Aqui são as terras da viúva.

Amine deu de ombros e repeliu Achur:

— Cale a boca e ande — disse, estendendo o braço para iluminar o caminho com uma pequena lanterna. — Aqui.

Amine levantou a cabeça e ficou assim por alguns segundos, pescoço à mostra, olhar fito na copa das árvores. Parecia feliz.

— Vamos cortar esta árvore e levá-la para casa. Ligeiro e sem barulho.

Por quase uma hora os homens bateram o machado no tronco de um jovem cipreste de folhagem azul como a noite. Depois os três ergueram a árvore, um pela ponta, o outro pelas raízes e o terceiro equilibrando no meio. Atravessaram, assim, a propriedade da viúva Mercier, e alguém que visse a cena decerto acharia ter ficado louco, porque a folhagem ocultava o corpo dos homens e parecia que aquela árvore deitada estava rumando sozinha para um destino desconhecido. Os lavradores carregaram a vítima sem reclamar, mas custavam a entender o que estava acontecendo. Amine tinha fama de ser honesto, e eis que, de repente, se transformara num ladrão, num predador, agindo traiçoeiramente contra uma mulher. E além disso, já que era para roubar, por que não pegar os animais, as safras, as máquinas? Por que logo aquela árvore magrela?

Amine abriu a porta e, pela primeira vez na vida, os lavradores entraram na casa do patrão. Amine pôs um dedo sobre a boca e tirou os sapatos na frente dos dois homens, que o imitaram. Depositaram a árvore no meio da sala. Era tão alta que a ponta se vergou contra o teto. Achur quis pegar uma escada para cortá-la, mas Amine se irritou. A presença daquele homem na sala dele o incomodava, e então o pôs para fora sem cerimônias.

Quando acordou no dia seguinte, moído pela noite curta e com o ombro dolorido, Amine acariciou as costas da esposa. A pele de Mathilde estava quente e suada, da boca entreaberta escorria um fino fio de saliva, e ele sentiu por ela um violento desejo. Enfiou o nariz no pescoço da mulher e não prestou atenção nenhuma às palavras que ela balbuciou. Possuiu-a como um animal, surdo e cego. Arranhou seus seios, cravou os dedos de unhas pretas no seu cabelo. Mathilde, quando viu a árvore no meio da sala, conteve um grito. Virou-se para Amine, que vinha atrás dela, e compreendeu que, havia pouco, ele recebera a recompensa, que se a possuíra com tanta paixão fora para celebrar uma vitória. Ela deu a volta no cipreste, colheu umas agulhas que esfregou na palma da mão, inspirou o cheiro familiar. Aïcha, que acordara com os arquejos do pai, observava a cena sem entender. A mãe estava feliz, e isso a surpreendia.

Nesse dia, enquanto Mathilde e Tamo depenavam o enorme peru trazido por um empregado, Amine foi até a avenue de la République. Quando entrou na elegante butique pertencente a uma velha francesa, as duas vendedoras deram uma risadinha. Amine baixou os olhos e se arrependeu de não ter trocado os calçados. Os sapatos dele estavam cobertos da lama da noite anterior, e ele não tivera tempo de mandar passar a camisa. A loja estava lotada. Umas dez pessoas aguardavam em frente aos caixas, os braços carregados de pacotes. Mulheres elegantes experimentavam chapéus ou sapatos. Amine se acercou devagar dos mostradores de vidro fixados nas paredes, onde estavam expostos diferentes modelos de chinelos femininos.

— O que você quer? — perguntou uma das moças com um sorriso a um só tempo lúbrico e zombeteiro.

Amine quase disse que tinha se enganado. Ficou em silêncio por alguns segundos, perguntando-se que atitude adotar, e a moça o fitou de sobrancelhas erguidas e cabeça inclinada.

— E então, Mohamed, não entende francês? Não vê que estamos ocupadas?

— Vocês têm o meu número? — perguntou ele.

A vendedora virou-se para onde Amine estava apontando e lançou-lhe um olhar perplexo.

— É isso que você quer? — indagou. — Uma fantasia de Papai Noel?

Amine baixou a cabeça feito uma criança apanhada em flagrante. A moça deu de ombros.

— Espere aí.

Atravessou a loja e foi até o depósito. Esse homem, pensou, não parecia ser um empregado forçado por algum patrão perverso a vestir um traje desses para divertir as crianças. Não, ele lembrava mais os jovens nacionalistas que costumavam ser presos nos cafés da almedina e com os quais ela fantasiava transar. Só custava a imaginar um deles usando barba branca e um gorro horroroso. Na frente do caixa, Amine trepidava de impaciência. Com o pacote embaixo do braço, tinha a impressão de estar cometendo um crime, e transpirava à ideia de algum conhecido surpreendê-lo ali. Dirigiu a toda velocidade pela estrada rural, pensando na alegria que iria dar às crianças.

Vestiu a fantasia no carro e entrou assim em casa. Quando subiu os degraus da frente e abriu a porta da sala de jantar, pigarreou ruidosamente e, com voz grave e calorosa, chamou as crianças. Aïcha mal acreditava. Virou-se várias vezes para a mãe e para Selim, que ria. Como é que Papai Noel tinha chegado ali? O velho de gorro vermelho ria, dando tapinhas na barriga, mas Aïcha reparou que ele não carregava um saco nas costas, e isso a decepcionou. Também não havia renas nem trenó no jardim. Baixou os olhos e notou que Papai Noel usava calçados parecidos com os dos lavradores, umas botas de borracha cinzentas, cobertas de lama. Amine esfregou as mãos. Não sabia o que fazer nem o que dizer e, de repente, sentiu-se ridículo. Voltou-se para Mathilde, e o sorriso maravilhado da mulher lhe deu coragem para persistir no papel.

— E então, crianças, vocês se comportaram direitinho? — perguntou com voz cavernosa.

Selim empalideceu e, agarrado às pernas da mãe, estendendo os braços para ela, desatou a chorar.

— Estou com medo — berrou — estou com medo!

Aïcha ganhou uma boneca de pano que a própria Mathilde havia confeccionado. Para o cabelo, usara uma lã marrom que ela primeiro havia molhado, depois besuntado com óleo e trançado. O corpo e o rosto ela costurara aproveitando uma fronha velha, na qual bordara olhos assimétricos e uma boca sorridente. Aïcha gostou da boneca, que a mãe tivera o cuidado de impregnar com seu próprio perfume. Também teve direito a um quebra-cabeça, livros e um pacote de balas. Selim ganhou um carro com um enorme botão no teto que, quando pressionado, acionava um som estridente. A esposa, Amine presenteou com um par de chinelos cor-de-rosa. Entregou-lhe o pacote com um sorriso sem jeito e Mathilde, depois de rasgar o papel, fitou os chinelos apertando os lábios, por medo de desatar a chorar. Não sabia se era a feiura das pantufas, o fato de serem pequenas demais ou simplesmente a pavorosa trivialidade daquele objeto que a punha em tal estado de raiva e tristeza. Disse "obrigada" e foi se trancar no banheiro, quando segurou o par de chinelos com uma das mãos e bateu com as solas na testa. Queria se punir por ter sido tão tola, por ter esperado tanto daquela festa da qual Amine não entendia nada. Odiou-se por não saber abrir mão, por não ter a abnegação da sogra, por ser tão fútil e tão leviana. Teve vontade de cancelar o jantar e ir se enfiar debaixo dos lençóis, para esquecer tudo e pular para o dia seguinte. Todo aquele teatro agora lhe parecia ridículo. Havia obrigado Tamo a vestir um uniforme preto e branco de criada digno de uma comédia de bulevar ruim. Tinha preparado uma ceia que a deixara exausta, e sentia enjoo só de pensar em comer aquele peru que tanto penara para rechear, enfiando as mãos nas entranhas do animal, exaurindo-se nessas tarefas domésticas invisíveis e ingratas. Foi para a mesa como quem vai para o cadafalso e arregalou os olhos na frente de Amine, para refluir as lágrimas e fazê-lo pensar que estava feliz.

IV

Em janeiro de 1954 fez tanto frio, que as amendoeiras gelaram e uma ninhada de gatinhos morreu na soleira da cozinha. No internato, as irmãs aceitaram abrir uma exceção: deixaram as salamandras acesas o dia inteiro dentro das salas. As meninas ficavam de casaco durante as aulas e algumas usavam duas meias-calças por baixo. Aïcha começava a se acostumar à monotonia da escola e, num caderninho que irmã Marie Solange lhe dera, fez o inventário de suas alegrias e tristezas.

Aïcha não gostava:

Das colegas, do frio nos corredores, da comida no almoço, das aulas que eram longas demais, das verrugas no rosto de irmã Marie Cécile.

Ela gostava:

Do sossego da capela, da música que tocavam certas manhãs ao piano, das aulas de educação física, em que ela corria mais rápido que as outras e trepava na corda antes mesmo de as colegas conseguirem se segurar.

Não gostava da tarde, porque sentia sono, e da manhã, porque sempre chegava atrasada. Gostava do fato de haver regras e de elas serem respeitadas.

Quando irmã Marie Solange a elogiava pelo desempenho, Aïcha enrubescia. Durante a oração, segurava a mão áspera e gelada da religiosa. O coração dela se enchia de alegria quando avistava o rosto da jovem freira, as feições francas e sem graça, a pele maltratada pela água fria e o sabão de má qualidade. A impressão que se tinha era de que a irmã passava horas limpando as faces e as pálpebras, porque a pele dela era quase translúcida, e as sardas, que outrora deviam constituir um encanto, pareciam desbotadas. Talvez ela se esforçasse para extinguir em si mesma todo e qualquer brilho, toda feminilidade, toda beleza e, com isso, todo e qualquer perigo. A Aïcha nunca ocorreu que a professora era uma mulher; que sob a ampla veste se escondia um corpo vivo e vibrante, um corpo como o da mãe dela, capaz de gritar, de sentir prazer, de se desmanchar em lágrimas. Com irmã Marie Solange, Aïcha se ausentava do mundo terreno. Deixava para trás a mesquinhez e a fealdade dos homens e flutuava num universo etéreo, na companhia de Jesus e dos apóstolos.

As alunas fecharam bruscamente seus livros, e foi como se aplaudissem em coro no final de uma peça. As meninas puseram-se a conversar e irmã Marie Solange pediu que sossegassem, mas não houve jeito.

— Façam fila, senhoritas. Sem disciplina não haverá passeio.

Aïcha descansou a cabeça no cotovelo e seu olhar perdeu-se a contemplar o pátio. Tentou enxergar longe, para além da árvore que perdera as folhas, para além do muro da escola, da guarita em que Brahim tinha o direito de descansar quando fazia frio. Não queria passear, não queria dar a mão para uma menina que iria sorrateiramente cravar as unhas na pele dela e cair na risada. Detestava a cidade, e a ideia de atravessá-la em meio àquele bando de estranhas a preocupava.

Irmã Marie Solange passou a mão nas costas de Aïcha, disse que as duas iam caminhar juntas e conduzir a turma, que não havia por que se inquietar. Aïcha levantou-se, esfregou os olhos e vestiu o casaco feito pela mãe, que era um pouco apertado nas axilas e lhe dava um andar rígido, esquisito.

As meninas se agruparam junto ao portão do internato. Apesar do esforço para ficarem quietas, sentia-se que uma excitação nervosa percorria a pequena tropa, que uma algazarra poderia irromper a qualquer momento. Ninguém, naquela manhã, prestara atenção na aula de irmã Marie Solange. Ninguém percebera que, no discurso da freira, houvera uma mensagem oculta. "Deus ama a todas as crianças", dissera ela com sua voz frágil. "Não existem raças inferiores e raças superiores. Saibam que os homens são todos iguais perante Deus, mesmo sendo diferentes." Aïcha também não entendera o que a irmã quisera dizer, mas as palavras lhe causaram uma forte impressão. Reteve um ensinamento: somente os homens e as crianças são amados por Deus. Compreendeu que as mulheres estavam excluídas desse amor universal, e a perspectiva de tornar-se mulher passou desde então a inquietá-la. Essa fatalidade lhe soou terrivelmente cruel, e lembrou-se de Eva e Adão, que tinham sido expulsos do paraíso. Quando a mulher dentro dela afinal desabrochasse, teria de suportar esse exílio fora do amor divino.

— Vamos em frente, senhoritas! — Irmã Marie Solange, com um gesto amplo do braço, convidou as crianças a segui-la até o ônibus estacionado do lado de fora. Durante o trajeto, deu uma aula de história. — Este país, este país que tanto amamos, tem uma história milenar. Olhem ao redor. Esse chafariz, essas muralhas, esses pórticos são fruto de uma gloriosa civilização. Já lhes falei do sultão Moulay Ismail, contemporâneo do nosso Rei Sol. Guardem esse nome, mocinhas.

Elas deram uns risinhos, porque a professora pronunciara o nome do rei nativo acentuando os sons guturais, evidenciando que sabia falar a língua dos árabes. Entretanto, ninguém fez comentário algum, pois ainda se lembravam da fúria da religiosa no dia em que Ginette perguntara: "Quer dizer que vamos aprender a falar *raton*?"* As meninas podiam jurar que irmã Marie Solange tinha se segurado para não esbofetear a aluna. E decerto refletira que Ginette tinha apenas 6 anos e era preciso usar de paciência e pedagogia. Certa noite, irmã Marie Solange se abrira com a madre superiora, a qual, ao escutá-la, passava a língua áspera nos lábios e arrancava pelinhas com os dentes. Contou-lhe que havia tido uma visão, sim, ou uma revelação até, enquanto passeava em Azrou, sob os cedros, à beira de uma torrente. Ao ver as mulheres andando com os filhos nas costas, um xale colorido por sobre os cabelos, ao contemplar os homens apoiados num bastão de madeira, conduzindo suas famílias e seus rebanhos, ela vira Jacó, Sara e Salomão. Este país, exclamou, lhe oferecia cenas de pobreza e humildade dignas das gravuras do Antigo Testamento.

*

A turma parou em frente a um prédio escuro que era impossível adivinhar para que servia ou o que abrigava. Um homem de terno azul-noite as aguardava na frente do que fazia as vezes de porta, mas não era mais que um buraco cavado na muralha. O guia tinha as mãos apertadas uma na outra na frente do sexo, e parecia perturbado, se não aterrorizado, à vista do enxame de escolares que se aproximava. A voz aguda e trêmula tentou sobrepor-se ao zum-zum-zum, mas foi preciso as freiras ralharem para que ele conseguisse fazer-se ouvir.

---

* Literalmente: filhote de rato. Termo depreciativo para designar "magrebino". [N. da T.]

— Vamos descer as escadas. É escuro lá dentro e o chão é escorregadio. Peço que fiquem muito atentas.

Assim que penetraram no que parecia ser uma gruta, as meninas silenciaram, emudecidas pelo medo, pelo frio gélido que emanava das paredes de terra e pela tétrica atmosfera do lugar. Uma delas, ninguém saberia dizer qual devido à ausência de luz, soltou um grito sinistro, imitando um gemido de assombração ou o uivo de um lobo.

— Um pouco de respeito, senhoritas. Neste lugar, irmãos cristãos sofreram terríveis suplícios.

Elas percorreram em silêncio um labirinto de corredores e galerias.

Irmã Marie Solange passou a palavra ao jovem guia, cuja voz tremelicava. Surpreendera-se com a pouca idade do grupo e não sabia o que podia ou não dizer na frente das crianças, de almas impressionáveis. Várias vezes buscou as palavras certas, voltou atrás no que disse, desculpou-se enxugando a testa com um lenço puído.

— Estamos aqui nisso que se denomina prisão dos cristãos. — Apontou para a parede em frente, e elas deram gritos quando ele mostrou as inscrições deixadas pelos prisioneiros séculos antes. Ele estava agora de costas para as colegiais, e acabou se esquecendo da presença delas, ganhando em eloquência e temeridade. Relatou o calvário dos milhares de homens — "eram perto de 2 mil no fim do século XVII" — que Moulay Ismail mandara prender ali e enfatizou a genialidade desse "sultão edificador" que determinara a construção de quilômetros de túneis subterrâneos por onde vagueavam escravizados moribundos, cegos, presos numa armadilha.

— Levantem os olhos — disse ele, confiante, quase autoritário, e as meninas, em silêncio, apontaram o nariz para cima.

Havia um buraco imenso cavado na rocha, por onde eram jogados, disse ele, os prisioneiros e a comida que mal dava para sobreviverem.

Aïcha grudou-se em irmã Marie Solange. Inspirou o cheiro da veste da religiosa e agarrou-se à corda que lhe servia de cinto. Quando o guia detalhou o sistema de matamorras, silos subterrâneos onde os prisioneiros eram encerrados e, às vezes, morriam sufocados, sentiu os olhos se encherem de lágrimas.

— No interior das paredes — acrescentou o homem, sentindo agora um prazer perverso em assustar aquelas passarinhas — encontram-se esqueletos. Os escravizados cristãos, que também construíram as altas muralhas que protegem a cidade, às vezes tombavam de exaustão, e eram então emparedados por seus perseguidores.

O homem adotou uma voz de profeta, uma voz de além-túmulo que causou calafrios nas crianças. Em todas as muralhas desse glorioso país, em todos os bastiões das cidades imperiais, podiam-se encontrar, deslocando a pedra, os esqueletos dos escravizados, dos heréticos, dos indesejáveis. Aïcha, nos dias seguintes, não parou de pensar nisso. Tinha a impressão de ver, em transparência, esqueletos encolhidos por toda parte, e rezava com ardor pelo descanso das almas penadas.

Algumas semanas depois, Amine encontrou a esposa ao pé da cama, rosto achatado no chão, joelhos puxados junto ao peito. Batia os dentes com tanta força que temeu que ela cortasse a língua e a engolisse, como acontecia com os epiléticos na almedina. Mathilde gemia, e Amine levantou-a nos braços. Sentiu, em suas mãos, os músculos contraídos da mulher e acariciou suavemente seu braço para confortá-la. Chamou Tamo e, sem olhar para a empregada, confiou-lhe a guarda da esposa.

— Vou trabalhar. Tome conta dela.

Quando retornou, no fim do dia, Mathilde estava delirando. Debatia-se, como que prisioneira dos lençóis encharcados, e chamava pela mãe em alsaciano. A febre estava tão alta que o corpo inteiro dela se sacudia, como por efeito de eletrochoques. Ao pé da cama, Aïcha chorava.

— Vou chamar o médico — declarou Amine ao raiar do dia.

Pegou o carro e saiu, deixando Mathilde aos cuidados da empregada, que não parecia se impressionar com a doença da patroa.

Uma vez sozinha, Tamo pôs-se ao trabalho. Preparou uma mistura de plantas, dosou minuciosamente cada ingrediente e verteu água fervente por cima. Sob o olhar espantado de Aïcha, amassou a pasta perfumada e disse:

— Temos que espantar os maus espíritos.

Tirou a roupa de Mathilde, que não reagia, e untou com a mistura o comprido corpo branco, cuja palidez a deslumbrou. Podia ter sentido um prazer maligno em dominar assim a patroa. Podia ter tido ganas de vingar-se daquela cristã severa e ferina que a tratava como a uma selvagem, que dizia que ela era suja como as baratas que pululavam em torno dos jarros de azeite. Apesar disso, Tamo, que muito havia chorado à noite na solidão do quarto, massageou as coxas da patroa, aplicou as mãos sobre as têmporas e rezou com sincera devoção. Ao fim de uma hora, Mathilde se acalmou. O maxilar dela relaxou e os dentes pararam de ranger. Sentada contra a parede, os dedos manchados de verde, Tamo repetia incansavelmente uma súplica de que Aïcha, olhando para os lábios da jovem, acompanhava a melodia.

Quando o médico chegou, encontrou a alsaciana seminua, o corpo coberto com uma mistura esverdeada cujo cheiro se espalhava pelo corredor. Tamo estava sentada à cabeceira da doente e, ao ver os homens entrarem, arrumou o lençol sobre o corpo de Mathilde e saiu do quarto de cabeça baixa.

— Foi a *fatma* quem fez isso? — perguntou o médico com o dedo apontado para a cama.

A pasta verde tinha manchado os lençóis, as almofadas, a colcha e escorrera no tapete que Mathilde comprara logo que chegara a Meknés, e do qual gostava muito. Tamo deixara marcas de dedos nas paredes, na mesa de cabeceira, e o quarto parecia um quadro desses artistas degenerados que confundiam talento com melancolia. O médico levantou as sobrancelhas e fechou os olhos por um ou dois minutos que, para Amine, pareceram intermináveis. Queria que o homem corresse para a paciente, fizesse um diagnóstico, encontrasse uma solução. Ele, em vez disso, deu a volta na cama, arrumou a ponta do lençol, desvirou um livro, realizou todo tipo de atos inúteis e absurdos.

Finalmente, tirou o paletó e o dobrou cuidadosamente antes de pousá-lo no espaldar de uma cadeira. Ao fazer isso, lançava a Amine olhares breves e cáusticos, parecia querer ensinar-lhe uma lição. Só então se inclinou sobre a doente, pôs a mão sob o lençol para auscultá-la e, como se lembrando-se de que atrás dele um homem o observava, virou-se.

— Deixe-nos a sós.

Amine obedeceu.

— Senhora Belhaj, está me ouvindo? Como se sente?

Mathilde voltou para ele o rosto vincado pelo cansaço. Com muito custo mantinha abertos os lindos olhos verdes, e parecia desnorteada, como uma criança acordando num lugar que não conhece. O médico achou que ela ia chorar, pedir ajuda. Partia-lhe o coração ver aquela mulher alta e loura, aquela mulher que devia ser encantadora quando se dispunha a tanto, quando lhe davam oportunidade de ter boas maneiras. Tinha os pés ressecados e cheios de calos, as unhas compridas e grossas. Ele segurou o braço de Mathilde e, cuidando para não se sujar com a pasta de ervas, tomou-lhe o pulso e em seguida deslizou a mão sob o lençol para apalpar-lhe o abdômen.

—Abra a boca e diga "aaa".

Mathilde obedeceu.

— É uma crise de malária. É algo bastante comum por aqui.

Arredou a cadeira para junto da escrivaninha de Mathilde, contemplou as gravuras do tio Hansi que retratavam a cidade de Colmar nos anos 1910, depois reparou no livro sobre a história de Meknés. Largado na mesa, um papel de carta de qualidade duvidosa e alguns rascunhos rasurados. Tirou um bloco de notas da pasta de couro e prescreveu uma receita. Abriu a porta do quarto e buscou o marido com os olhos. No corredor só havia uma menininha magra e desgrenhada. Estava encostada na parede e segurava na mão uma boneca toda manchada. Amine apareceu e o médico lhe estendeu o papel.

— Busque isso na farmácia.
— O que ela tem, doutor? Já está melhor?

O médico pareceu se irritar.

— Ande logo.

O doutor fechou a porta do quarto atrás de si e postou-se à cabeceira da doente. Sentia como se devesse protegê-la, não da doença, mas da situação em que ela se colocara. Diante da mulher nua e esvaziada de suas forças, imaginou a intimidade que ela dividia com aquele árabe tempestuoso. Imaginou tanto melhor por ter visto no corredor o fruto repugnante daquela união, e sentiu náuseas, um tremor de repulsa. Ele sabia, claro, que o mundo tinha mudado, que a guerra desmantelara todas as regras, todos os códigos, era como se tivessem colocado as pessoas num vidro e depois chacoalhado tudo, promovendo o encontro de corpos que ele achava indecente se tocarem. Essa mulher dormia nos braços daquele árabe cabeludo, daquele bruto que a possuía, que lhe dava ordens. Isso não era justo, não era correto, esses amores causavam desordem e sofrimento. Mestiços são um anúncio do fim do mundo.

Mathilde pediu algo para beber e ele levou um copo de água fresca aos lábios da doente.

— Obrigada, doutor — disse ela, e apertou a mão do médico.

Encorajado pelo gesto de cumplicidade, este perguntou:

— Perdoe-me se estiver sendo indiscreto, minha senhora, mas estou curioso. Como diabos veio parar aqui?

Mathilde estava fraca demais para falar. Queria arranhar a mão que seguia apertando a dela. Longe, bem longe, lá no fundo da mente, um pensamento tentava emergir, fazer-se ouvir. Uma revolta pulsava, mas ela não tinha forças para lhe dar corpo. Queria achar uma resposta, um revide incisivo para essa expressão que a punha fora de si. "Vir parar!" Como se sua vida não passasse de um acidente, como se seus filhos, a casa, toda a existência dela não passasse de um erro, de um descuido. *Preciso pensar em algo para retrucar a essa gente*, refletiu. *Preciso forjar uma carapaça de palavras para mim.*

Durante os dias e as noites em que a mãe ficou confinada ao quarto, Aïcha se afligiu. O que iria ser dela se a mãe morresse? Agitava-se pela casa feito uma mosca presa num copo. Abria uns olhos enormes para interrogar adultos em quem não confiava. Tamo a acarinhava e a cobria de palavras doces. Sabia que as crianças são como os cães, compreendem o que lhes dissimulam e pressentem a chegada da morte. Amine também estava desamparado. A casa estava triste sem as brincadeiras de Mathilde, sem as peças ridículas que ela gostava de pregar. Colocava baldinhos com água no alto das portas, costurava o forro das mangas dos casacos de Amine. Ele daria qualquer coisa para vê-la se levantar, vê-la organizar um jogo de esconde-esconde nos arbustos do jardim. Para vê-la contar, fungando, uma história do folclore alsaciano.

★

Durante a doença da vizinha, a viúva Mercier veio visitá-la várias vezes, para ver como ela estava e emprestar-lhe romances. Mathilde não entendia o porquê dessa súbita amabilidade com que a viúva a obsequiava. Até então, mantinham uma relação apenas distante, acenando a mão quando se encontravam no campo, presenteando uma à outra com frutas de que houvera farta colheita e as quais perigavam apodrecer. Mathilde não sabia que a viúva, no dia de Natal, se levantara ao amanhecer e, sozinha em seu quarto gelado, chupara uma laranja. Descascava os citrinos com os dentes e gostava do sabor amargo que a pele da fruta deixava no céu da boca. Ela abrira a porta que dava para o jardim e, apesar da geada que paralisara todas as plantas, apesar do vento glacial que soprava na planície, saíra descalça para o jardim. Era pelos pés que se via tratar-se de uma camponesa; pés que haviam pisado solos escaldantes, que já não temiam a queimadura das moitas de urtigas, pés com as solas cheias de calos. A viúva conhecia a propriedade dela como a palma da mão. Sabia quantas pedras cobriam a terra, quantas roseiras floresciam, quantos coelhos escavavam o chão das coelheiras. Nessa manhã de Natal, olhara na direção da alameda de ciprestes e soltara um grito abafado. A magnífica sebe de ciprestes que servia de cerca para a fazenda se afigurava como uma boca da qual tivessem arrancado um dente durante a noite. Chamara Driss, que tomava o chá dentro de casa.

— Driss, corra aqui, depressa!

O agricultor que lhe fazia as vezes de sócio, filho e marido substituto acorrera de copo na mão. Ela apontara o dedo na direção da árvore que faltava, e Driss levara algum tempo para entender. Já sabia que ele ia evocar os espíritos, que ia alertá-la contra um suposto feitiço que alguém lançara contra ela, porque Driss era incapaz de explicar acontecimentos fora do comum senão pela magia. A velha senhora, que tinha um rosto enérgico riscado por rugas profundas, pusera os punhos magros nos quadris. Aproximara a testa da testa de Driss, mergulhara os olhos cinzentos nos olhos do camponês e perguntara o que ele sabia sobre o Natal. O homem encolhera os ombros. "Não muito", pareceu dizer. Já vira passar por ali várias gerações de cristãos, camponeses miseráveis ou opulentos latifundiários. Vira-os revolver a terra, construir casas, dormir em barracas, mas ignorava tudo da intimidade e das crenças deles. A viúva então lhe dera um tapinha no ombro e desatara a rir. Um riso franco e vibrante, um riso cristalino, fresco como uma flor, que ecoou no silêncio do campo. Driss coçara a cabeça com um dedo e parecera perplexo. Essa história realmente não fazia sentido. A menos que um *djinn* tivesse urdido alguma vingança contra a velha e a árvore sumida fosse um sinal de coisa-feita. Lembrara-se dos boatos que corriam sobre a patroa. Dizia-se que tinha enterrado bebês natimortos na propriedade, e até fetos que seu ventre seco não soubera levar a termo. Que, um dia, um cão aparecera no aduar carregando na boca o braço de um bebê. Alguns afirmavam que vinham homens, à noite, buscar consolo entre as coxas flácidas dela, e, embora Driss passasse o dia todo ali, embora fosse testemunha da vida ascética da velha, não podia evitar de prestar atenção aos mexericos e ficar preocupado. Ela não tinha segredos para ele. Quando o marido fora mobilizado e depois capturado, quando morrera de tifo num campo de prisioneiros, fora para Driss que ela contara sobre a dor e o desespero que sentira. E ele lhe admirava a coragem, ao mesmo tempo que ficava pasmado ao ver chorar aquela mulher que dirigia o trator, cuidava dos animais, dava ordens aos lavradores com fulgurante autoridade. Era-lhe grato por ela enfrentar Roger Mariani, seu vizinho, que viera da Argélia nos anos 1930, pouco antes da viúva e do marido dela, Joseph, e tratava os lavradores com rudeza, tendo por única regra explorar brutalmente os nativos.

Na ocasião do Natal, a viúva cruzou os braços e ficou assim, silenciosa e imóvel, durante alguns minutos. Então se virou bruscamente e, num árabe perfeito, disse a Driss:

—Vamos deixar isso para lá, sim? E agora, ao trabalho.

Nos dias que se seguiram, sempre que se lembrava da árvore que faltava, o corpo franzino dela se sacudia de rir. Isso fez com que desenvolvesse intimamente uma certa afeição por Mathilde e seu marido. E depois das festas, que passou sozinha na propriedade, resolveu ir à casa dos Belhaj, onde encontrou Mathilde totalmente prostrada. A velha perguntou no que poderia ajudar, e, ao ver romances com páginas marcadas no sofá em que Mathilde passava os dias, se ofereceu para lhe emprestar alguns livros. A alsaciana, cujos olhos brilhavam de febre, segurou-lhe a mão e agradeceu.

Certo dia, enquanto Mathilde convalescia, um carro reluzente, conduzido por um motorista de quepe, estacionou em frente ao portão da fazenda. Amine viu um homem alto e robusto, que se aproximou dele e perguntou com um forte sotaque:

— Eu poderia falar com o proprietário?

— Sou eu mesmo — respondeu Amine, e o homem pareceu se alegrar. Usava elegantes calçados de verniz que Amine não pôde se impedir de fitar. — Vai sujar os sapatos.

— Não tem problema algum, acredite. Estou mesmo interessado é na sua bela propriedade. Será que eu posso visitá-la?

Dragan Palosi fez muitas perguntas. Queria saber como Amine tinha adquirido aquelas terras, que tipos de cultura pretendia desenvolver, quais eram os rendimentos e as expectativas para os próximos anos. Amine respondeu laconicamente, desconfiado daquele homem de sotaque estranho, bem vestido demais para andar pelas plantações. Amine começou a transpirar e observou de soslaio o rosto redondo do visitante, que enxugava a testa e o pescoço com um lenço. Percebeu que não havia nem tido tempo de perguntar como ele se chamava. Quando o homem se apresentou, Amine não conteve uma careta, e o visitante deu uma risada.

— É húngaro — disse ele. — Dragan Palosi. Tenho um consultório na rue de Rennes. Sou médico.

Amine meneou a cabeça. Continuava sem entender. O que um médico húngaro estava fazendo ali? Em que tramoia iria querer envolvê-lo? Dragan Palosi estacou de repente e ergueu os olhos. Examinou com atenção a fila de laranjeiras que se erguia em frente a ele. As árvores ainda eram jovens, mas estavam carregadas de frutos. Dragan então reparou que de uma delas sobressaía um ramo de limoeiro, cujos frutos amarelos se misturavam com as laranjas imensas.

— Que engraçado — disse o húngaro, aproximando-se da árvore.

— Isso? Ah, sim, as crianças acham divertido. É uma brincadeira entre nós. Minha filha a chama de "limoranja". Também enxertei um ramo de pereira num marmeleiro, mas para esse ainda não achamos um nome.

Amine calou-se, não queria parecer diletante, ou maluco, aos olhos do doutor em medicina.

— Queria lhe propor um negócio. — Dragan pegou no braço de Amine e o puxou para uma sombra, ao pé de uma árvore. Contou que acalentava, havia muitos anos, o sonho de exportar frutas para o Leste Europeu. — Laranjas e tâmaras — explicou para Amine, que não fazia ideia de a que países ele se referia. — Eu me encarrego do transporte das laranjas até o porto de Casablanca, pago aos seus lavradores pela colheita e você recebe, além disso, um aluguel pelas terras. Negócio fechado?

Amine apertou a mão dele e, nesse dia, quando chegou da escola com Aïcha, os dois encontraram Mathilde sentada nos degraus que levavam ao jardim. A menina correu para os braços da mãe, pensando que suas preces não tinham sido em vão, que Mathilde viveria. "*Ave, Maria.*"

★

Quando pôde levantar-se, Mathilde se alegrou por ter perdido peso. Vendo-se no espelho, descobriu que o rosto estava descorado, as feições, cansadas, e os olhos, com olheiras. Criou o hábito de estender um lençol na grama, em frente à porta envidraçada da casa, e passar as manhãs ao sol com os filhos, que brincavam. Vibrou com a chegada da primavera. Observava, dia após dia, o desabrochar dos brotos nos ramos, esmagava entre os dedos as flores perfumadas das laranjeiras, debruçava-se sobre o frágil lilás. Diante dela, os campos não cultivados se cobriam de papoulas vermelho-sangue, de flores silvestres com tons alaranjados. Não havia nada ali que criasse obstáculo ao voo dos pássaros. Nenhum poste de luz, nenhum barulho de carro, nenhum muro em que pudessem espatifar suas cabecinhas minúsculas. Com o retorno do bom tempo, podia ouvir o pipiar de centenas de pássaros invisíveis e tremerem os ramos das árvores ao som de seus cantos. O isolamento da fazenda, que tanto a tinha apavorado, que a mergulhara em profunda melancolia, deslumbrou-a nesses primeiros dias de primavera.

Uma tarde, Amine veio juntar-se a eles e deitou-se ao lado do filho com uma indolência que deixou Aïcha admirada.

— Conheci umas pessoas divertidas de quem acho que você iria gostar — anunciou à mulher.

Contou-lhe sobre a visita repentina de Dragan à fazenda e os planos mirabolantes do homem e explicou o tanto que teriam a ganhar com essa parceria. Mathilde franziu a testa. Não se esquecera do modo como Buchaib se aproveitara da ingenuidade do marido, e temia que este se deixasse, mais uma vez, seduzir por falsas promessas.

— E por que está propondo isso a você? Roger Mariani cultiva muitos hectares de laranja e é bem mais conhecido na região.

Melindrado com a desconfiança da esposa, Amine se levantou bruscamente.

— Pergunte pessoalmente a ele. Ele e a esposa nos convidaram para almoçar no domingo.

Mathilde passou a manhã de domingo se queixando de não ter nada para vestir. Acabou escolhendo o vestido azul já tão *démodé* e acusou Amine de não a compreender. Sonhava com a coleção New Look da Dior, que causava furor entre as europeias da cidade nova.

— Este vestido eu já usava no final da guerra. O comprimento saiu de moda. Vou ficar parecendo o quê?

— É só você usar um haique, assim não terá esse tipo de problema.

Amine deu uma risada e Mathilde o detestou. Tinha acordado de mau humor, e esse almoço, que deveria encantá-la, lhe soava como uma chateação.

— De que tipo de almoço se trata, afinal? Seremos só nós ou haverá outros convidados? Você acha que temos de ir muito arrumados?

Ao que Amine respondeu dando de ombros.

— E eu lá sei?

Os Palosi residiam na cidade nova, perto do hotel Transatlantique, e a casa deles dispunha de uma vista sublime da cidade e dos minaretes. O casal os aguardava no patamar da entrada, abrigado do sol escaldante por um pequeno toldo de pano laranja e branco. Enquanto Amine e Mathilde saíam do carro e caminhavam em direção à porta, o médico manteve os braços abertos, tal qual um pai de família acolhendo os filhos. Dragan Palosi vestia um elegante terno azul-marinho e uma gravata com nó largo. Os sapatos de verniz estavam tão reluzentes quanto o farto bigode que cultivava com muito esmero. Tinha bochechas salientes, lábios carnudos, e tudo nele expressava uma certa opulência, uma gulodice, um prazer de estar vivo. Agitou as mãos e em seguida as pousou no rosto de Mathilde, como se faz com as meninas pequenas.

Eram duas mãos enormes e cobertas de pelos pretos, mãos de assassino ou de açougueiro, e Mathilde não pôde deixar de imaginar Dragan Palosi, com aquelas mãos gigantescas, extraindo um bebê do sexo de uma mulher. Sentiu no rosto o toque frio de um anel de ouro que ele usava no dedo anular e que comprimia-lhe a circulação sanguínea.

Ao lado dele estava uma mulher loura cujo rosto era difícil de reparar e a silhueta de admirar, pelo tanto que os seios, imensos, prodigiosos, superdimensionados, atraíam irresistivelmente o olhar. A anfitriã sorriu de maneira preguiçosa para Mathilde e lhe estendeu frouxamente uma das mãos. Usava o penteado da última moda e um vestido que parecia saído de uma revista, e ainda assim tudo nela transpirava vulgaridade, falta de elegância. No modo como passara o batom cor de laranja, no jeito com que pousava a mão no quadril e, acima de tudo, no estalar da língua no fim das frases. Parecia querer estabelecer com Mathilde uma tola cumplicidade baseada no gênero ou na nacionalidade. Corinne era francesa, "de Dunquerque", repetiu, salientando o "r". Mathilde sentiu-se ridícula quando, chegando ao patamar da entrada, estendeu para Corinne dois pratos contendo um kouglof e uma torta de figo. A anfitriã segurou os pratos com mão mole, com a falta de jeito de quem pega um bebê no colo pela primeira vez. Amine sentiu vergonha da esposa, e Mathilde percebeu. Corinne não era o tipo de mulher que se ocupa com tortas, que desperdiça o tempo, a juventude e a beleza numa cozinha superaquecida, em meio a empregadas e crianças choronas. Dragan talvez tenha notado o mal-estar, pois agradeceu a Mathilde com um ardor e uma gentileza que a tocaram. Soergueu o pano, mergulhou o espesso nariz a uns poucos centímetros das tortas e inspirou longa, profundamente.

— Mas que maravilha! — exclamou, e Mathilde enrubesceu.

Enquanto Corinne puxava Mathilde até a sala, indicava-lhe uma poltrona e lhe oferecia algo para beber, em seguida se sentava na frente dela e lhe contava a própria história, Mathilde pensava: *É uma puta*. Não prestou a mínima atenção ao relato da mulher, tinha certeza de que era tudo mentira e não queria se deixar enganar. Se as pessoas vinham para aquele lugar, para aquela cidade perdida, era justamente para poder mentir, se reinventar. Foi obrigada a escutar a história de como Corinne e esse rico ginecologista húngaro tinham se conhecido, mas não acreditou nem por um segundo no amor à primeira vista que pretensamente os arrebatara. Durante o aperitivo, em que bebeu sem reservas um excelente vinho do Porto, Mathilde só pensou numa coisa. Olhou o mordomo marroquino entrar e sair, observou o sorriso radiante do marido, fitou o anel que espremia o dedo gorducho do ginecologista e refletiu: *É uma puta*. Essas palavras ecoavam em sua cabeça tal qual rajada de metralhadora. Imaginava Corinne num bordel de Dunquerque, pobre garota transida de frio e vergonha, o corpo roliço seminu, de combinação de náilon e meia soquete. Dragan decerto a tirara da sarjeta, talvez até nutrisse por ela um amor passional e sentimentos cavalheirescos, mas isso não mudava nada. Essa mulher perturbava Mathilde, causava-lhe nojo e fascínio, interesse e vontade de fugir.

Diversas vezes, durante o aperitivo, quando a conversa patinava num silêncio embaraçado, Dragan mencionou as tortas e o prazer que teria em comê-las, lançando um sorriso de cumplicidade a Mathilde. Ele sempre se dera melhor com as mulheres. Quando criança, nada o fizera sofrer tanto quanto o internato de meninos em que os pais o matricularam e onde tivera de submeter-se a uma virilidade opressiva. Amava as mulheres não como um sedutor, mas como um amigo, um irmão. Na vida adulta, marcada pelo exílio e pela errância, as mulheres sempre se afiguravam como aliadas. Compreendiam a melancolia que o atormentava, conheciam a sensação de ser reduzido à arbitrariedade do próprio sexo, como ele fora reduzido ao absurdo de sua religião. Com elas, aprendera um misto de resignação e combatividade, compreendera que a alegria é uma vingança contra quem nos quer renegar.

Amine e Mathilde se surpreenderam com o refinamento da casa dos Palosi. Olhando para aquele casal, dificilmente se esperaria tamanha delicadeza, tamanho requinte na mobília, na disposição das tapeçarias, na escolha das cores. Sentaram-se numa graciosa sala de visitas, onde uma ampla porta de vidro abria para fora e dava para um jardim admiravelmente bem cuidado. No muro ao fundo cresciam buganvílias, e a glicínia estava em flor. Debaixo de um jacarandá, Corinne mandara colocar uma mesa com cadeiras.

— Mas está muito quente para comer lá fora, não é?

Sempre que ela falava ou ria, seus seios se erguiam, e tinha-se a impressão de que iriam escapulir do vestido, se esparramar, que os mamilos iriam aparecer como eclodem os brotos na primavera. Amine não desgrudou os olhos dela e sorriu com apetite, mais bonito que nunca. De tanto viver ao ar livre, tinha o rosto esculpido pelo vento e pelo sol, os olhos cheios de horizonte, um cheiro maravilhoso se desprendia da pele dele. Mathilde não ignorava o poder de sedução que o marido tinha sobre as mulheres. Perguntou-se se fora mesmo para lhe agradar que ele havia aceitado o convite para o almoço ou se foram as curvas dessa mulher, a lascívia dela, que os tinham trazido ali.

— Sua esposa é muito elegante — observara Amine ao chegar, pousando um beijo langoroso na mão de Corinne.

— Ah, essas tortas parecem deliciosas — respondera Dragan. — Sua esposa é uma autêntica *cordon-bleu*.

Quando ele voltou a mencionar as tortas durante o almoço, Mathilde teve vontade de sumir. Levou as mãos às têmporas para ajeitar o penteado que se desmanchara. O suor lhe escorria pela testa e o vestido azul estava manchado nas axilas e entre os seios. Mathilde passara a manhã se atarefando na cozinha, depois tivera de correr para alimentar as crianças e fazer recomendações a Tamo. O carro havia morrido a dez quilômetros da fazenda, e fora Mathilde quem o empurrara, já que, segundo Amine, ela não sabia manobrar com eficiência. Enquanto levava à boca uma mousse de fígado demasiado firme, pensou que o marido era um sonso, que só a obrigara a empurrar a lata-velha para não enxovalhar o paletó de domingo. Por culpa dele que ela chegara assim à casa dos Palosi, exausta e suada, de vestido amassado e as pernas cobertas de picadas de insetos. Elogiou Corinne pela entrada deliciosa e escorregou a mão sob a mesa para coçar as canelas que comichavam.

Quis perguntar "O que vocês fizeram durante a guerra?", pois parecia-lhe que era a única forma de conhecer realmente as pessoas. Contudo, Amine, que o vinho branco tornara tagarela, desatou a falar de política marroquina com Dragan, e as mulheres sorriram uma para a outra em silêncio. Corinne derrubou a cinza do cigarro no chão, e uma fagulha queimou uma franja do tapete. Com ar cansado, olhos enevoados de álcool, convidou Mathilde a ir com ela até o jardim, e esta aceitou a contragosto. *Vou deixá-la falar*, repetia consigo, turrona, maldosa. Corinne pegou um maço de cigarros numa mesinha de canto e ofereceu um a Mathilde.

— Da próxima vez, traga as crianças. Até mandei preparar uns doces, e temos alguns brinquedos no quarto dos fundos. Foram deixados pelos antigos donos — explicou, com uma voz drenada de melancolia. Então se sentou num dos degraus que levavam ao jardim. — Há quanto tempo está no Marrocos?

Mathilde lhe contou sua história e, enquanto buscava as palavras, ocorreu-lhe que era a primeira vez que alguém a escutava assim, com interesse e simpatia. Quanto a Corinne, desembarcara em Casablanca logo após o início da guerra. Dragan, que havia fugido da Hungria, da Alemanha e da França, ouvira dizer por um amigo russo que o Marrocos era o lugar ideal para recomeçar a vida do zero. Na Cidade Branca, na costa atlântica, arrumara um emprego de médico numa clínica renomada. Ganhara muito dinheiro, mas a reputação do diretor e a natureza das cirurgias que praticava acabaram por fazê-lo fugir. Tinha então optado por Meknés, sua vida sossegada e seus pomares.

— Que cirurgias eram essas? — perguntou Mathilde, intrigada pelo tom conspiratório de Corinne.

Corinne deu uma olhada atrás de si, escorregou o quadril até encostar em Mathilde e cochichou:

— Cirurgias absolutamente extraordinárias, se quer saber minha opinião. Então não sabe que gente de toda a Europa vem aqui para isso? Esse médico é um gênio, ou um louco, tanto faz, mas dizem que é capaz de transformar um homem em mulher!

No fim do trimestre, as freiras pediram uma conversa com os pais de Aïcha. Amine e Mathilde chegaram em frente ao portão quinze minutos adiantados, e irmã Marie Solange os levou à sala da madre superiora. Percorreram a longa alameda de cascalho e passaram em frente à capela, para a qual Amine olhou. O que estaria esse deus lhe reservando? Irmã Marie Solange os fez sentar em frente a uma ampla mesa de cedro sobre a qual se empilhavam algumas pastas. Havia um crucifixo pendurado acima da lareira. Puseram-se de pé quando a madre superiora entrou na sala, e Amine se preparou. Ele e Mathilde tinham passado a noite especulando sobre as críticas que iriam ouvir: os constantes atrasos, as roupas de Aïcha, os delírios místicos da filha. Haviam discutido. "Pare de contar essas histórias que impressionam a menina", ameaçava Amine. "Compre um carro", retorquia Mathilde. Perante a diretora, porém, sentiam-se unidos. O que quer que ela dissesse, saberiam defender a filha.

    A madre fez sinal para que se sentassem. Reparou na diferença de altura entre Amine e a mulher e isso pareceu diverti-la. Pensou, decerto, que só um homem muito apaixonado ou modesto aceitaria bater no ombro da esposa. Instalou-se em sua poltrona e tentou abrir uma gaveta da qual não encontrava a chave.

— Muito bem. O que irmã Marie Solange e eu queríamos lhes dizer é que estamos muito satisfeitas com Aïcha.

As pernas de Mathilde começaram a tremer. Ficou esperando a má notícia.

— É uma menina tímida e arisca, e por certo não é fácil cativá-la. Mas seus resultados são excepcionais — continuou a madre.

Empurrou na direção do casal um boletim que conseguira finalmente pegar na gaveta. Deslizou o dedo ossudo sobre o papel, deixando à mostra unhas brancas perfeitamente aparadas, finas como as de uma criança.

— Aïcha ficou bem acima da média em todas as matérias. E se os chamamos para esta conversa é porque acreditamos que a filha de vocês deveria pular uma série. Vocês estariam de acordo?

As duas freiras olharam para eles e exibiram um sorriso radiante. Aguardavam uma resposta e pareciam frustradas por eles não se mostrarem mais animados. Amine e Mathilde não se moveram. Olhavam para o boletim e pareciam travar uma conversa silenciosa, composta por piscares de olhos, sobrancelhas franzidas e lábios mordiscados. Amine fora reprovado no exame final do ensino médio e suas lembranças de escola se resumiam aos tabefes distribuídos pelo professor a título preventivo. Quanto a Mathilde, lembrava-se sobretudo de ter sentido frio, tanto frio que não conseguia aprender nem a segurar uma caneta. Foi ela quem tomou a palavra.

— Se acham que seria bom para ela... — E quase acrescentou: "Vocês a conhecem melhor do que nós."

Quando se encontraram com Aïcha, que esperava comportadamente por eles na calçada, fitaram-na com um olhar esquisito, como se a vissem pela primeira vez. Essa criança era uma estranha para eles, pensaram. Tinha, apesar da pouca idade, uma alma, segredos, qualquer coisa de irredutível, que era impossível para eles captar ou compreender. Essa menininha franzina, de joelhos tortos e rosto inquieto era muito inteligente. Em casa, falava pouco. Passava o serão brincando com as franjas do grande tapete azul e tinha acessos de espirro por causa do pó. Nunca contava o que fazia na escola, mantinha segredo das dores, das alegrias e das amizades. Quando desconhecidos apareciam em casa ela fugia, ligeira feito um inseto perseguido, escapulia para o quarto ou então para a planície. Aonde quer que fosse, ia sempre correndo, as longas pernas magras como que dissociadas do resto do corpo. Os pés iam adiante do tronco, dos braços, e parecia que Aïcha, se ficava vermelha e transpirava, estava tentando alcançar as perninhas finas que, por algum feitiço, lhe escapavam. Aparentava não saber nada, não conhecer nada. Nunca pedia ajuda para o dever de casa, e, quando Mathilde se inclinava sobre os cadernos, só podia admirar a letra caprichada da filha, a desenvoltura, a tenacidade.

Aïcha não fez perguntas sobre a reunião. Os pais disseram que estavam muito satisfeitos com ela e que, para comemorar, iriam almoçar numa cervejaria da cidade nova. Ela pegou a mão que Mathilde lhe estendia e os seguiu. A única coisa que pareceu deixá-la feliz foi a pilha de livros que a mãe lhe passou.

— Acho que você ganhou um prêmio.

Sentaram-se na esplanada, debaixo do grande toldo vermelho empoeirado. Amine pegou o copinho de Aïcha e serviu-lhe um dedo de cerveja. Disse que era um dia um tanto quanto especial e ela podia tomar um gole com eles. Aïcha enfiou o nariz no copo. A cerveja não tinha cheiro, então a menina a levou à boca e sorveu o líquido amargo. A mãe enxugou com a luva um resto de espuma em sua bochecha. Ela adorou o líquido gelado que deslizava da garganta ao estômago e a refrescava. Não pediu nada, não fez birra, apenas empurrou levemente o copo para o meio da mesa e o pai, quase sem dar por isso, tornou a enchê-lo. Ainda estava emocionado. A filha, com aquele jeito de moleca, sabia latim e superava todas as francesas em matemática. "Talentos excepcionais", dissera a professora.

Amine e Mathilde estavam ficando um pouco bêbados. Pediram uns pratos fritos, puseram-se a rir e a comer com os dedos. Aïcha falava pouco. A mente dela estava enevoada. Parecia que o corpo nunca tinha estado tão leve, ela mal sentia os braços. Havia como uma estranha defasagem entre os pensamentos e os sentimentos, uma espécie de lapso que a perturbava. Experimentava um profundo arroubo de amor pelos pais e, segundos depois, esse sentimento já lhe era estranho, e se punha a pensar num poema que aprendera e cujo último verso esquecera. Não conseguia focar a atenção, não riu quando um bando de garotos parou em frente ao café e fez umas acrobacias para entreter os clientes. Estava caindo de sono e custava a manter os olhos abertos. Os pais dela então se levantaram para cumprimentar um casal de vendeiros armênios a quem forneciam frutas e caixotes de amêndoas. Aïcha ouviu pronunciarem o seu nome. O pai falava alto e pôs a mão no ombro ossudo da filha. Aïcha sorriu de boca aberta, olhou para a mão escura do pai e descansou o rosto sobre ela. Os adultos a encheram de perguntas como: "Quantos anos você tem?", "Está gostando da escola?". Ela não respondeu. Havia algo que lhe escapava, mas sabia que era algo bom, e esse foi o último pensamento que levou consigo ao adormecer, a cabeça apoiada na mesa do almoço.

Acordou com o rosto molhado dos beijos da mãe. Foram em direção à avenue de la République e ao Cinema Empire, cuja entrada lembrava um teatro grego. Compraram para ela um sorvete, que ela tomou na calçada, devagar e de um jeito que o pai julgou tão obsceno que acabou por lhe arrancar a casquinha da mão e jogá-la no lixo. "Vai sujar seu vestido", justificou. Estava passando *Matar ou morrer*. Dentro da sala, grupos de adolescentes riam entre si, homens endomingados comentavam o noticiário em voz alta e discutiam. Uma moça vendia chocolate e cigarros. Aïcha era tão miudinha que o pai teve de pegá-la no colo para ela conseguir ver a tela. A luz se apagou e a lanterninha, uma velha marroquina que lhes indicara os lugares, começou a gritar "*Sed foumouk!*"* para um grupo de jovens. Aïcha se aninhou contra Amine, como entontecida pelo contato quente com a pele dele. Afundou o rosto no pescoço do pai, indiferente ao que se passava na tela e à lanterna que a velha sacudia na direção de um rapaz que acendera um cigarro. Mathilde, durante o filme, passou a mão no cabelo de Aïcha, puxou de mansinho madeixa por madeixa, e arrepios varavam o corpo da menina desde a nuca até a planta dos pés. Quando saíram do cinema, a cabeleira de Aïcha estava ainda mais eriçada e crespa que o normal, e ela sentiu vergonha de ser vista na rua desse jeito.

No carro, a caminho de casa, o clima anuviou-se. Não só pelo céu pesado e tempestuoso, ou pelas nuvens de poeira erguidas por pequenos tornados. Amine já se esquecera da boa-nova anunciada pelas freiras e estava aflito com o dinheiro que gastara impensadamente. Mathilde, testa colada no vidro, falava sozinha. Aïcha se perguntou como a mãe podia ter tanto a dizer sobre o filme. Escutou a voz aguda de Mathilde, meneou a cabeça quando ela se virou e perguntou:

— A Grace Kelly é linda, não é?

Mathilde amava cinema, com uma paixão que chegava a lhe doer. Assistia aos filmes quase sem respirar, o corpo inteiro voltado para os rostos em tecnicolor. Quando, ao fim de duas horas, saía da sala, a agitação das ruas a chocava. A

---

* "Calem a boca!" [N. da A.]

cidade é que era falsa, incongruente, o real é que se afigurava uma ficção trivial, uma mentira. Ao mesmo tempo que saboreava a alegria de ter vivido em outro mundo, de ter aflorado paixões sublimes, sentia borbulhar dentro de si uma espécie de fúria, uma amargura. Queria entrar na tela, viver sentimentos que tivessem aquela matéria, aquela densidade. Queria que lhe reconhecessem a dignidade dela de personagem.

No verão de 1954, Mathilde escreveu diversas vezes para Irène, mas as cartas ficaram sem resposta. Imaginou que essas anomalias se devessem aos distúrbios que agitavam o país e não se preocupou com o silêncio da irmã. Francis Lacoste, o novo residente-geral, sucedera ao general Guillaume e ao assumir, em maio de 1954, prometeu lutar contra a onda de tumultos e assassinatos que vinha aterrorizando a população francesa. Ameaçou os nacionalistas com terríveis represálias, e Omar, o irmão de Amine, já não tinha palavras para xingá-lo. Este, certo dia, encrespou com Mathilde e a insultou. Soubera da morte, na prisão, do resistente Mohammed Zerktouni, e estava espumando de raiva.

— Agora só restam as armas para libertar este país. Eles vão ver só o que os nacionalistas estão preparando para eles.

Mathilde tentou acalmá-lo:

— Nem todos os europeus são assim, você sabe muito bem.

Citou o exemplo de franceses que tinham claramente se posicionado a favor da independência, alguns tendo até sido presos por dar apoio logístico a células clandestinas. Mas Omar deu de ombros e cuspiu no chão.

Em meados de agosto, próximo ao primeiro aniversário da deposição do sultão, foram passar o dia na casa de Mouilala, que recebeu o filho mais velho com mil preces, agradecendo a Deus por lhe dar aquela proteção. Os dois se fecharam num cômodo para falar de dinheiro e negócios, e Mathilde se instalou na saleta para trançar o cabelo de Aïcha. Selim corria pela casa toda, e por pouco não caiu da escada de pedra. Omar, que adorava o menino, ergueu-o sobre os ombros.

—Vou levá-lo para correr no parque — avisou e saiu, sem atentar para as recomendações de Mathilde.

Às cinco horas, Omar ainda não tinha voltado e Mathilde, preocupada, foi buscar o marido. Amine se debruçou à janela. Chamou pelo irmão e ouviu, em resposta, berros e xingamentos. Manifestantes convocavam ao protesto, à insurreição; conclamavam os muçulmanos à altivez, a levantar a cabeça diante do invasor.

—Temos que achar Selim — gritou Amine. — Desçam.

Mal se despediram de Mouilala, que, com a cabeça tremendo, pousou uma das mãos na testa do filho para abençoá-lo. Amine foi empurrando a mulher e a filha pelas escadas.

—Você enlouqueceu de vez? — disse para Mathilde. — O que deu em você para deixá-lo sair, então não sabe que está havendo manifestações todo dia?

Precisavam deixar a cidade velha o quanto antes. Aquelas ruas estreitas formavam uma armadilha na qual temiam ficar emboscados, a família à mercê dos manifestantes. Os alaridos foram ficando mais próximos, vozes ricocheteavam pelas paredes da almedina. Viram homens aparecer na frente e atrás deles, surgiam a uma velocidade insana. Uma multidão mais e mais compacta os cercou e Amine, que levava a filha no colo, desatou a correr em direção à porta da almedina.

Chegaram ao carro e se jogaram dentro dele. Aïcha começou a chorar. Pediu colo para a mãe, perguntou se o irmão iria morrer, e Amine e Mathilde, a uma só voz, mandaram-na ficar quieta. A multidão de revoltosos os alcançou, e Amine não conseguiu dar marcha à ré. Rostos se grudaram no vidro. O queixo de um jovem deixou na janela um longo risco gorduroso. Dois olhos desconhecidos examinavam aquela estranha família, aquela menina que era difícil dizer a que lado pertencia. Um jovem começou a berrar, braço erguido para o alto, e a multidão se inflamou. Ele não devia ter mais que 15 anos, e ostentava uma barbinha de adolescente. A voz grave e cheia de ódio contrastava com a doçura do olhar. Aïcha o fitou, e soube que aquele rosto lhe ficaria para sempre gravado na memória. Aquele garoto lhe dava medo, e ela o achava bonito com aquelas calças de flanela, a jaqueta que lembrava a dos aviadores americanos. "Viva o rei", bradou o jovem, ao que o coro repetiu "Viva Mohammed ben Youssef!", com tanta força que Aïcha achou que eram as vozes da multidão que estavam fazendo o carro balançar. Alguns garotos começaram a bater no teto do automóvel com uns pedaços de pau enquanto cadenciavam os cantos, como uma orquestra, e o clamor crescia, quase melodioso. Passaram a quebrar tudo, os vidros dos carros, as lâmpadas dos postes de luz; o chão da rua se encheu de estilhaços de vidro e os manifestantes pisavam em cima com os sapatos furados, sem atentar para o sangue que escorria dos próprios pés.

— Deitem-se — gritou Amine, e Aïcha encostou a face no chão do carro.

Mathilde protegeu o rosto com as mãos e começou a repetir "está tudo bem, está tudo bem". Lembrou-se da guerra e do dia em que se jogara de uma ribanceira para fugir dos disparos de um avião. Tinha cravado as unhas na terra, parado de respirar por alguns instantes e depois apertara as coxas com tanta força que por pouco não gozara. Teria gostado, naquele momento, de compartilhar essa lembrança ou, simplesmente, de pousar os lábios nos lábios de Amine, fazer o medo se dissolver no prazer. E então, de repente, a multidão se dispersou, como se uma granada tivesse explodido bem no meio dela, projetando corpos para todos os lados. O carro balançou e Mathilde viu os olhos de uma mulher que batia com as unhas no vidro. Fez um sinal com o dedo para a menina, que tremia. Sem saber por quê, Mathilde confiou nela. Abriu o vidro e a mulher, antes de fugir, jogou dois pedaços de cebola.

— Gás! — berrou Amine.

Em poucos segundos, o veículo foi tomado por um cheiro acre e ardido, e eles começaram a tossir.

Amine arrancou e rodou bem devagar em meio à nuvem de fumaça que se formara. Chegou à entrada do parque e saiu do carro às pressas, deixando a porta aberta. Viu, de longe, o irmão e o filho brincando. Parecia que os distúrbios ocorridos a poucos metros dali tinham acontecido em outro país. O Jardim das Sultanas estava calmo e sossegado. Havia um homem sentado num banco e, aos pés dele, uma gaiola grande com as grades enferrujadas. Amine se aproximou e viu, dentro dela, um macaco magro, de pelo cinzento, pisoteando a própria merda. Agachou-se para melhor observar o animal, que se virou para ele, abriu a boca e arreganhou os dentes. Assobiava e cuspia, e Amine não sabia dizer se o macaco estava rindo ou o ameaçando.

Amine chamou o filho, que correu para os braços do pai. Não quis falar com o irmão, estava sem tempo para broncas ou explicações, e voltou para o carro, deixando Omar plantado no meio do gramado. Na estrada para a fazenda, havia uma barreira policial. Aïcha notou a comprida corrente de pregos estendida no chão e imaginou o barulho que os pneus fariam se estourassem. Um policial fez sinal a Amine para estacionar. Aproximou-se lentamente do carro e tirou os óculos de sol a fim de examinar o rosto dos ocupantes. Aïcha o encarou com uma curiosidade que desconcertou o funcionário. Ele parecia não entender a família que tinha diante dos olhos e que o fitava comportadamente, sem dizer sequer uma palavra. Mathilde perguntou-se que história ele não estaria imaginando. Estaria confundindo Amine com um motorista? Achando que Mathilde era a rica esposa de um colono que esse empregado tinha a incumbência de levar para casa? O policial, contudo, parecia indiferente à presença dos adultos e observava as crianças. Reparou nas mãos de Aïcha rodeando o torso do irmãozinho, como que para protegê-lo. Mathilde abaixou lentamente o vidro e sorriu para o rapaz.

—Vai ser dado o toque de recolher. Vão para casa. Pode seguir. — O policial bateu com a mão no capô, e Amine arrancou.

No baile do 14 de Julho, Corinne usou um vestido vermelho e escarpins de couro trançado. No jardim decorado com lampiões coloridos, dançou somente com o marido, recusando com um gesto educado os convites de outros homens. Pensava assim se resguardar dos ciúmes, preservar a amizade das esposas, mas estas, em vez disso, julgaram-na arrogante e vulgar. *Quer dizer que nossos maridos não são bons o bastante para ela?*, pensavam. Corinne, nessas ocasiões, mostrava-se cautelosa. Desconfiava do álcool e do entusiasmo, sabia das dolorosas manhãs que se seguiam. Temia a sensação de ter se aviltado, ter falado demais, ter desesperadamente tentado agradar. Pouco antes da meia-noite, vieram chamar Dragan, que bebia encostado no balcão do bar. Havia uma mulher em trabalho de parto, era o terceiro filho, ele tinha que ser rápido. Corinne não quis ficar. "Sem você aqui não vou dançar", de modo que ele a deixou em casa antes de ir para o hospital. Quando acordou no dia seguinte, o marido ainda não tinha chegado. Ficou deitada no quarto de venezianas cerradas, escutando o barulho das pás do ventilador, a camisola encharcada de suor. Levantou-se, por fim, e com passos arrastados foi até a janela. Na rua, onde o calor já estava abrasador, viu um homem varrendo a calçada com uma folha de palmeira.

Na casa em frente, os vizinhos se atarefavam. As crianças estavam sentadas nos degraus da entrada enquanto a mãe corria de um cômodo a outro, fechando as janelas, ralhando com as empregadas que não terminavam de arrumar as malas. O pai, que se instalara no banco dianteiro do carro e fumava, porta aberta, parecia já esgotado pela longa viagem. Estavam voltando para a metrópole, e Corinne sabia que, em breve, a cidade nova estaria deserta. Sua professora de piano lhe anunciara, uns dias antes, que estava indo para o País Basco. "Que maravilha poder escapar por algumas semanas desse calor e desse ódio."

Corinne se afastou da janela e refletiu que não tinha para onde ir. Nenhum lugar para rever, nenhuma casa de infância prenhe de recordações. Estremeceu de repulsa ao se lembrar das ruas escuras de Dunquerque, das vizinhas que a espiavam. Ainda podia vê-las, em pé na soleira de suas casas degradadas, segurando com as duas mãos o pesado xale que lhes cobria os ombros, os cabelos sujos puxados para trás. Desconfiavam de Corinne, cujo corpo, aos 15 anos, desabrochara num repente. Os ombros de menina tiveram de sustentar os seios enormes e os pés frágeis, o peso dos quadris arredondados. O corpo dela era um engodo, uma armadilha em que se achava presa. O pai, à mesa, já não ousava fitá-la. A mãe só repetia bestamente: "Vai saber como vestir essa menina." Os soldados a espiavam de esguelha, as mulheres a julgavam depravada. "Um corpo desses suscita maus pensamentos!" Imaginavam-na gulosa, dada à lascívia. Achavam que uma mulher dessas era feita apenas para o prazer. Os homens se jogavam em cima dela, despiam-na como quem desembrulha um presente, com afobação e brutalidade. E contemplavam, deslumbrados, os seios extraordinários que, livres do sutiã, se esparramavam igual nuvem de espuma. Jogavam-se sobre eles, mordiam-nos com vontade, como que enlouquecidos à ideia de que aquela iguaria nunca teria fim, de que jamais dariam cabo daquelas maravilhas.

Corinne cerrou as venezianas e passou a manhã na penumbra, deitada na cama, fumando até a ponta dos cigarros queimarem-lhe os lábios. Da própria infância e da de Dragan só restavam amontoados de pedras, prédios desmoronados pelos bombardeios, corpos sepultados em cemitérios desertos. Tinham vindo aportar ali, e ao chegar a Meknés ela achara que, quem sabe, poderia construir uma vida nova. Imaginava que o sol, o ar saudável e a vida pacata teriam um efeito redentor sobre o seu corpo, e ela, enfim, daria um filho a Dragan. Entretanto, passaram-se os meses e os anos. Só o que se ouvia na casa era o rom-rom triste do ventilador, e nela nunca ressoou um riso de criança.

Quando o marido chegou, pouco antes do almoço, ela lhe fez mil perguntas cruéis, mais para si mesma. Torturando-se, indagava: "Quanto ele pesava?", "Ele chorou?", "Conte, querido, era bonito o bebê?". Dragan, com um olhar de náufrago, respondeu com doçura, abraçando o corpo da amada. Naquela tarde, planejara ir à fazenda dos Belhaj, e Corinne se ofereceu para ir junto. Ela gostava da jovem Mathilde, do seu nervosismo e falta de jeito. Comovera-se ao ouvir o relato que Mathilde lhe fizera da vida que levava: "A solidão é minha única alternativa. Dada a minha condição, como quer que tenhamos uma vida social? Não faz ideia do que é ser casada com um nativo numa cidade como esta." Corinne quase respondera que nem sempre tinha sido fácil ser casada com um judeu, um gringo, um apátrida, e ser uma mulher sem filhos. Mathilde, porém, era jovem, e Corinne achou que ela não entenderia.

Ao chegar à fazenda, Corinne encontrou-a deitada sob o salgueiro, os filhos dormindo ao lado. Aproximou-se em silêncio para não perturbar o sono das crianças, e Mathilde fez um sinal para ela se sentar no lençol estendido na grama. À sombra, embalada pelo som delicioso do respirar infantil, contemplou as árvores que cresciam em declive e em cujos ramos se mesclavam frutos de diferentes cores.

Naquele verão, Corinne foi quase todo dia à colina. Gostava de brincar com Selim, cuja beleza a fascinava, e mordiscava-lhe de leve as bochechas e as coxas. Mathilde ligava o rádio de quando em quando, deixando aberta a porta da casa. A música chegava até o jardim e elas pegavam, cada uma, a mão de uma criança e as faziam dançar e rodopiar. Mathilde várias vezes pediu que Corinne ficasse para jantar, e, ao cair da noite, os homens vinham juntar-se a elas para comer no jardim, debaixo de uma pérgula que Amine construíra e na qual começava a brotar uma glicínia.

Os rumores da cidade chegavam até eles deformados, distorcidos pelo disse me disse. Mathilde não queria saber do mundo lá fora. As notícias carregavam demasiadas desgraça e sordidez. Contudo, não teve coragem de mandar Corinne se calar no dia em que esta apareceu com o rosto transtornado. "Trágica comoção no Marrocos", era a manchete do jornal que trazia na mão. Sussurrou, para as crianças não ouvirem, os horrores ocorridos em Petitjean no dia 2 de agosto.

— Mataram israelitas — disse ela, e recitou, tal qual uma aluna aplicada, o rol dos suplícios. O peito partido ao meio de um pai de onze filhos. O saque e o incêndio das casas. Descreveu os corpos destroçados trazidos a Meknés para serem sepultados e citou as palavras dos rabinos, declamadas em todas as sinagogas. — Deus não esquecerá. Nossos mortos serão vingados.

V

Em setembro Aïcha retornou à escola e passou a atribuir aos doentes a culpa pelos atrasos. Depois do acidente de Rabia, espalhara-se o rumor de que Mathilde tinha dons de curandeira. De que sabia o nome dos remédios e como administrá-los. Que era calma e generosa. Pelo menos foi assim que se explicou o fato de, desse dia em diante, camponeses irem toda manhã se apresentar à porta dos Belhaj. Nas primeiras vezes Amine foi atender, perguntando com ar desconfiado:

— O que está fazendo aí?

— Bom dia, patrão. Eu vim falar com a sua senhora.

Toda manhã se estendia a longa fila dos pacientes de Mathilde. Na época das vindimas, lavradoras vieram em grande número. Algumas tinham sido picadas por carrapatos, outras sofriam de flebite, ou já não conseguiam dar de mamar aos filhos porque o leite em seus seios secara. Amine não gostava de ver aquelas filas de mulheres nos degraus da porta. Detestava a ideia de elas entrarem na casa, espiarem cada gesto, saírem contando pelo vilarejo o que tinham visto na morada do patrão. Alertava a esposa contra a bruxaria, a maledicência, a inveja que dorme no coração de todo ser humano.

Mathilde sabia tratar feridas, entorpecer carrapatos com éter, ensinar uma mulher a limpar uma mamadeira e a dar banho num bebê. Dirigia-se aos camponeses com certa rudeza. Não se juntava às risadas quando contavam piadas obscenas para justificar mais uma gestação. Revirava os olhos quando vinham, de novo e de novo, com histórias de gênio ruim, de bebê adormecido na barriga da mãe ou de mulheres grávidas em que nunca homem nenhum encostara a mão. Exasperava-se com o fatalismo dos camponeses, que se remetiam a Deus em tudo e por tudo, e falhava em entender a submissão ao destino. Repetia interminavelmente as recomendações de higiene. "Você está imundo!", gritava. "Sua ferida está infeccionando. Vá aprender a se lavar." Até se negou a atender uma lavradora vinda de longe, que tinha os pés descalços cobertos de fezes secas e, segundo suspeitava, estava infestada de piolhos. A casa agora ressoava, toda manhã, a berros de crianças das redondezas. Não raro, era de fome que choravam, porque as mulheres, para retornar à lavoura ou por estarem novamente grávidas, desmamavam os filhos sem dó nem cuidado. O pequeno passava do leite da mãe para o pão molhado no chá e emagrecia dia a dia. Mathilde embalava esses bebês de olhos fundos, faces minguadas, e às vezes os olhos dela se enchiam de lágrimas por não poder consolá-los.

Mathilde foi rapidamente superada pelas necessidades, e sentiu-se ridícula naquele dispensário improvisado, onde dispunha apenas de álcool, mercurocromo e toalhas limpas. Um dia, apareceu uma mulher trazendo um bebê no colo. Ele estava enrolado numa manta suja, e Mathilde, ao se aproximar, viu que a pele das bochechas do bebê estava preta e se desprendendo, como a dos pimentões que as mulheres põem para assar no carvão vegetal. Nessas casas, cozinhava-se no chão, e acontecia de as crianças levarem um bule de chá inteiro no rosto, ou terem a boca ou a orelha mordida por um rato.

"Não podemos ficar parados sem fazer nada", dizia Mathilde. Certo dia, resolveu abastecer o dispensário.

— Não vou pedir dinheiro para você — jurou. —Vou dar um jeito.

Amine levantou as sobrancelhas e começou a rir.

— A caridade é um dever para o muçulmano — disse.

—Também é um dever para o cristão.

— Então estamos de acordo. Não há o que discutir.

*

Aïcha pegou o hábito de fazer os deveres da escola no dispensário, que cheirava a cânfora e sabão. Ao erguer o olhar do caderno, via os camponeses trazendo coelhos pelas orelhas e oferecê-los em agradecimento. "Estão se privando por mim, mas sei que ficam sentidos quando recuso seus presentes", explicava Mathilde para a filha. Aïcha sorria para as crianças sacudidas por uma tosse catarrenta e com os olhos cobertos de moscas. Estava impressionada com a mãe, que falava berbere cada vez melhor e ralhava com Tamo porque esta chorava ao ver sangue. Mathilde ria, às vezes, e se sentava na grama, os pés descalços encostados nos pés das mulheres. Beijava as faces ossudas de uma velha, cedia ao capricho de um menino que queria açúcar. Pedia que lhe contassem antigas histórias, e as mulheres obedeciam, estalando a língua nas gengivas desdentadas, rindo, o rosto escondido atrás das mãos. Narravam lembranças pessoais em berbere, esquecidas de que Mathilde era a patroa e uma estrangeira.

"Gente que vive em paz não devia estar desse jeito", repetia Mathilde, a quem a miséria revoltava. Ela e o marido partilhavam um mesmo anseio de progresso para a humanidade: menos fome, menos dor. Fascinavam-se com a modernidade, com a louca esperança de que as máquinas permitissem melhores colheitas, que os medicamentos dessem cabo das doenças. Amine, no entanto, tentou várias vezes dissuadir a esposa. Temia pela saúde dela e preocupavam-no os micróbios que aqueles estranhos poderiam disseminar entre eles, pondo as crianças em risco. Num fim de tarde, apareceu uma lavradora com uma criança que estava com febre havia alguns dias. Mathilde recomendou que a despisse e a deixasse dormir nua, coberta com toalhas frescas. No dia seguinte, ao amanhecer, a mulher voltou. A criança estava ardendo e tivera convulsões durante a noite. Mathilde mandou a camponesa entrar no carro e acomodou a criança ao lado de Aïcha.

— Vou deixar minha filha na escola e depois vamos para o hospital, está me entendendo?

Deixaram-nas aguardando muito tempo na sala de espera do hospital nativo, até que um médico de cabelo ruivo finalmente resolveu examinar a criança. Quando voltou para buscar Aïcha no fim do dia, Mathilde estava pálida e o queixo tremia. Aïcha pensou que acontecera alguma coisa.

— O menininho morreu? — perguntou.

Mathilde pegou a filha no colo e beliscou-lhe as coxas e os braços. Chorou, e as lágrimas pingaram no rosto da menina.

— Minha pequenina, meu anjo, como está se sentindo? Olhe para mim, querida. Você está bem?

Naquela noite, Mathilde não pegou no sono e, pelo menos uma vez, rezou ao Senhor. Achou que estava sendo punida por ter se deixado levar pela vaidade. Tinha se arvorado em curandeira, sendo que não sabia coisa nenhuma. Só o que fizera fora pôr a filha em risco, e no dia seguinte talvez tivesse que lidar com Aïcha ardendo em febre e com o médico lhe dizendo, como nessa manhã: "É pólio, minha senhora. Tome cuidado, isso é muito contagioso."

O dispensário também foi motivo de desavenças com a vizinhança. Homens foram se queixar a Amine. Mathilde estava aconselhando as mulheres a se furtarem ao dever conjugal, enfiava besteiras na cabeça delas. Essa cristã, essa estrangeira, não tinha nada que se meter nesses assuntos, acender o rastilho da discórdia no seio das famílias. Um dia, Roger Mariani se apresentou à porta dos Belhaj. Foi a primeira vez que o rico vizinho atravessou a estrada que separava as duas propriedades. Mathilde costumava avistá-lo andando a cavalo, nas terras dele, chapéu puxado sobre a testa. Ele entrou na sala, onde umas camponesas estavam sentadas no chão com os filhos no colo. Algumas escapuliram assim que o viram, sem nem se despedir de Mathilde, que aplicava conscienciosamente uma gaze vaselinada na queimadura de um menino. Com as mãos cruzadas às costas, Mariani atravessou o cômodo e foi postar-se atrás de Mathilde. Mascava uma haste de trigo, e o barulho que fazia com a língua a irritou, perturbou-lhe a concentração. Quando ela se virou para ele, Mariani sorriu.

— Continue, por favor.

Sentou-se numa cadeira e esperou até Mathilde dispensar o garoto, a quem recomendou que se mantivesse à sombra e fizesse repouso.

Assim que se viram a sós, Mariani levantou-se. Sentia-se um tanto desconcertado pela elevada estatura de Mathilde, e também pelos olhos verdes, nos quais julgou não perceber nenhum medo em relação a ele. A vida inteira fora temido pelas mulheres, que se assustavam ao som daquele vozeirão e tentavam escapar quando ele as agarrava pela cintura ou pelos cabelos, choravam baixinho enquanto ele as possuía à força num paiol ou atrás de uma moita.

— Essa sua biofilia vai acabar se voltando contra você — disse para Mathilde. Com displicência, apanhou um frasco de álcool e fez soar a ponta de uma tesoura na mesa. — Está achando o quê? Que vão considerá-la uma santa? Que vão lhe erigir um templo, como aos marabutos? Essas mulheres são resistentes à dor — murmurou, apontando para as lavradoras que trabalhavam fora da casa. — Não me venha ensiná-las a ter pena de si mesmas, entendeu?

★

No entanto, nada esmoreceu a vontade de Mathilde. Num sábado no início de setembro, ela foi ao consultório do doutor Palosi, situado na rue de Rennes, no terceiro andar de um prédio sem charme. Havia quatro europeias sentadas na sala de espera, e uma delas, grávida, pôs a mão sobre a barriga quando avistou Mathilde, como se querendo proteger o feto daquela presença funesta. Aguardaram muito tempo na sala superaquecida, em que reinava um pesado silêncio. Uma delas pegou no sono, rosto apoiado na mão direita. Mathilde tentou ler o romance que levara, mas o calor era tanto que não conseguia pensar, a mente divagava, passando de uma ideia para outra sem conseguir se fixar.

Dragan Palosi finalmente saiu de uma sala e Mathilde, ao vê-lo, levantou-se e deu um suspiro de alívio. Estava bonito de jaleco branco, o cabelo preto penteado para trás, bem diferente do homem jovial que vira na primeira vez que o encontrou, e teve a impressão de que os olhos dele, cheios de olheiras, estavam um pouco tristes. Exibia o semblante cansado próprio dos bons médicos. Vê-se nas feições deles, como que em transparência, o sofrimento dos pacientes, intui-se que são as confidências dos doentes que curvam seus ombros, e que é o peso dos segredos, e da própria impotência, que torna os passos e a fala dos médicos mais lentos.

O doutor se aproximou de Mathilde e hesitou um pouco antes de lhe dar dois beijos no rosto. Notou que ela enrubesceu e, para desfazer o mal-estar, examinou o livro que ela segurava.

— *A morte de Ivan Ilitch* — leu, devagar. Tinha uma voz grave, cheia de promessas, e sentia-se que aquele corpo e aquele coração eram repletos de histórias extraordinárias. — Gosta de Tolstói?

Mathilde assentiu com a cabeça e ele, enquanto a conduzia a seu espaçoso consultório, contou-lhe uma anedota.

— Quando cheguei ao Marrocos, em 1939, me hospedei, em Rabat, na casa de um amigo russo que havia fugido da revolução. Uma noite, ele convidou uns amigos para jantar. Bebemos, jogamos baralho, e um dos convidados, a quem chamavam de Michel Lvovitch, acabou adormecendo no sofá da sala. Ele roncava tão alto que desatamos a rir, e meu anfitrião então comentou: "E pensar que é o filho do grande Tolstói!"

Mathilde arregalou os olhos e Dragan prosseguiu.

— Perfeitamente, o filho desse gênio! — exclamou, indicando a Mathilde uma poltrona de couro preto. — Morreu no fim da guerra. Nunca mais tornei a vê-lo.

Instaurou-se um silêncio, e Dragan se deu conta da incongruência da situação. Mathilde voltou o rosto para o biombo verde-água atrás do qual as pacientes se despiam.

— Para ser bem sincera — começou —, não vim me consultar. Queria pedir sua ajuda.

Dragan pousou o queixo nas mãos unidas. Quantas vezes já não vivera aquela situação? "Um ginecologista deve estar preparado para tudo", dissera-lhe um de seus professores na faculdade de Budapeste. Para as mulheres suplicantes dispostas aos piores experimentos para terem um filho. Para as mulheres suplicantes dispostas aos piores sofrimentos para se livrarem de um filho. Para as pacientes desesperadas por descobrir, por meio de sintomas vergonhosos, que foram traídas pelo marido. Para aquelas, enfim, que se preocuparam tarde demais com um caroço debaixo do braço, uma dor no baixo-ventre. "Você deve ter sentido dores terríveis, por que não veio me ver antes?", perguntava.

Dragan fitou o bonito rosto de Mathilde, a pele que não fora feita para aquelas latitudes e estava salpicada de manchas rosadas. O que será que ela queria? Pedir dinheiro? Vinha da parte do marido?

— Sou todo ouvidos.

Mathilde falou, cada vez mais depressa, com uma paixão que abalou o ginecologista. Falou de Rabia, que tinha manchas estranhas na barriga e nas coxas e era dada a acessos de vômito. Citou o caso de Jmia, cujo filho de 1 ano e meio não conseguia ficar de pé. Confessou que se sentia vencida, que não tinha estofo para lidar com difteria, coqueluche, tracoma, que aprendera a reconhecer os sintomas dessas doenças, mas não sabia como tratá-las. Dragan a fitava boquiaberto, de olhos arregalados. Impressionado pela seriedade com que a mulher descrevia cada patologia, pegou um bloco, uma caneta e começou a anotar o que ela dizia. Vez ou outra a interrompia para fazer perguntas: "Essas manchas ressudam ou são secas?", "Desinfetou a ferida?". Estava comovido com a paixão daquela mulher pela medicina, com o desejo que ela demonstrava de compreender a extraordinária máquina do corpo.

— Não costumo dar orientação ou medicamentos sem ter eu mesmo examinado as pacientes. Mas essas mulheres jamais se deixarão examinar por um homem, que dirá um estrangeiro.

E contou que um dia, em Fez, um comerciante muito rico mandara chamá-lo para ver a esposa, que apresentava um abundante sangramento. Um porteiro andrajoso o conduzira pela residência, e Dragan fora obrigado a interrogar a enferma através de uma cortina opaca. A mulher falecera no dia seguinte, esvaída em sangue.

Dragan levantou-se e apanhou dois livros grandes na estante.

— As pranchas de anatomia estão em húngaro, que pena. Vou ver se encontro algo em francês, mas com isso você já pode ir se familiarizando com a máquina humana.

O outro livro tratava de medicina colonial e era ilustrado com fotografias em preto e branco. No caminho para casa, Aïcha, folheando o grosso volume, deteve-se numa imagem que tinha a seguinte legenda: "Contenção da epidemia de tifo, Marrocos, 1944." Homens de djelaba, enfileirados um atrás do outro, apareciam envoltos numa nuvem de pó preto, e o fotógrafo conseguira captar, naqueles semblantes, um misto de assombro e de admiração.

Mathilde estacionou em frente aos Correios. Abriu a porta do carro e esticou as pernas, os pés pousados na calçada. Nunca tinha visto um mês de setembro tão quente. Tirou da bolsa uma folha de papel e uma caneta e tratou de terminar a carta que começara a redigir mais cedo naquela manhã. No primeiro parágrafo, escrevia que não era para acreditar em tudo que os jornais diziam. Que Petitjean fora algo terrível, sem dúvida, mas que era também algo muito mais complexo.

"Querida Irène, você saiu de férias? Imagino que esteja nos Vosges, próximo a um desses lagos em que costumávamos nadar quando crianças, mas posso estar enganada. Ainda trago na ponta da língua o gosto da torta de mirtilo que aquela senhora alta, com o rosto cheio de verrugas, nos servia. Esse gosto ficou gravado em minha memória, e penso nele quando estou triste, para me consolar."

Calçou os sapatos e subiu a escada que levava à agência dos Correios. Fez fila no guichê cuja atendente era uma mulher sorridente.

— Mulhouse, França — explicou Mathilde.

Dirigiu-se, em seguida, para a sala central, que abrigava centenas de caixas postais. Nas altas paredes se estendiam, de um lado e de outro, as portinhas de latão com um número afixado, e ela parou em frente à caixa 25 — o número do ano em que nascera, comentara ela com Amine, que se mostrava indiferente a esse tipo de coincidência. Enfiou na fechadura a chavezinha que guardava no bolso, porém esta não girou. Tirou-a, enfiou novamente, mas nada aconteceu e a caixa não se abriu. Mathilde repetiu os gestos com uma brusquidão crescente, uma irritação que foi notada pelos demais usuários. Talvez queira roubar as cartas de outra mulher para o marido dela? Ou será a caixa postal de um amante de quem quer se vingar? Um funcionário se aproximou de mansinho, como um guarda de zoológico incumbido de reconduzir uma fera para a jaula. Era um rapaz bem jovem, com cabelo ruivo e mandíbula prognata. Mathilde o achou feio e ridículo com aqueles pés imensos e o tom sério que adotou para falar com ela. *Ainda não passa de um menino*, pensou. Ele, no entanto, a encarou com dureza:

— O que houve, minha senhora? Posso ajudá-la?

Ela puxou a chave com tanta afobação que quase deu com o cotovelo no olho do rapaz, que era bem mais baixo que ela.

— Não está abrindo — irritou-se.

O funcionário pegou a chave das mãos de Mathilde, mas teve de se erguer na ponta dos pés para alcançar a fechadura. A lentidão do rapaz exasperou Mathilde. A chave acabou quebrando e Mathilde foi obrigada a esperar enquanto ele chamava um superior. Isso atrasaria os afazeres dela; tinha prometido a Amine adiantar a contabilidade para o pagamento dos lavradores, e o marido ia ficar uma fera se não chegasse pontualmente em casa para servir o almoço. O funcionário reapareceu finalmente, munido de uma escada e de uma chave de fenda, e tratou, com ar solene, de desparafusar as dobradiças da caixa. Num tom de desespero, disse que nunca antes havia passado por "uma situação dessas", e Mathilde teve ganas de puxar a escada de baixo dos pés dele. A porta da caixa acabou cedendo, e o rapaz a entregou para Mathilde.

— Quem garante que essa era a chave certa? Sim, porque se foi engano seu, cabe à senhora pagar o conserto.

Mathilde o empurrou, apanhou o monte de cartas e se encaminhou para a saída sem sequer se despedir.

No mesmo momento em que o calor a engolfou, em que sentiu sobre a cabeça a escaldante pressão do sol, teve a notícia da morte do pai. Um telegrama, secamente redigido por Irène, tinha sido enviado na véspera. Virou o papel, releu o endereço no envelope, fitou as letras como se só pudesse tratar-se de uma brincadeira. Seria possível que nesse exato instante, a milhares de quilômetros dali, em seu país dourado pelo outono, estivessem enterrando o pai dela? Enquanto o ruivo relatava à chefia o infeliz incidente da caixa postal 25, homens carregavam o caixão de Georges no cemitério de Mulhouse. Dirigindo para a fazenda, nervosa e incrédula, Mathilde se perguntou quanto tempo os vermes levariam para dar conta da pança imensa do pai, para obstruir as narinas daquele gigante, para abarcar aquela carcaça e devorá-la.

★

Quando soube da morte do sogro, Amine disse "Você sabe que eu gostava muito dele", e não estava mentindo. Sentira de imediato uma forte afeição por aquele homem franco e alegre que o recebera na família sem qualquer preconceito e sem paternalismo. Amine e Mathilde tinham se casado na igreja do vilarejo alsaciano em que Georges nascera. Ninguém em Meknés sabia disso, e Amine fizera a esposa prometer que guardaria segredo. "É um crime gravíssimo, eles não compreenderiam." Ninguém vira as fotos tiradas na saída da cerimônia. O fotógrafo pedira a Mathilde que descesse dois degraus, de modo a ficar da mesma altura do esposo. "Senão fica meio ridículo", explicara. Para a festa, Georges cedera a todos os caprichos da filha, a quem vez ou outra passava algum dinheiro escondido de Irène, que se consternava com as despesas supérfluas. Ele, porém, entendia que as pessoas tivessem necessidade de se divertir, de se sentir bonitas, e não julgava a frivolidade da filha.

Amine nunca havia visto homens tão bêbados como naquela noite. Georges não andava, e sim balançava, se segurava nos ombros das mulheres, dançava para disfarçar a tonteira. Por volta da meia-noite, jogou-se em cima do genro e envolveu-lhe o pescoço com a dobra do cotovelo, como se faz com um garoto briguento. Georges não tinha noção da própria força, e Amine achou que ele era bem capaz de matá-lo, partir-lhe o pescoço por excesso de afeto. Ele puxou Amine para o fundo do salão superaquecido, onde alguns casais dançavam sob as guirlandas de lampiões de papel. Apoiaram-se no balcão de madeira, e Georges pediu duas cervejas, sem prestar atenção em Amine, que balançava as mãos em sinal de recusa. Este já se sentia totalmente bêbado, e até tivera que sair escondido, minutos antes, para vomitar atrás do paiol. Georges o fez beber, para testar sua resistência, para fazê-lo falar. Esse era o único jeito que conhecia de firmar uma amizade, de estabelecer uma relação de confiança. Como crianças que fazem um corte no pulso e selam um juramento com sangue, Georges quis afogar em litros de cerveja a afeição que sentia pelo genro. Amine sentia ânsia de vômito e arrotava sem parar. Olhou em volta à procura de Mathilde, mas a noiva parecia ter sumido. Georges segurou nos ombros do genro e o envolveu em conversas de pinguço. Com um forte sotaque alsaciano, tomou os presentes por testemunha:

— Deus sabe que não tenho nada contra os africanos nem contra os crentes da sua raça. Aliás, para ser sincero, não sei nada da África.

Entorpecidos pelo álcool, os homens em volta riram, com lábios úmidos e frouxos. O nome desse continente seguiu ressoando nas cabeças deles, evocando mulheres de seios desnudos, homens de tanga, fazendas se estendendo a perder de vista e cercadas de vegetação tropical. Ouviam "África" e imaginavam um lugar onde poderiam ser os donos do mundo caso sobrevivessem aos miasmas e às epidemias. "África", e surgia uma confusão de imagens que diziam mais das próprias fantasias que do continente em si.

— Não sei como tratam as mulheres lá na sua terra — disse Georges —, mas essa garota não é nada fácil, viu? — Cutucou com o cotovelo o velho derreado ao lado, como a pedir que confirmasse a insolência de Mathilde, mas o homem virou os olhos baços para Amine e não disse nada. — Fui mole demais com ela — prosseguiu Georges, que parecia estar com a língua inchada e penava para articular as palavras. — Mas fazer o quê? A garota tinha perdido a mãe, eu me deixei enternecer. Deixei que corresse solta à beira do Reno, chegaram a me trazê-la puxada pelo cangote porque tinha roubado cerejas ou tomado banho sem roupa. — Georges não notou que Amine enrubescera e dava sinais de impaciência. — Nunca tive coragem de lhe dar uma surra, sabe? Irène até ralhava comigo, mas eu simplesmente não conseguia. Agora, você não pode se deixar enrolar. Mathilde precisa saber quem é que manda. Viu, filho?

Georges seguiu tagarelando, e acabou por se esquecer de que estava falando com o genro. Uma camaradagem lúbrica e viril se instalara entre eles, e se sentiu autorizado a falar nos seios e nos traseiros das mulheres, que o tinham consolado de todas as desilusões. Bateu o punho na mesa e, com um ar libidinoso, propôs uma ida ao bordel. Os homens em volta riram, e ele então se lembrou de que era a noite de núpcias de Amine e que o que estava em pauta era o traseiro da sua filha.

Georges era um mulherengo e um pinguço, um ateu e um tremendo malandro. Apesar disso, Amine gostava desse gigante que, nos primeiros serões do jovem soldado no vilarejo, ficara discretamente em um canto da sala, fumando cachimbo sentado numa poltrona. Observara, calado, o idílio nascente da filha com aquele africano, a filha a quem ensinara, em criança, a desconfiar das tolices que se leem nos livros de história.

— Não é verdade que os negros comem as criancinhas arteiras.

★

Nos dias que se seguiram, Mathilde permaneceu inconsolável. Aïcha nunca tinha visto a mãe daquele jeito. Caía no choro à mesa ou esbravejava contra Irène, que a deixara na ignorância sobre o estado do pai.

— Fazia meses que ele estava doente. Se ela tivesse me avisado antes, eu podia ter cuidado dele, podia ter me despedido.

Mouilala veio apresentar condolências.

— Ele agora se libertou. E nós, que estamos vivos, temos que virar a página.

Após alguns dias, Amine perdeu a paciência e reclamou que ela estava descuidando da fazenda e das crianças.

— Nós aqui não ficamos dias e dias nos lamentando. Damos adeus aos mortos e seguimos vivendo.

Certa manhã, enquanto Aïcha tomava seu leite quente com açúcar, Mathilde declarou:

— Tenho que ir à França, ou vou acabar enlouquecendo. Preciso visitar o túmulo do meu pai, e quando eu voltar, tudo vai se acertar.

Alguns dias antes da viagem da esposa, na qual consentira e com a qual tinha arcado, Amine tocou num assunto que o vinha torturando:

—Voltei a pensar nisso depois que Georges morreu. Nosso casamento, na igreja, não tem valor legal aqui. O país está prestes a conquistar a independência e não quero que, caso eu venha a morrer, você se veja sem nenhum direito sobre as crianças e sobre a fazenda. Assim que você voltar, temos de tratar disso.

Duas semanas depois, em meados de setembro de 1954, Amine acordou de bom humor e convidou Aïcha a acompanhá-lo, a percorrer as lavouras com ele. Disse-lhe:
— Para um agricultor, não existe domingo.
Surpreendeu-se, de início, com a energia da filha, o modo como ela corria à sua frente, como o ultrapassava para chegar às fileiras de amendoeiras e se embrenhar no meio delas. Parecia conhecer cada árvore, os pezinhos da menina desviavam com espantosa agilidade das moitas de urtiga e das poças de lama que uma chuva salutar criara durante a noite. Vez ou outra Aïcha se virava, como que cansada de esperar pelo pai, e o fitava com olhos arregalados e atônitos. Por um segundo, um minuto, ele cogitou uma ideia maluca, mas logo pensou melhor. *Uma mulher não pode administrar uma fazenda como esta*, refletiu. Ele tinha para ela outras ambições, de que fosse uma criatura urbana, uma mulher civilizada, quem sabe até uma médica ou, por que não, uma advogada. Andaram ao longo de uma lavoura e, ao verem a menina, os camponeses puseram-se a gritar e a abanar os braços. Temiam que a língua da ceifadeira a tragasse, essas coisas aconteciam, e não podiam correr esse risco com a filha do patrão. Amine foi ao encontro dos lavradores, e eles enveredaram numa conversa

que pareceu interminável para Aïcha. Ela então deitou-se na terra úmida e viu, no céu carregado de nuvens, uma estranha formação de pássaros. Perguntou-se se não seriam mensageiros, se não estavam vindo da Alsácia para anunciar a volta da mãe dela.

Achur, que trabalhava com o pai de Aïcha desde o primeiro dia, chegou montado num cavalo de pelagem cinzenta, com a cauda emaranhada de lama. Amine fez um sinal para a filha.

— Vem cá — disse.

Desligaram o motor da ceifadeira, e Aïcha, com passos receosos, foi até o grupo de homens. Amine estava montado no cavalo e sorria.

— Vem!

Aïcha recusou, com a voz fina, alegando que gostava de correr, que seguiria ao seu lado, mas o pai não deu ouvidos. Achou que ela queria brincar, como ele próprio brincava quando criança; brincadeiras violentas em que se travavam guerras, se montavam armadilhas, se dizia o contrário do que se pensava. Amine bateu os calcanhares no lombo do cavalo, que se lançou num galope, e então o homem se deitou, rosto colado ao pescoço do animal, cujas narinas estavam dilatadas. Ele começou a girar a toda velocidade ao redor da menina, levantando poeira, tapando o sol. Estava brincando de sultão, de chefe de tribo, de cavaleiro cruzado, e iria agora, vitorioso, raptar essa criança, que não era maior que uma cabrita. Com a mão firme, agarrou Aïcha por baixo do braço e ergueu-a como Mathilde erguia os gatos pelo cangote. Sentou-a na sela de frente a ele e soltou um grito de caubói, ou de indígena, um grito que ele achou divertido, mas que fez a filha tremer. Ela desatou a chorar e o corpo magro se sacudiu de soluços. Amine teve de apertá-la com força junto a si. Passou a mão na cabeça da garota e disse:

— Não tenha medo. Acalme-se!

Mas ela se agarrou com força à crina do animal, olhou para baixo e teve uma sensação de vertigem. Amine então sentiu um líquido quente escorrendo pela coxa. Soergueu brutalmente o corpo da filha, que não parava de gritar, e viu os fundilhos da menina encharcados.

— Não é possível! — berrou, segurando Aïcha com um ar de repulsa, como se ela o enojasse, como se o incomodasse tanto o cheiro quanto a covardia que emanavam da filha.

Puxando o freio, fez o cavalo parar e apeou. Frente a frente, pai e filha olharam para baixo. O cavalo esfregou o casco no chão e Aïcha, apavorada, agarrou-se à perna do pai.

— Você não pode ser medrosa desse jeito.

Segurou o braço da menina e olhou a urina escorrendo da sela do cavalo.

Enquanto caminhavam na volta para casa, a boa distância um do outro, Amine pensou que Aïcha estava deslocada ali, que ele não sabia lidar com ela. Desde que Mathilde viajara para a Europa, vinha tentando dedicar tempo para a filha, ser um pai amoroso e correto. No entanto, era desajeitado, ficava nervoso, aquela mulherzinha de 7 anos o deixava inseguro. A filha precisava de uma presença feminina, de alguém que a compreendesse, e não apenas do carinho de Tamo, que era estúpida e suja. Surpreendera a empregada na cozinha com o bule de chá inclinado sobre a boca, bebendo direto do bico, e sentira ganas de estapeá-la. Precisava subtrair a garota dessas influências nefastas, além de que já não estava dando conta, sozinho, dos vaivéns entre a fazenda e a escola.

À noite, entrou no quarto de Aïcha e se sentou na cama dela para observá-la à escrivaninha.

— O que está desenhando? — perguntou, sem se mover da beira da cama.

Aïcha não ergueu os olhos. Disse apenas:

— É um desenho para a mamãe.

Amine sorriu, várias vezes tentou dizer algo, mas desistiu. Levantou-se e abriu as gavetas da cômoda em que Mathilde guardava as roupas. Pegou uma das calcinhas de lã tricotadas pela esposa, que lhe pareceu horrivelmente pequena. Empilhou as poucas peças e as enfiou numa sacola marrom.

— Você vai passar uns dias na casa da sua avó, no Berrima. Acho que vai ser melhor para você e mais fácil para ir à escola.

Aïcha, devagar, dobrou o desenho ao meio e apanhou a boneca largada na cama. Seguiu o pai pelo corredor e foi dar um beijo na testa do irmão, que dormia deitado na barriga de Tamo.

Era a primeira vez que os dois se viam sozinhos no meio da noite, e aquele *tête-à-tête* os deixava nervosos. No carro, Amine vez ou outra virava o rosto para a filha e sorria, como se dissesse "vai ficar tudo bem", "não se preocupe". Aïcha sorriu de volta, e então, incentivada pelo sossego da noite, pediu:

— Me conte sobre a guerra — disse isso com uma voz de adulta, uma voz firme, mais séria que de costume.

Amine ficou surpreso. Com os olhos fixos na estrada, falou:

— Você já reparou nessa cicatriz?

Pôs o dedo atrás da orelha direita e o deslizou lentamente até o ombro. Estava muito escuro para distinguir o relevo marrom da cicatriz, mas Aïcha conhecia de cor aquele desenho esquisito na pele do pai, então ela fez que sim com a cabeça, excitadíssima à ideia de ser finalmente desvendado esse mistério.

— Durante a guerra, pouco antes de eu conhecer a mamãe — Aïcha deu uma risadinha —, passei alguns meses num campo em que os alemães nos mantinham prisioneiros. Havia ali muitos soldados como eu, marroquinos do exército colonial. Para prisioneiros, até que éramos bem tratados. A comida não era boa nem farta, perdi muito peso. Mas não nos batiam nem nos forçavam a trabalhar. O pior dessa época era o tédio, na verdade. Um dia, um oficial alemão mandou chamar os prisioneiros. Perguntou se havia um barbeiro entre nós, e, sem pensar, até hoje não sei o que me deu, atravessei mais que depressa a multidão de soldados, me postei na frente do oficial e disse: "Eu, senhor, eu era barbeiro no meu vilarejo." Os outros homens, que me conheciam, começaram a rir. "Você se meteu numa enrascada", disseram. Mas o oficial acreditou em mim, e mandou instalar uma mesinha e uma cadeira no meio do campo. Então me deram uma velha máquina de cortar cabelo, uma tesoura e um produto gosmento para fixar o penteado que os alemães adoram.

Amine passou a mão na cabeça, arremedando o gesto dos oficiais alemães, e continuou:

— Sentou-se o meu primeiro cliente, e aí, minha filha, começaram os problemas. Eu não tinha a mais vaga ideia de como se usava a máquina, e, assim que encostei aquilo na nuca do alemão, ela fugiu da minha mão. Apareceu um buracão no cocuruto do soldado. Eu transpirava, e achei que o melhor seria raspar tudo, mas a maldita máquina, vai saber por quê, só fazia o que lhe dava na telha. Não demorou muito, o homem ficou irrequieto, passou a mão na cabeça, parecia nervoso. Falava em alemão e eu não entendia nada do que ele dizia. Até que me empurrou brutalmente e pegou um espelhinho que estava sobre a mesa. Quando viu o próprio reflexo desatou a berrar, e eu sabia, mesmo sem entender, que estava me insultando, me xingando de tudo que era nome. Mandou chamar o homem que tinha me recrutado, que me pediu explicações. E sabe o que eu respondi? Levantei os braços para o céu, dei um sorriso e disse: "É o corte África, senhor!"

Amine desatou a rir, e bateu no volante para expressar o entusiasmo. Quem não riu foi Aïcha. Não tinha entendido a graça da história.

— Mas e aí, e a cicatriz?

Amine refletiu que não podia lhe dizer a verdade. Que estava falando com uma menininha, não com um colega de caserna. Como contar para ela sobre a fuga, o arame farpado encostando em seu pescoço, enganchando a carne que ele nem sentira rasgar, de tanto que o medo era maior que a dor física? Essa história teria de ficar para mais tarde, pensou.

— Pois então — limitou-se a dizer, com uma voz doce que Aïcha não conhecia vindo dele. Já surgiam as luzes da cidade, e ela podia distinguir o rosto do pai e a saliência no pescoço dele. — Quando fugi do campo de prisioneiros, caminhei por muito tempo pela Floresta Negra. Estava frio, e não encontrei vivalma. Uma noite, quando estava dormindo, escutei um barulho, um rugido, um grito de animal selvagem. Ao abrir os olhos, dei com um tigre-de-bengala parado na minha frente. Ele pulou em cima de mim e rasgou meu pescoço com a garra afiada.

Aïcha deu um gritinho maravilhado.

— A sorte é que eu estava com a minha espingarda, e consegui acabar com ele.

Aïcha sorriu, e sentiu vontade de tocar no longo talho que ia da raiz dos cabelos até a clavícula. Já quase esquecera o motivo daquela viagem noturna e surpreendeu-se quando o pai estacionou a poucos metros da casa de Mouilala. Numa das mãos, Amine levou a sacola marrom e com a outra segurou o pulso de Aïcha. Na casa, ela desatou a berrar, e implorou ao pai que não a deixasse ali. As mulheres puseram Amine para fora e acarinharam a menina. Até que Mouilala cansou da cena de Aïcha rolando no chão, atirando almofadas no piso, rechaçando raivosamente a travessa de doces que lhe ofereciam.

— A francesinha está enfezada — concluiu a velha.

Acomodaram a garota num quarto contíguo ao de Selma, e Yasmine consentiu, nessa primeira noite, em dormir no chão, ao pé da cama dela. Mesmo com a presença da empregada, cuja respiração deveria acalmá-la, Aïcha custou a pegar no sono. Tinha a impressão de que aquela casa era igual à do porquinho que teima em construir um abrigo de palha que o lobo, com seu sopro, consegue mandar pelos ares.

Na escola, no dia seguinte, enquanto irmã Marie Solange escrevia uns números no quadro-negro, Aïcha se perguntou: *Onde está minha mãe, e quando é que ela volta?* Ficou pensando se não a tinham enganado, se essa viagem não era dessas das quais não se retorna, como a que fizera o marido da viúva Mercier. Monette, vizinha de carteira de Aïcha, cochichou no ouvido dela, e a professora bateu com uma vara na beira do quadro. Monette era uma criança vivaz e tagarela, cuja alta estatura impressionava todas as alunas. Tomara-se de tal afeição por Aïcha, que esta não sabia explicar. Monette falava sem parar, nos bancos da capela e no pátio do recreio, no refeitório e até durante as arguições em sala de aula. Irritava os adultos, e a madre superiora um dia exclamara "Diacho!", o que fez suas faces enrugadas arderem de vergonha. Aïcha não sabia dizer o que era verdade e o que não passava de invenção na conversa de Monette. Será que a garota tinha realmente uma irmã atriz que morava na França? E, de fato, viajara para a América, vira zebras no zoológico de Paris, beijara um dos primos dela na boca? Era mesmo verdade que o pai, Émile Barte, era aviador? Monette o descrevia com tantos detalhes e tanta paixão que Aïcha acabou acreditando na existência daquele prodígio do aeroclube de Meknés. Monette lhe explicou a diferença entre os T-33s, os Piper Cubs e os Vampires e descreveu as acrobacias mais perigosas que o pai realizava. Dizia: "Um dia eu levo você lá, pode deixar." Essa promessa converteu-se, para Aïcha, numa autêntica obsessão. Ela agora só pensava em duas coisas: numa tarde no aeroclube e na volta da mãe. Imaginou que o pai da amiga pudesse ir buscar Mathilde num de seus aviões. Se ela pedisse educadamente, se implorasse, ele decerto aceitaria lhe prestar esse pequeno favor.

Monette desenhava no missal dela. Traçava espessos bigodes pretos nas personagens pintadas nas imagens pias. Arrancava risadas de Aïcha, que, nos primeiros meses de amizade, ficava pasmada de ver alguém com tão pouco receio da autoridade. Boquiaberta, sobrancelhas arqueadas, cheia de admiração, Aïcha observava as travessuras da amiga. As irmãs, várias vezes, lhe rogaram que a denunciasse. Aïcha nunca falou nada e descobriu-se leal. Um dia, Monette a arrastou até o toalete do internato. Estava tão frio que a maioria das meninas se segurava durante horas para não ter que se despir e ficar batendo queixo, agachadas sobre o buraco. Monette olhou em volta.

— Vigie a porta — ordenou a Aïcha, cujo coração ameaçava explodir.

Aïcha dizia "Ande logo", "Já está terminando?", "Mas o que está fazendo, afinal? Vai nos meter em confusão!". A alta Monette tirou uma garrafa de vidro de baixo do jaleco. Ergueu a saia de lã e segurou a barra com os dentes. Abaixou a calcinha e Aïcha entreviu, horrorizada, o sexo imberbe da amiga. Monette aproximou o frasco e urinou dentro dele. O líquido quente escorreu do gargalo ao fundo do vidro, e Aïcha se pôs a tremer, de medo e excitação. Sentiu, de repente, as pernas fraquejarem. Quase deu uns passos atrás, preparando a fuga, pois lhe ocorreu que talvez fosse uma armadilha, que Monette ia obrigá-la a beber sua urina. Era mesmo muito ingênua, dali a pouco Monette iria chamar as outras meninas da turma, viriam todas e forçariam Aïcha a grudar o gargalo na boca e gritariam "Beba! Beba!". Monette, porém, subiu a calcinha, ajeitou a saia e, com a mão úmida, pegou na mão de Aïcha.

—Venha comigo — disse, e saíram as duas correndo pela alameda de cascalho em direção à capela.

Aïcha foi incumbida de vigiar a entrada, mas a todo instante dava uma espiada para dentro a fim de ver o que Monette estava aprontando. E foi assim que viu a amiga verter o conteúdo do frasco na pia de água benta. Depois desse dia, Aïcha não podia deixar de estremecer cada vez que avistava dedos, idosos ou infantis, mergulharem na pia benta e fazerem o sinal da cruz.

— Quanto tempo dura um mês? — perguntou Aïcha a Mouilala, que a abraçou junto ao peito magro.

— A mamãe vai voltar — jurou a velha.

Aïcha não gostava do cheiro da avó, das longas madeixas cor de laranja que lhe escapavam do lenço, da henna que ela aplicava na sola dos pés. E também havia as mãos, tão calosas, tão ásperas, que delas não se podiam esperar carícias. Mãos com unhas erodidas pela água da limpeza, com a pele cheia de miúdas cicatrizes herdadas de pelejas domésticas. Aqui, a marca de uma queimadura; ali, um corte datando de um dia de festa em que ela ficara sangrando atrás da cozinha. Apesar de toda a repulsa que sentia, Aïcha ia refugiar-se no quarto da velha senhora quando estava com medo. Mouilala achava graça do temperamento da neta, e atribuía o nervosismo da menina às origens europeias. Quando se erguiam as vozes das dezenas de mesquitas da cidade, Aïcha se punha a tremer. No fim do chamado para a oração, os muezins sopravam trombetas imensas, cujo som cavernoso apavorava a menina. Num livro que uma freira lhe mostrara na escola, o Arcanjo Gabriel trazia na mão um instrumento circundado de ouro. Despertava os mortos para o Juízo Final.

Numa noite em que estava com Selma fazendo os deveres de casa, Aïcha ouviu portas baterem e Omar soltar um berro. As meninas largaram os cadernos e se debruçaram na balaustrada para observar o pátio interno. Mouilala estava em pé junto à bananeira e, com voz baixa e uma dureza que Aïcha não lhe conhecia, ameaçava o filho de represálias. Aproximou-se da porta da rua, e o filho implorou:

— Não posso pô-los para fora agora! É o futuro do país que está em jogo, *ya moui*.*

Beijou o ombro da mãe, pegou à força a mão que ela lhe recusava e agradeceu-lhe.

A velha senhora subiu a escada, a boca repleta de insultos e amargura. Os filhos iam acabar por matá-la! Que crimes cometera, que mal fizera a Alá para ter em casa esses dois filhos? Jalil era possuído pelos demônios e Omar sempre lhe dera muitas preocupações. Antes da guerra, estudava no liceu da cidade nova, onde Kadour conseguira matriculá-lo graças à intervenção de um amigo europeu. Com o pai falecido e o irmão no campo de batalha, Omar não teve mais que prestar contas dos seus atos a ninguém. Diversas vezes voltou para o Berrima com o rosto ensanguentado, os lábios inchados. Gostava de briga e costumava andar com uma lâmina no bolso. Um filho sem pai é um perigo público, pensava então Mouilala. Por várias semanas, ele escondera da mãe que tinha sido expulso do liceu, até ela ficar sabendo por uma vizinha que Omar aparecera na sala de aula com um jornal debaixo do braço berrando em tom triunfante: "Paris caiu na mão dos alemães! Esse Hitler é fera!" Mouilala tinha jurado, na época, que contaria tudo para Amine quando ele voltasse da guerra.

Omar era tão bonito quanto o irmão mais velho, mas tinha uma aparência mais estranha, um rosto anguloso, maçãs do

---

* Minha mãe. [N. da A.]

rosto salientes, lábios finos e um farto cabelo castanho. Era sobretudo bem mais alto e andava sempre com um ar tão sério, tão bravo, que não raro o tomavam por mais velho do que era. Usava, desde os 12 anos, uns óculos cujas lentes, embora muito grossas, não eram muito eficazes, e o olhar dele de míope dava a impressão de alguém perdido, prestes a estender os braços e pedir ajuda. Esse nervosismo deixava Aïcha assustada. Era como estar com um animal faminto ou que tivesse acabado de ser surrado.

Omar jamais admitiria publicamente, mas, naqueles anos de guerra, ele dera graças pela ausência do irmão mais velho. Muitas vezes sonhara com o corpo de Amine se decompondo, destroçado por um obus, apodrecendo no fundo de uma trincheira. Da guerra ele só conhecia o que o pai tinha lhe contado. O gás, as valas cheias de lama e de ratos. Não sabia que não era mais assim que se lutava. Amine sobrevivera. Pior, voltara da guerra como herói, o peito pesado de medalhas, a boca repleta de histórias fantásticas. Em 1940, ocasião em que Amine fora feito prisioneiro, precisara fingir angústia e desespero. Ele retornara em 1943, e Omar então representara a farsa do alívio e, posteriormente, da admiração, quando ele resolvera retornar ao *front* como voluntário. Quantas vezes Omar não aguentara o relato dos atos heroicos do irmão, a evasão do campo de prisioneiros, a fuga pelas planícies geladas, quando um pobre campônio o fizera passar por um empregado? Quantas vezes não tivera de simular o riso quando Amine descrevia com mímicas a viagem num vagão de carvão e o seu encontro em Paris com uma mulher da vida que lhe dera abrigo? Enquanto o irmão dava o show dele, Omar sorria. Dava-lhe tapinhas no ombro e dizia "Esse é um legítimo Belhaj!", mas queria morrer ao ver as mulheres boquiabertas, língua um pouco de fora, soltando gritinhos, mulheres que adorariam ser tocadas por um herói de guerra.

Omar odiava o irmão tanto quanto odiava a França. A guerra tinha sido a vingança, o momento de graça dele. Pusera muitas esperanças naquele conflito e imaginara que sairia dele duplamente livre: o irmão morto e a França vencida. Em 1940, após a capitulação, Omar ostentou com volúpia o desprezo que sentia por todos que manifestavam a menor deferência pelos franceses. Sentia prazer em empurrá-los, esbarrar neles nas filas das lojas, cuspir nos sapatos das senhoras. Na cidade europeia, xingava os criados, os porteiros, os jardineiros que apresentavam, cabisbaixos, os atestados de trabalho aos policiais franceses, que ameaçavam: "Cai fora assim que acabar o serviço, entendeu?" Omar conclamava à revolta, apontava o dedo para os cartazes que, embaixo dos prédios, vedavam os elevadores ou o banho aos nativos.

Ele execrava aquela cidade, aquela sociedade rançosa e conformista, aqueles colonos e aqueles soldados, aqueles agricultores e aqueles secundaristas convencidos de que viviam no paraíso. Em Omar, a sede de viver fazia par com a gana de destruir: destruir as mentiras, quebrar as imagens, esmigalhar a linguagem, os interiores sebosos, para fazer surgir uma nova ordem de que ele pudesse ser um dos senhores. Em 1942, no "ano dos cupons", Omar precisou lidar com a penúria e o racionamento. Enquanto Amine estava prisioneiro, ele espumava de raiva por se ver reduzido a um combate tão trivial. Sabia que os franceses tinham direito ao dobro do que se permitia aos marroquinos. Ouvira dizer que não davam chocolate aos nativos a pretexto de que não fazia parte dos hábitos alimentares deles. Fez alguns contatos com pessoas que operavam no mercado clandestino e se ofereceu para ajudá-las a escoar a mercadoria. Mouilala não perguntava sobre a procedência dos frangos que Omar jogava na bancada da cozinha, nem sobre a do açúcar ou do café. Balançava a cabeça, às vezes até fazendo um ar contrariado que deixava o filho fora de si. Este ficava danado com tanta ingratidão. Isso, para ela, ainda não era o bastante? Custava dizer "obrigada", ser minimamente grata por ele prover alimentos para a irmã, para o maluco do irmão e para aquela escravizada gulosa demais? Não, a mãe só tinha olhos para Amine e para aquela tonta da Selma. Por mais que fizesse pelo país, pela família, Omar se sentia incompreendido.

No fim da guerra, contava com numerosos amigos nas organizações secretas que se haviam formado contra o ocupante francês. Inicialmente, os líderes relutavam em lhe atribuir responsabilidades. Desconfiavam daquele jovem impulsivo que não tinha calma para ouvir os discursos sobre igualdade ou emancipação das mulheres que também apelavam, com voz rouca, à luta armada. "Agora! Já!" Omar rechaçava, com um gesto impaciente, os livros e jornais que os líderes sugeriam que fossem lidos. Certa vez, exaltara-se ao se opor a um espanhol de rosto marcado com uma cicatriz que lutara na guerra contra Franco e se dizia comunista. O homem, que conclamava ao levante da massa proletária, defendia a independência para todos os povos. Omar o insultara, tratara-o de infiel, escarnecera da discurseira do homem e pregara, de novo e sempre, a ação em lugar das palavras.

Os defeitos dele eram compensados por uma lealdade a toda prova e uma coragem física que terminou por convencer os líderes de célula. Era cada vez mais frequente Omar sumir de casa por vários dias, ou mesmo por uma semana. Mouilala nunca lhe disse, mas ela, nessas horas, morria de preocupação. Levantava-se da cama assim que ouvia o rangido da porta da rua. Brigava com a pobre Yasmine, mas logo acabava chorando nos braços da escravizada, apesar da repulsa que lhe causava sua pele preta. Já passara noites inteiras rezando, imaginara o filho apodrecendo na prisão, ou morto, por alguma confusão com mulher ou com política. Contudo, ele sempre voltava, com a boca mais espumante, as ideias fortalecidas, o olhar furioso.

Nessa noite, Omar impôs a realização de uma reunião na casa da mãe, à qual fez jurar que não contaria nada a Amine. A princípio, Mouilala foi contra, uma vez que não queria baderna na casa dela, opunha-se a que escondessem armas entre as paredes construídas por Kadour Belhaj. Não quis nem saber dos belos discursos nacionalistas de Omar, que por pouco não cuspiu no chão dizendo: "Mas quando o seu filho lutava do lado dos franceses você achava bom." Controlou-se, porém, e implorou, fez biquinho, beijou as mãos ressequidas da mãe, apesar da vergonha que essa cena toda lhe causava.

— Não posso, minha reputação. Somos muçulmanos! Somos nacionalistas. Viva Sidna Mohammed Ben Youssef!

Mouilala nutria pelo sultão uma deferência tocante. Mohammed Ben Youssef morava no coração dela, tanto mais presente por estar exilado, longe do país. Tal como as outras mulheres, subia à noite no terraço para contemplar o rosto do soberano na lua. Não apreciara o fato de Mathilde ter começado a rir ao vê-la chorar pelo exílio de Sidna Mohammed em Madame Gascar. Bem via que a nora não acreditava quando ela contava que, à chegada do sultão deposto e da respectiva família àquela ilha estranha, àquela ilha povoada de negros, os elefantes e animais ferozes tinham se prostrado diante deles. Mohammed, que Deus o tenha em sua santa proteção, realizara um milagre no avião que o levava para aquele lugar maldito. Ele e a família por pouco não se espatifaram devido a uma falta de querosene, mas o sultão pusera o lenço de bolso dele na cabine e o avião chegara ao destino sem mais percalços. Foi pensando nele e no Profeta que Mouilala cedeu aos pedidos do filho. Correu escada acima para não cruzar com os homens que entravam em sua casa. Omar foi atrás, e, ao topar com Aïcha sentada num degrau, empurrou-a com brusquidão.

— Saia daí! Vamos, mexa-se, até parece uma saca de *smid*.* Você entende árabe, *el nassrania*? Que eu não pegue você me espionando, está bem?

Levantando o braço, mostrou-lhe a palma da mão, e Aïcha pensou que ele seria bem capaz de espatifá-la contra a parede, como as gordas moscas verdes que Selma esmagava com as unhas. Aïcha saiu em disparada e fechou a porta do quarto, a testa molhada de suor.

---

* Semolina. [N. da A.]

Em 3 de outubro de 1954, Mathilde embarcou com destino a Le Bourget, e de lá tomou um avião para Mulhouse. A viagem pareceu interminável, tamanha era a sua impaciência em despejar sua raiva em Irène e acertar as contas com ela. Como é que a irmã se atrevera a mantê-la alheia à morte do pai? Tinha sequestrado Georges, guardando o paizinho só para ela e cobrindo-lhe a testa de beijos hipócritas. No avião, Mathilde chorou ao pensar que o pai talvez tivesse chamado por ela e que Irène decerto contara alguma mentira para ele. Imaginou as palavras que diria, os gestos que faria assim que visse o semblante da irmã na sua frente. Reviveu uma das cenas em que, criança, tinha acessos de raiva na frente de Irène e a ouvia dando risada: "Papai, venha ver a criança, parece possuída!"

Quando aterrissou em Mulhouse e um vento fresco veio afagar-lhe o rosto, toda a sua fúria se desfez. Mathilde olhou em volta como contemplamos, num sonho, a paisagem que nos cerca, temendo que um gesto inoportuno, uma palavra imprópria nos joguem para fora dele. Apresentou seu passaporte ao aduaneiro e teve vontade de lhe dizer que era uma filha daquela terra, que estava de volta. Queria dar dois beijos no rosto daquele homem, de tão encantador que lhe soava o sotaque alsaciano. Irène a esperava, magra e pálida, num elegante traje de luto. Acenou de leve com a mão enluvada de preto e Mathilde foi até ela. A irmã tinha envelhecido. Usava agora uns óculos largos que lhe davam um ar duro e masculino. De uma pinta sob a narina direita despontavam uns pelos brancos e duros. Beijou Mathilde com um carinho que esta não lhe conhecia. Pensou *nós agora somos órfãs*, e esse pensamento a fez chorar.

No trajeto de carro até a casa, Mathilde permaneceu em silêncio. A emoção de estar de volta era tanta, que temia ser excessiva e provocar a ironia da irmã. O país que ela havia deixado havia se reconstruído sem ela, as pessoas que conhecera tinham passado sem a presença dela. A vaidade de Mathilde se achava um pouco abalada diante da ideia de que a ausência dela não impedira o lilás de florir ou a praça de ser pavimentada. Irène estacionou na pequena alameda, em frente à casa de sua infância. Mathilde, da calçada, contemplou o jardim em que tanto havia brincado e ergueu a cabeça para observar a janela do escritório em que tantas vezes avistara o imponente perfil do pai. O coração dela se apertou, ela empalideceu e não sabia se o que a impactava era a familiaridade daquele lugar ou, pelo contrário, uma incômoda sensação de estranheza. Era como se, ao ir para lá, tivesse mudado não só de região, mas também de temporalidade, e que essa viagem fosse, acima de tudo, um retorno ao passado.

Nos primeiros dias, recebeu inúmeras visitas. Passou as tardes tomando chá e comendo bolo, e ao fim de uma semana já tinha recuperado o peso que a doença lhe fizera perder. Antigas colegas de escola apareciam com um filho a tiracolo, outras estavam grávidas, quase todas tinham virado esposas autoritárias e se queixavam do pendor dos maridos pela bebida e pelas mulheres fáceis. Comiam cerejas maceradas em aguardente e as ofereciam aos filhos, que ficavam com a boca manchada de vermelho e terminavam adormecendo, zonzos, no sofá do saguão de entrada. Joséphine, que fora a colega mais próxima de Mathilde e abusava do Schnaps, contou que surpreendera o marido com uma mulher numa tarde em que ficara de visitar os pais.

— Estavam fazendo aquilo na minha cama!

As amigas iam ver se a vida reservara para Mathilde tantas decepções quanto para elas. Queriam saber se ela também passara pela desoladora experiência da trivialidade da vida, do silêncio imposto, das dores do parto e da cópula sem carinho.

Uma tarde, desabou uma tempestade e as jovens senhoras se acercaram da lareira. Irène estava um tanto farta daquele desfilar incessante de gente e do coquetismo exibido pela irmã. Contudo, Mathilde parecera tão desconsolada, ajoelhada junto ao túmulo do pai, que não ousava recusar-lhe essas inocentes distrações.

— Conte sobre a sua vida na África! Sua sortuda! Nós nunca pusemos o pé fora daqui.

— Pois olhem, não é tão exótica assim — assegurou Mathilde num tom afetado. — No começo, claro, a impressão é de se ter aterrissado em outro planeta, mas logo temos que assumir as tarefas do dia a dia, que são as mesmas em qualquer lugar.

Fez-se de rogada para contar mais e deliciou-se com a expectativa que via nos olhos daquelas donas de casa que pareciam tão mais velhas que ela. Mathilde mentiu. Mentiu sobre a vida deles, sobre o temperamento do marido, falou coisas sem coerência que pontuou com um riso estridente. Não cessou de repetir que o marido era um homem moderno, um agricultor genial que dirigia um imenso latifúndio com mão de ferro. Falou dos "seus" doentes, descreveu seu dispensário e os milagres que realizava, omitindo da plateia sua falta de conhecimentos e de recursos.

No dia seguinte, Irène a chamou ao escritório do pai e lhe entregou um envelope.

— Isto é uma parte do que lhe cabe por direito. — Mathilde não se atreveu a abri-lo, mas sentiu a espessura e precisou conter a alegria. — Nosso pai não era um homem de negócios muito prudente, você sabe. Abrindo os livros de contas dele, descobri alguns absurdos. Daqui a uns dias vamos conversar com o tabelião, ele vai explicar tudo isso, e assim você poderá ir embora tranquila.

Mathilde estava na Alsácia havia quase três semanas e Irène fazia alusões cada vez mais frequentes à partida da irmã. Perguntava se já tinha reservado a passagem, se havia recebido carta do marido, imaginava que ele estivesse ansioso. Mas Mathilde nem queria saber, e conseguiu manter à distância a ideia de que tinha uma vida em algum lugar e alguém esperando por ela.

Saiu do escritório, envelope na mão, dizendo à irmã que estava indo à cidade.

— Preciso fazer umas compras antes de viajar.

Correu para a rua do comércio como se corresse para os braços de um homem. Tremia de excitação e precisou respirar fundo duas vezes antes de entrar numa loja elegante cujo proprietário se chamava Auguste. Provou dois vestidos. Um preto e um lilás, entre os quais hesitou por um longo tempo. Comprou o lilás, mas saiu da butique mal-humorada, chateada por ter precisado escolher, já lamentando não ter levado o preto, que a deixava mais magra. No caminho para casa, balançava a sacola de compras como uma menina voltando da escola e sonhando em jogar os cadernos na ribanceira. Na vitrine do chapeleiro mais elegante do burgo, viu uma capelina de palha italiana, com abas largas e moles, enfeitada com uma fita vermelha. Mathilde subiu os poucos degraus em frente à butique e um vendedor abriu a porta para ela.

Era um homem de idade e um tanto afetado — *um pederasta*, pensou Mathilde, que achou o interior da loja deprimente e frustrante.

— Em que posso ajudá-la, senhorita?

Em silêncio, ela apontou a capelina com o dedo.

— Pois não.

O homem deslizou pelo assoalho e retirou lentamente o chapéu da vitrine. Mathilde o experimentou e teve um sobressalto ao se olhar no espelho. Parecia uma mulher, uma mulher de verdade, uma parisiense sofisticada, uma burguesa. Lembrou-se da irmã, a qual dizia que o diabo está parado atrás das vaidosas e que não presta ficar se admirando no espelho. O vendedor lhe fez um morno elogio e logo começou a dar sinais de impaciência, porque Mathilde não parava de ajeitar a capelina, que puxava ora para a esquerda, ora para a direita. Ela fitou por um longo instante a etiqueta com o preço marcado, abismando-se em profunda e complexa reflexão. Entrou um cliente, e o vendedor, agastado, estendeu a mão para o chapéu que queria pegar de volta.

O cliente se aproximou de Mathilde e disse:

— Maravilhoso.

Ela corou e tirou o chapéu, deslizando-o lentamente pelo peito, num gesto de que não suspeitou a ardente sensualidade.

— A senhorita não é daqui. Sou capaz de jurar que é uma artista. Acertei?

— Perfeitamente — respondeu ela. — Trabalho no teatro. Acabo de ser contratada para a temporada.

Dirigindo-se ao balcão, tirou da bolsa o envelope com o dinheiro. Enquanto o vendedor, com extremo vagar, embrulhava o chapéu, Mathilde respondia às perguntas do rapaz. Ele vestia um elegante sobretudo e um chapéu de feltro cáqui que lhe ocultava um pouco os olhos. Ela se afundou na mentira com um misto de vergonha e excitação. O vendedor atravessou a loja e, junto à porta envidraçada, entregou o pacote a Mathilde. Ao homem de sobretudo, que sugeriu se reencontrarem, ela respondeu:

— Infelizmente, ando ocupada demais com os ensaios. Mas venha me ver no palco uma noite dessas.

Ao chegar diante da casa, sentiu vergonha dos tantos pacotes que carregava. Apressada, atravessou a sala e foi trancar-se no quarto, afogueada e feliz. Tomou um banho e trouxe o gramofone que estava no escritório do pai para junto da cama. Tinha uma festa para ir naquela noite e se arrumou ao som de uma antiga canção alemã que Georges adorava. Quando chegou à recepção, os convivas elogiaram o vestido lilás, os homens contemplaram, sorrindo, as macias meias de seda de Mathilde. Ela bebeu um vinho espumante tão seco que ao fim de uma hora estava sem saliva e precisou beber mais para continuar contando histórias. Todos lhe perguntavam sobre a vida africana, sobre a Argélia, que não paravam de confundir com o Marrocos.

— Então quer dizer que fala árabe? — indagou um homem encantador.

Ela sorveu de um gole só a taça de vinho tinto que alguém lhe ofereceu e pronunciou uma frase em árabe sob uma salva de palmas.

Voltou para casa sozinha, saboreando o prazer de andar na rua sem guardião, sem testemunhas. Cambaleava um pouco e cantarolava uma canção obscena que a fazia rir. Subiu a escada pé ante pé, deitou na cama sem despir o vestido nem as meias. Estava feliz com aquela embriaguez e aquela solidão, feliz de poder inventar uma vida sem ninguém para contradizê-la. Virou-se e afundou o rosto no travesseiro para aliviar a náusea que a acometera de súbito. Um soluço brotou, um soluço que era fruto dessa mesma alegria. Chorava por estar tão feliz sem eles. De olhos fechados, nariz enfiado na almofada, deixou aflorar um pensamento secreto, um pensamento vergonhoso que, já desde alguns dias, vinha aninhando dentro de si. Um pensamento que Irène decerto percebera, o que explicava o comportamento inquieto da irmã. Nessa noite, escutando o vento na ramagem dos choupos, Mathilde pensou: *Vou ficar aqui.* Sim, pensou que podia não voltar, que podia — embora lhe fosse impossível pronunciar essas palavras — abandonar os filhos. A violência dessa ideia lhe deu ganas de gritar, precisou morder o lençol. Mas a ideia não se foi. Pelo contrário, fez-se mais e mais concreta na mente dela. Uma nova vida se lhe afigurava possível, e ela considerava todas as suas vantagens. Havia Aïcha e Selim, claro. Havia a pele de Amine, e o céu infinitamente azul do novo país. Mas, com o tempo e a distância, a dor se atenuaria. Os filhos, depois de a terem odiado, depois de terem sofrido, talvez viessem a esquecê-la, e fossem, tanto eles quanto ela, felizes de um e do outro lado do mar. Talvez até chegasse o dia em que teriam a impressão de nunca terem se conhecido, como se os destinos deles sempre houvessem sido distintos, alheios uns aos outros. Não há tragédia impossível de superar, pensou Mathilde, não há desastre sobre cujas ruínas não se possa reconstruir.

    Claro que iriam julgá-la. Iriam lhe jogar na cara seus belos discursos sobre a vida na África. "Se é assim tão feliz, por que não volta para lá?" Ela bem percebia, aliás, a crescente impaciência entre os vizinhos, que já era hora de ela regressar para a vida naquele continente, de o cotidiano morno e pacato recobrar seus direitos. Furiosa consigo mesma, com o destino, com o mundo inteiro, Mathilde pensou em partir outra vez, em ir para Estrasburgo, ou mesmo Paris, para onde ninguém a conhecesse. Poderia retomar os estudos, tornar-se médica, e até cirurgiã. Imaginou cenários impossíveis que lhe causavam um nó nas tripas. Tinha todo o direito, afinal, de pensar em si, de trabalhar pela própria salvação. Sentou-se no meio da cama, nauseada, bêbada. Seu sangue latejava nas têmporas e não a deixava pensar. Será que tinha ficado louca? Será que era uma dessas mulheres que a natureza não dotou de instinto? Fechou os olhos e deitou-se. Imagens confusas acompanharam seu lento soçobrar no sono. Nessa noite, ela sonhou com Meknés e os campos que se estendiam ao redor da fazenda. Viu as vacas de olhos tristes e costelas salientes sobre as quais belos pássaros brancos vinham comer parasitas. O sonho se transmudou em pesadelo, atravessado por lancinantes mugidos. Camponeses tão magros quanto seus rebanhos desciam o cajado no cachaço das vacas, que mascavam uns capins insalubres. Acocorados, apanhavam um rolo de corda e amarravam as patas traseiras dos animais para impedir que fugissem.

Na manhã seguinte, acordou de vestido, as meias enroladas nos tornozelos. A dor de cabeça era tanta que penou para manter os olhos abertos no café da manhã. Irène tomava o chá devagar, mordia uma fatia de pão com geleia, cuidando para não manchar o jornal. Depois que a irmã fora embora, ela passara a se fascinar pela situação das colônias. Quando Mathilde entrou na sala de jantar, estava recortando uma matéria sobre confrontos no campo e negociações do sultão com o residente-geral. Mathilde deu de ombros.
— Pode ser. Não sei.
Não estava com humor para conversa. Volta e meia sentia a bílis lhe arder na garganta e tinha de inspirar fundo para não vomitar.
Desde que chegara, ainda não tinha discutido com Irène. Nos primeiros dias, vivera na apreensão de que algo a mais fosse dito, que tudo desandasse, que os conflitos voltassem à tona. Contudo, uma inédita cumplicidade se estabelecera

entre ela e a irmã. Na infância, a competição pelo amor dos pais nunca dera espaço para o afeto. Agora, estavam sozinhas no mundo e eram as únicas detentoras das lembranças dos mortos. A distância e a idade tinham devolvido as coisas ao essencial e extinguido as mesquinharias.

Mathilde se deitou no sofá da sala e passou o resto do dia cochilando. Irène ficou junto dela, cobriu-lhe os pés descalços e despachou as insistentes visitas. Quando Mathilde acordou, já estava escuro. Ardia um fogo na lareira e a irmã tricotava. Mathilde se sentiu triste e embrulhada. Lembrou-se do comportamento que tivera na festa, na noite anterior, e se achou ridícula. Não passava de uma criança, era isso que Irène devia pensar. Mathilde sentou-se e esticou os pés na direção do fogo. Sentiu necessidade de falar. Ali era o refúgio dela, e ali seria consolada. Naquela sala em que só se ouvia o som das agulhas de tricô e o crepitar do fogo, ela falou do temperamento do marido. Das explosões dele. Não disse nada muito específico, nada que pudesse passar por mentira ou exagero. Disse apenas o suficiente e soube que a irmã tinha entendido. Contou do isolamento da fazenda, do medo que a torturava na noite escura, quando nada rompia o silêncio senão os uivos dos chacais. Tentou explicar o que era viver num mundo em que não havia lugar para ela, um mundo regido por regras revoltantes e injustas, em que os homens nunca prestavam contas de nada, em que não era permitido chorar por uma palavra ferina. Desatou em soluços ao evocar os dias intermináveis e a solidão imensa, as saudades que sentia da terra natal e da infância. Não tinha imaginado o que seria o exílio. Mathilde dobrou as pernas junto ao corpo e virou o rosto para a irmã, que olhava fixamente as chamas. Ela não tinha receio, achava que sua sinceridade resolveria tudo. Não tinha vergonha do rosto molhado devido ao pranto, das palavras sem nexo. Já não estava preocupada em representar um papel, aceitava se mostrar tal como era: uma mulher envelhecida pelo fracasso e pela desilusão, uma mulher sem orgulho. Contou tudo e, quando terminou, voltou-se para Irène, que não se moveu.

— Você fez uma escolha. Precisa assumi-la. A vida é difícil para todo mundo, sabe?

Mathilde baixou a cabeça. Como tinha sido tola em sonhar com um olhar compassivo. Como se envergonhava de ter acreditado, mesmo por um instante, que poderia ser compreendida e consolada. Mathilde ficou sem reação frente a tamanha indiferença. Teria preferido que a irmã zombasse, se enfurecesse, dissesse "Eu bem que avisei". Teria achado natural Irène culpar os árabes, os muçulmanos, os homens, pela infelicidade de Mathilde. Aquela dureza, porém, a deixou gelada e sem palavras. Teve certeza de que a irmã preparara aquela resposta havia muito tempo, que a vinha moendo e remoendo, ansiosa por uma oportunidade de jogá-la na sua cara. Teria bastado um nada para ela não ir mais embora. Para ela desistir daquela ideia insana de ser uma estrangeira, de viver em outro país, de sofrer na mais absoluta solidão. Irène se levantou sem lançar sequer um olhar para a irmã. Não ia estender-lhe a mão. Mathilde que se afogasse. Ao pé da escada, chamou-a:

— Agora vamos dormir. Amanhã temos uma reunião com o tabelião.

★

Saíram depois do café da manhã. Irène, quando entrou no carro, tinha uns farelos de pão colados nos lábios. Chegaram adiantadas ao gabinete do tabelião, situado no primeiro andar de um prédio majestoso. Foram recebidas por uma moça que as fez se sentarem numa sala gelada. Permaneceram de casaco e não conversaram entre si. Tinham voltado a ser duas estranhas uma para a outra. Viraram a cabeça quando a porta se abriu, e Mathilde não pôde conter um grito. Em frente a ela estava o homem da butique. O homem do chapéu. Ela lhe estendeu a mão úmida e lançou-lhe um olhar suplicante. Irène não se deu conta de nada e o cumprimentou.

— Bom dia, doutor.

Ele as fez entrar na frente e indicou duas cadeiras diante de uma mesa de madeira maciça. O rapaz sucedera ao velho tabelião que Mathilde conhecera a vida inteira e que morrera da própria embriaguez. Sorria como um chantagista frente a uma vítima impotente.

— E então, minha senhora, que tal a vida no Marrocos? — perguntou-lhe.

— Muito boa, obrigada.

— A senhora vive em Meknés, segundo me disse sua irmã.

Ela assentiu com a cabeça, evitando o olhar do homem, que se inclinava sobre a mesa feito gato prestes a saltar em cima da presa. Ele remexeu numa pasta, pegou um documento e virou-se outra vez para Mathilde:

— Por acaso há teatros na cidade onde mora?

— Sem dúvida — respondeu ela com voz gélida. — Mas meu marido e eu trabalhamos muito. Tenho mais o que fazer do que me divertir.

VI

No dia 2 de novembro Mathilde estava de volta. Aïcha teve permissão para faltar à escola e ficou esperando a mãe na estrada, sentada num caixote de madeira. Quando avistou o carro do pai, se levantou e agitou os braços. As flores que tinha colhido pela manhã estavam todas desmilinguidas e ela desistiu de ofertá-las. Amine freou a poucos metros do portão e Mathilde saiu do veículo. Usava um casaco novo, elegantes sapatos de couro marrom e um chapéu de palha inadequado para aquela época do ano. Aïcha a contemplou, o coração transbordando de amor. A mãe era um soldado voltando do *front*, um soldado vitorioso e ferido, com segredos escondidos por trás das medalhas. Ela abraçou a filha junto ao peito, enfiou o nariz no pescoço e os dedos na cabeleira crespa da menina. Aïcha lhe pareceu tão leve, tão franzina, que teve medo de quebrar-lhe uma costela com o abraço.

Foram andando de mãos dadas até a casa e Selim apareceu no colo de Tamo. Tinha mudado muito em um mês, e Mathilde achou que ele havia engordado por causa da empregada e da comida muito gordurosa que ela fazia. Mas nada, nesse dia, seria capaz de aborrecê-la ou zangá-la. Estava calma e serena depois que se conformara em aceitar seu destino, curvar-se a ele, fazer algo com ele. Enquanto entrava em casa, atravessava a sala banhada pelo sol de inverno, mandava levar a mala para o quarto, refletiu que a dúvida é que era nociva, não fazer uma escolha é que gerava sofrimento e consumia as almas. Agora que estava decidida, que já não havia a menor chance de voltar atrás, sentia-se forte. Forte por não ser livre. E lhe veio à memória o verso de Andrômaca que tinha aprendido na escola — ela, a patética mentirosa, a atriz de teatro imaginária: "Entrego-me cegamente ao destino que me conduz."

As crianças não a largaram o dia inteiro. Agarravam-se às pernas da mãe e ela brincava de andar com esse peso nas canelas. Abriu solenemente a mala, como quem abre uma arca do tesouro, e tirou de dentro bichos de pelúcia, livros infantis, bombons de framboesa cobertos de açúcar de confeiteiro. Tinha renunciado, na Alsácia, à própria infância. Tinha-a amarrado, reduzido ao silêncio e guardado no fundo de uma gaveta. Já não podia haver, a partir dali, espaço para a infância, para os sonhos ingênuos, para os caprichos dela. Puxou os filhotes para junto do peito, ergueu-os, um em cada braço, e rolou com eles sobre a cama. Beijou-os com paixão, e nos beijos que dava naqueles rostinhos havia, para além da força do amor, toda a intensidade da nostalgia que ela sentia. Amava-os tanto mais por ter renunciado a tudo por eles. À felicidade, à paixão, à liberdade. Pensou: *Eu me odeio por estar acorrentada desse jeito. Me odeio por não haver nada que eu prefira a vocês.* Sentou Aïcha no colo e leu histórias para ela.

— Mais — pediu a menina, e Mathilde contou de novo.

Trouxera uma mala inteira de livros, os quais Aïcha afagou com veneração a capa antes de abri-los. Estava ali o Struwwelpeter, que a intrigou e assustou com seu cabelo desgrenhado e suas unhas imensas. Selim disse:

— Ele é parecido com você! — Isso a fez chorar.

★

Em 16 de novembro de 1954, Aïcha fez 7 anos. Mathilde, para comemorar, decidiu dar uma festa de aniversário na fazenda. Confeccionou, ela mesma, lindos convites, junto aos quais incluiu um papelzinho para os pais confirmarem a presença das filhas. Toda noite perguntava a Aïcha se as coleguinhas tinham dado retorno.

— Geneviève não vem. Os pais a proíbem de vir para o campo. Dizem que vai pegar pulgas e ter diarreias.

Mathilde deu de ombros.

— Geneviève é uma tonta e os pais dela, uns idiotas. Vamos passar muito bem sem eles, não se preocupe.

Durante uma semana, Mathilde não teve outro assunto. De manhã, no carro, falava na torta que encomendaria na confeitaria mais chique da cidade, nas guirlandas de papel crepom que pretendia fazer, nas brincadeiras de sua infância que iria lhes ensinar e elas iriam adorar. Parecia tão feliz e entusiasmada, que Aïcha não se animou a lhe contar a verdade. As colegas zombavam dela o tempo todo. Na terceira série, em que era a mais nova, as meninas puxavam-lhe o cabelo, a empurravam nas escadas. Detestavam-na tanto mais por ela ser a primeira da classe e levar todos os prêmios em latim, matemática e ortografia. "Sorte a sua ser inteligente. Porque é tão feia que ninguém nunca vai querer se casar com você." Na capela, ajoelhada ao lado de Monette, Aïcha se abismava em orações perversas, em súplicas rancorosas. Queria que as meninas morressem. Sonhava que elas sufocavam, contraíam doenças incuráveis, caíam de uma árvore e quebravam as duas pernas. *Perdoai as nossas ofensas como nós perdoamos a quem nos tem ofendido.* No entanto, se impedia de fazer bobagem, de pôr em execução as vinganças que fantasiava. Continha o ciúme em relação a Selim e cerrava os punhos quando tinha ganas de beliscar as costas do menino que a mãe fitava com tanto carinho que lhe doía. Desde que Mathilde voltara, várias vezes ouvira o pai se queixar das constantes idas e vindas entre a casa e a escola. "Isso acaba com a saúde da gente e cansa as crianças." Aïcha então se fez mais discreta, o mais invisível possível, pois vivia com pavor de os pais a matricularem no internato e só poder ver a mãe aos sábados e domingos, como a maioria das garotas do pensionato.

★

O dia da festa chegou. Um domingo feio e chuvoso. Assim que acordou, Aïcha pôs-se em pé na cama e observou pela janela os ramos das amendoeiras estremecendo ao vento. O céu estava triste e amarfanhado como um lençol depois de uma noite de pesadelos. Passou um homem com uma djelaba de burel marrom, capuz na cabeça, e a menina escutou o som da lama esguichando sob os passos dele. Ao meio-dia, o vento amainou e a chuva cessou, mas o céu seguia forrado de nuvens cinzentas, e havia como que um tormento no ar. *É muito injusto*, pensou Mathilde. *Como pode o sol fugir de nós, neste país onde faz um tempo tão absolutamente lindo?*

Amine ficara de passar na confeitaria para buscar a torta e em seguida no internato, pois três meninas que não iriam para casa no fim de semana tinham aceitado o convite de Aïcha. Amine demorou. Precisou parar duas vezes no acostamento para esperar a chuva passar, porque os limpadores de para-brisa não funcionavam direito e ele não conseguia enxergar nada. Na confeitaria, fizeram-no esperar. Tinha havido uma confusão qualquer e sua torta fora entregue a outra pessoa.

— Acabaram os morangos — anunciou a vendedora.

Amine deu de ombros.

— Não faz mal. Eu só quero uma torta.

Na fazenda, Mathilde já não sabia o que fazer. Tinha enfeitado a sala e posto os pratos pintados com cenas da vida cotidiana da Alsácia na mesa da sala de jantar. Ficou zanzando pela casa, nervosa, irritada, desfiando mentalmente os cenários mais pavorosos. Aïcha não se movia. Com o nariz grudado na porta envidraçada, fitava o céu como se quisesse expulsar as nuvens, como se esperasse fazer surgir um sol imenso pela simples força do seu desejo. O que elas teriam para fazer naquela casa empoeirada? Do que poderiam brincar entre quatro paredes? Tinham de poder correr pelos campos, ela precisava mostrar os esconderijos nas árvores, apresentar o burro no estábulo, velho demais para trabalhar, e a horda de gatos adotados por Mathilde. *Dá-me forças, Senhor, tu que és puro amor.*

Amine chegou, enfim, com a roupa encharcada, trazendo nas mãos a caixa da torta salpicada de manchas de creme. Atrás dele vinham Monette e três meninas com o olhar assustado.

— Aïcha, venha cumprimentar suas amiguinhas — disse Mathilde, empurrando a filha adiante.

Aïcha teve vontade de sumir. Daria tudo para levarem aquelas meninas de volta, para devolverem-na à solidão inofensiva. Mathilde, porém, como que possuída, pôs-se a entoar umas canções enquanto Selma batia palmas. As meninas, então, tentaram cantar, mas erravam a letra e davam risada. Vendaram os olhos de Aïcha e Mathilde a fez girar. Ela avançou às cegas, mãos à frente, guiada pelos risinhos abafados das colegas. Às cinco da tarde, a luz diminuiu. Mathilde exclamou "Acho que está na hora!" e desapareceu na cozinha, deixando na sala as meninas, que não tinham assunto para conversar. Quase chorou quando abriu a caixa. Não era a torta que tinha encomendado. Com mãos trêmulas de raiva, dispôs a torta numa travessa, e Aïcha escutou a voz da mãe, que cantava:

— Parabéns para você... Nesta data querida...

De joelhos na cadeira, Aïcha se inclinou sobre as velas, e quando estava prestes a soprá-las, a mãe a deteve.

— Faça um pedido e guarde só para você.

Acenderam-se as lâmpadas. Ginette, cujo nariz estava sempre escorrendo, começou a choramingar. Estava com medo, queria ir embora. Mathilde inclinou-se para ela, reconfortou-a, mas a vontade dela era dar uns chacoalhões naquela menina boba, dizer que não fosse tão egoísta. Não via que hoje não era ela o centro das atenções? Mas as outras meninas, com exceção de Monette, mudaram de expressão.

— Nós também queremos ir embora. Peça ao seu motorista que nos leve.

— Motorista?

Mathilde lembrou-se do semblante sombrio de Amine, da forma brutal como jogara a caixa com a torta na mesa da cozinha. As meninas o tinham confundido com um motorista e ele não as desmentira.

Mathilde deu uma risada, e estava prestes a elucidar a situação quando Aïcha exclamou:

— Mãe, o motorista pode levá-las?!

Aïcha fitava a mãe com o mesmo olhar furioso de quando estava de castigo e parecia odiar o mundo inteiro. Mathilde sentiu o coração se apertar e assentiu devagar com a cabeça. As meninas seguiram-na feito patinhos atrás da mãe pata até o escritório onde Amine permanecera trancado. Passara a tarde inteira ali, consumido por uma fúria que ele aplacava fumando e recortando artigos numa revista. As garotas despediram-se mornamente de Aïcha e subiram no banco de trás do carro.

Amine dirigiu devagar por causa da chuva, que voltara a cair. As três meninas dormiram, uma encostada na outra, e Ginette roncou. Amine pensou: *São apenas crianças, melhor perdoá-las.*

★

Na quinta-feira seguinte, Mathilde levou os filhos a um estúdio fotográfico na rue Lafayette. O fotógrafo os fez se sentarem num banquinho, na frente de um painel representando a Catedral Notre-Dame de Paris. Selim não queria parar quieto e Mathilde se zangou. Antes de o fotógrafo se posicionar, ajeitou o penteado de Aïcha e passou a mão na gola do vestido branco.

— Pronto, assim. Por favor, não se mexam.

No verso do retrato, Mathilde anotou a data e o local. Colocou-o num envelope e escreveu para Irène: "Aïcha é a primeira da turma e Selim aprende muito rápido. Ela ontem fez 7 anos. Eles são minha felicidade e alegria. São minha vingança contra os que nos humilham."

Uma noite, estavam terminando de jantar quando um homem se apresentou à sua porta. No escuro do saguão de entrada, Amine não reconheceu de imediato o camarada de armas. Murad estava encharcado de chuva, tiritava na roupa molhada. Com uma das mãos segurava as abas do casaco e com a outra sacudia o boné que pingava água. Murad tinha perdido os dentes e falava igual a um velho, mascando o interior das bochechas. Amine puxou-o para dentro e lhe deu um abraço, tão apertado que pôde sentir cada costela do antigo camarada. Começou a rir, pouco ligando por molhar a própria roupa.

— Mathilde! Mathilde! — gritou, puxando Murad até a sala.

Mathilde soltou uma exclamação. Lembrava-se muito bem do ajudante de ordens do marido, um homem tímido e delicado por quem sentira uma simpatia que nunca pudera lhe expressar.

— Ele precisa se trocar, está encharcado até os ossos. Busque umas roupas para ele, Mathilde.

Murad protestou, pôs as mãos diante do rosto e as sacudiu nervosamente. Não, não iria vestir a camisa do comandante dele, não iria pegar emprestado um par de meias, muito menos uma camiseta de baixo. Jamais faria uma coisa dessas, seria indecente.

— Não seja ridículo — exclamou Amine. — A guerra acabou.

Essa frase chocou Murad. Fez soar uma espécie de assobio na sua cabeça, incomodou-o, e ele teve a impressão de que Amine dizia isso para machucá-lo.

No banheiro revestido de azulejos azuis, Murad se despiu. Evitou olhar o corpo famélico refletido no amplo espelho. Para que iria querer contemplar aquele corpo devastado pela infância miserável, pela guerra, pela errância em terras estrangeiras? Na borda da pia, Mathilde deixara uma toalha limpa e um sabonete em forma de concha. Lavou as axilas, o pescoço e as mãos até a altura dos cotovelos. Tirou os sapatos e mergulhou os pés numa bacia com água fria. E então, a contragosto, vestiu as roupas do seu comandante.

Saiu do banheiro e andou pelo corredor da casa desconhecida, guiando-se pelo som das vozes. A da criança, que perguntava "Quem é esse homem?" e pedia "Conte mais sobre a guerra". A de Mathilde, que rogava que abrissem a janela por causa da fumaça do fogão. E a de Amine, por fim, que se impacientava:

— Que diacho ele está fazendo? Acha que devo ir ver se está tudo bem?

Antes de entrar na cozinha, onde estavam todos reunidos, Murad se deteve e, pela porta entreaberta, observou a pequena família. Sentia o corpo se aquecer devagarinho. Cerrou os olhos e inspirou o cheiro do café no fogo. Uma sensação de doçura o envolveu, e ele entonteceu. Era como um soluço impossível de conter. Pôs a mão na altura da garganta e arregalou as pálpebras para fazer refluir o gosto de sal que lhe invadia a boca. Amine estava sentado em frente à filha, desgrenhada. Fazia séculos, pensou Murad, que não via algo assim. Gestos de mulher atarefada, trejeitos infantis, expressões de afeto. Murad pensou que talvez tivesse, enfim, terminado a corrida. Que tinha chegado a bom porto e que aqui, entre as paredes dessa casa, os pesadelos poderiam sumir.

Entrou na cozinha e os adultos exclamaram "Ah!", enquanto a pequena o examinava. Sentaram-se os quatro ao redor da mesa, na qual Mathilde estendera uma toalha bordada por ela. Murad tomou o café bem devagar, gole por gole, as mãos cingindo a xícara esmaltada. Amine não perguntou de onde estava vindo nem o que ele estava fazendo ali. Sorriu para o amigo, pôs-lhe a mão no ombro e repetiu "Que surpresa!" e "Que alegria!". Passaram todo o serão revivendo lembranças, diante da menina que, fascinada, implorou que não a mandassem ir dormir. Contaram, então, a viagem no barco que os levara até os homens civilizados e belicosos, em setembro de 1944. No porto de La Ciotat, tinham entoado canções para se dar coragem.

— Como é que você cantava, papai? Aliás, cantava o quê?

Amine caçoava do antigo ajudante de ordens, o soldado raso Murad, que se espantava com tudo e o puxava pela manga para cochichar umas perguntas. "Há pobres aqui?", indagava. No sul da França, espantava-se ao ver mulheres brancas trabalhando nas lavouras, mulheres parecidas com aquelas que, no país de onde viera, só lhe dirigiam a palavra quando estritamente obrigadas a isso. Murad gostava de dizer que era pela França que tinha se alistado, para defender esse país que não conhecia, mas do qual, não sabia por quê, dependia o destino dele. "A França é minha mãe. A França é meu pai." A verdade é que não havia tido escolha. Quando apareceram no vilarejo em que ele morava, a oitenta quilômetros de Meknés, os franceses tinham agrupado todos os homens, exceto os velhos, meninos e doentes. Para os demais apontaram a traseira de um caminhão: "Guerra ou cadeia."

Murad tinha, então, ido para a guerra. E jamais lhe ocorreu que uma cela de cadeia teria sido um abrigo mais confortável, mais seguro, que os campos de batalha do país nevado. Mesmo porque, não foi essa chantagem que o convenceu. Não foi o medo da prisão ou da vergonha. Nem tampouco o bônus de alistamento mais o soldo, que ele mandou para a família e pelos quais a mãe ficou muito agradecida. Mais tarde, quando se juntou ao regimento dos Spahis, do qual Amine era primeira classe, compreendeu que fizera a escolha certa. Que algo grandioso acabava de acontecer, algo que iria dar à vida, à miserável vida de camponês que ele levava, uma grandeza inesperada, uma dimensão de que ele sequer era digno. Já nem sabia, às vezes, se era por Amine ou pela França que estava disposto a morrer.

Quando pensava na guerra, Murad era impactado pela lembrança do silêncio. Esvanecera-se o barulho das bombas, dos fuzis, dos gritos, e na mente dele só restava a memória de anos lacônicos, das poucas palavras trocadas entre os homens. Amine lhe dizia para baixar os olhos, não chamar a atenção. Cabia-lhes lutar, vencer e ir para casa. Sem causar nenhum ruído. Sem fazer pergunta alguma. De La Ciotat, tinham seguido para o leste, onde foram recebidos como libertadores. Os homens abriam bons vinhos em homenagem a eles e as mulheres agitavam bandeirinhas. "Viva a França! Viva a França!" Uma criança, certa vez, apontou o dedo para Amine e disse "o negro".

Murad estava lá quando Amine vira Mathilde pela primeira vez, no outono de 1944. O regimento estacionara num pequeno vilarejo a alguns quilômetros de Mulhouse. Mathilde os convidara para jantar naquela noite na casa dela. Desculpou-se de antemão: "O racionamento", explicou. E os soldados aquiesceram. Vinda a noite, fizeram-nos entrar na sala, que estava repleta de gente. Pessoas do vilarejo, outros soldados, velhos senhores que já pareciam estar bêbados. Acomodaram-se ao redor de uma comprida mesa de madeira, Mathilde sentou-se em frente a Amine e pousou sobre ele um olhar de esfomeada. Parecia que esse oficial era um presente dos céus. Que vinha em atendimento às preces que fizera, ela que maldizia menos a guerra que a falta de aventuras. Ela que havia quatro anos vivia enfurnada, sem nada para vestir, sem livro novo para ler. Tinha 19 anos, tinha fome de tudo, e a guerra lhe tirara tudo.

O pai de Mathilde entrou na sala cantando uma música obscena que os presentes retomaram em coro. Amine e Murad permaneceram calados. Fitavam aquele gigante de barriga enorme e bigode preto como ébano apesar da idade. Todos dirigiram-se à mesa para jantar. Murad levou uns empurrões e foi se encostando mais e mais em Amine. Um homem sentou-se ao piano, os convidados entrelaçaram os cotovelos e entoaram uma canção. Pediram comida. As mulheres, com as faces cobertas de rosácea, trouxeram largas travessas de charcutaria e repolho. Foram servidos canecos de cerveja e o pai de Mathilde gritou e ofereceu Schnaps. Mathilde puxou uma travessa para a frente de Amine. Eram os soldados da libertação, afinal, tinham de ser os primeiros a se servir. Amine espetou uma salsicha com o garfo. Disse "Obrigado" e comeu.

Murad, ao seu lado, tremia. Estava pálido como um fantasma e tinha a nuca molhada de suor. Aquele barulho, aquelas mulheres, aquele jeito indecente de cantar o deixavam constrangido, lembravam-lhe o Bousbir* de Casablanca, para onde fora arrastado, certa vez, pelos soldados franceses. Desde então era assombrado pelo riso daqueles homens, pela forma brutal como haviam se comportado. Tinham enfiado

---

* Bairro de Casablanca reservado à prostituição na época do protetorado francês. [N. da A.]

os dedos no sexo de uma garota com a idade da irmã dele. Puxavam o cabelo das prostitutas, chupavam-lhes os seios, não com sensualidade, mas como se fossem um animal de quem quisessem secar as tetas. As moças tinham o corpo roxo, repleto de marcas de chupões e arranhões.

Murad se grudou no seu comandante. Puxou-o pela manga e Amine se aborreceu.

— O que foi? — perguntou em árabe. — Não vê que estou conversando?

Murad insistiu. Pousou os olhos cheios de pavor em Amine.

— Isso — disse, apontando o dedo para as travessas —, isso é porco, não é? E isso — falou, arqueando as sobrancelhas diante dos copos —, isso é álcool, não é?

Amine olhou para ele e disse, com voz inexpressiva:

— Cale a boca e coma.

Mais tarde, enquanto andavam pelas ruas escuras do vilarejo rumo às suas camas, Amine perguntara:

— Qual é o problema? Do que você tem medo? Do inferno? Já estivemos no inferno e saímos dele.

Uma sala bem aquecida, um prato farto, o sorriso de uma moça, não era com isso que sonhavam quando marchavam atrás dos SS que os fizeram prisioneiros no fim da batalha de La Horgne, em maio de 1940? Haviam marchado horas, dias a fio, e Murad insistia em carregar a mochila de Amine. O que eles tinham a ver com tudo aquilo? Só o que queriam era explorar uma fazendinha numa colina bem longe dali. Não tinham inimigos que não conhecessem pelo nome, mas ali, diante deles, dos homens imensos, dos homens que falavam uma língua ignorada, haviam jogado as armas no chão e se posto em fila. Uma noite, pararam à beira de uma lavoura e, na mais completa escuridão, cavoucaram a terra enregelada. Tinham desenterrado, em silêncio, batatas recém-germinadas e as comido, cuidando para não fazer barulho ao mastigar. Naquela noite, os homens todos vomitaram, alguns borraram as calças. Quando o dia nasceu e tiveram de retomar a estrada, lançaram um último olhar para a lavoura. Estava toda riscada de finos sulcos de fúria, parecia ter sido lavrada por bichinhos miúdos de garras afiadas. Depois disso tinham embarcado num trem rumo a um campo de prisioneiros perto de Dortmund.

— Conte sobre o campo! — pediu Aïcha, as pálpebras se cerrando.

— As histórias do campo ficam para outra vez — prometeu Amine, já exausto dessas tantas lembranças.

Amine conduziu Murad até o fim do corredor e abriu uma porta que dava para um quartinho com paredes revestidas de tecidos floridos. Murad não ousou entrar, constrangido ante a delicadeza e a feminilidade do cômodo. Na mesa de cabeceira havia um jarro de vidro, com um buquê de violetas pintado. Mathilde tinha costurado e instalado cortinas farfalhantes e dispusera sobre a cama um monte de almofadas coloridas. Murad, que esperava dormir num sofá, ou no chão da cozinha, estava desconcertado.

— Pode ficar conosco pelo tempo que quiser. Foi bom você ter vindo — tranquilizou-o Amine.

Murad se despiu e se enfiou entre os lençóis limpos. Tudo em volta estava quieto e, ainda assim, não conseguia dormir. Abriu a janela, empurrou os lençóis para o chão, mas nada amainava a sua angústia. Seu pânico era tanto que ele pensou em se levantar, vestir o casaco encharcado e tornar a partir noite adentro. Aquele bem-estar, aquela luz, aquele calor humano não eram para ele. Não tinha o direito, pensou, de trazer os pecados dele para essa casa, de vir ensombrecer com seus segredos a vida dessas pessoas. Deitado na cama, Murad sentiu vergonha por não ter contado tudo. Pensou que quando Amine descobrisse a verdade iria mandá-lo embora, insultá-lo, acusá-lo de ter abusado da bondade dele.

Murad teria gostado de pôr a própria mão sobre a mão de Amine e, se ousasse, descansar a cabeça no ombro do comandante, inspirar o cheiro dele. Teria gostado que o abraço entre eles, à porta da casa, nunca mais acabasse. Expressara uma alegria hipócrita diante de Mathilde e das crianças, pois preferia que elas não estivessem ali, que não houvesse ninguém entre ele e seu comandante. Pouco antes, vestira a camiseta e a camisa de Amine com uma lubricidade de que agora se arrependia. Que vergonha! Os olhos de Murad se enchiam de lágrimas ao sentir o sexo ardendo, as entranhas contraídas de desejo. Tentou expulsar essas imagens da mente. Mordeu a mão, tal qual um enfermo ensandecido de dor. Não devia pensar nisso, como tampouco devia pensar nos cadáveres, nos corpos dilacerados apodrecendo nas poças de lama, na maldita monção que, na Indochina, enlouquecia os companheiros, nos jorros de sangue escuro dos que tinham preferido matar-se a voltar para o combate. Não devia pensar nem na guerra nem na necessidade insana, febril, que sentia de buscar carinho em Amine.

Ele fora parar ali; e agora era impossível decidir deixar aquela casa. A verdade era que a deserção tivera um único propósito, visava a um único objetivo. Naquelas tantas noites que passara caminhando, se escondendo em vagões de gado, em paióis, em porões, nos dias em que, zonzo de cansaço, adormecia no saguão das estações de trem, se esquecendo até de ter medo, era o rosto de Amine que o guiava. Pensava no sorriso do comandante, aquele sorriso assimétrico que só mostrava metade dos dentes brancos dele. Sorriso pelo qual Murad teria cruzado mais um continente. Enquanto os soldados em geral guardavam junto ao peito a foto de uma garota de pernas de fora, se masturbavam pensando nos seios leitosos de uma puta ou de alguma remota namorada, Murad prometia a si mesmo reencontrar seu comandante.

★ ★ ★

Na manhã seguinte, Amine o aguardava na cozinha. Mathilde estava sentada com Aïcha no colo, ambas absortas na contemplação de uma prancha de anatomia que ilustrava o funcionamento dos rins. Selim, que fedia à urina, brincava no chão com umas panelas vazias.

— Ah, aí está você! — exclamou Amine. — Matutei a noite inteira e tenho uma proposta a lhe fazer. Vamos, no caminho eu explico.

Mathilde estendeu uma xícara de café a Murad, que a tomou de um trago. Amine apanhou um casaco, os óculos de sol, deu um beijo no ombro de Mathilde e tocou, de leve, no traseiro da esposa.

— Agora saiam daqui — disse ela, rindo.

Eles foram andando em direção aos estábulos.

— Quero lhe mostrar tudo que realizei em apenas cinco anos. Faz alguns meses, contratei um capataz, um jovem francês, recomendado por minha vizinha, a viúva Mercier. Era um bom rapaz, honesto e trabalhador, mas voltou para a França ao fim de alguns meses. Há muito trabalho e muito potencial. Queria que você me ajudasse. Se puder ficar, lhe nomeio capataz.

Murad caminhava em silêncio, ajustando o passo ao do seu comandante. Não entendia nada de agricultura, mas fora criado ao ar livre e nenhuma missão lhe soava impossível se era Amine quem pedia. Amine lhe mostrou as plantações de árvores frutíferas que agora ocupavam boa parte da propriedade. Falou da paixão que sentia pela oliveira, uma árvore nobre com a qual vinha ensaiando diversos experimentos.

— Quero construir uma estufa para produzir minhas próprias mudas e melhorar os rendimentos. Teria de criar um viveiro, um sistema de aquecimento e umidificação. É preciso de tempo para me dedicar aos estudos e ao desenvolvimento de novas variedades — disse Amine, o rosto corado de excitação, e apertou a mão de Murad. — Tenho uma reunião na Câmara da Agricultura. Conversamos quando eu voltar, pode ser?

No fim desse dia, Murad aceitou a proposta e se instalou no barracão situado ao pé da palmeira gigante, a uns poucos metros da casa. Podia ouvir, à noite, os ratos subindo pela trepadeira ao redor do tronco enorme. Não precisava de nada para viver: uma cama de armar, um cobertor que dobrava toda manhã com um zelo irritante, uma marmita e um jarro de água para uma higiene sumária. Podiam ter-lhe pedido que defecasse no mato, não ficaria surpreso nem chocado. No entanto, usava o sanitário externo, o que tinham instalado no quintal da cozinha para Tamo, a empregada, a quem era vedado urinar onde Mathilde urinava. Aos lavradores, Murad impôs um rigor bem militar, e não demorou três semanas para que eles o detestassem. "A disciplina é o segredo dos exércitos vitoriosos", costumava repetir. Era até pior que certos franceses, esses que trancavam os maus trabalhadores num cubículo ou que os surravam. Esse sujeito era pior que um estrangeiro, queixavam-se os felás. Era um traidor, um vendido, era da mesma laia dos traficantes de escravizados que fundam impérios à custa do próprio povo.

Num dia em que Murad e Achur passavam em frente à fazenda de Mariani, um lavrador pigarreou ruidosamente e cuspiu.

— Maldito seja! — gritou, fitando a cerca da propriedade.
— Esses colonos ganharam as melhores terras. Ficaram com a nossa água e as nossas árvores.

Murad o interrompeu e perguntou, com um ar seríssimo:
— E o que você acha que havia aqui antes deles? Foram eles que perfuraram o solo para encontrar água, foram eles que

plantaram árvores. Então não é verdade que viveram na miséria, em cabanas de taipa ou barracos de zinco? Fique quieto, é melhor. Nós aqui não fazemos política. Trabalhamos a terra.

Murad resolveu fazer chamada toda manhã, e criticou Amine por nunca ter pensado em controlar o tempo de trabalho dos lavradores.

— Sem autoridade, vira anarquia. Como quer que a fazenda prospere se os deixa livres para fazer o que bem entendem?

Murad ficava do amanhecer ao fim da tarde em cima das máquinas e não saía da lavoura para almoçar. Os lavradores não queriam comer com ele, de modo que ia sentar-se sozinho à sombra de uma árvore e mastigava o pão de olhos baixos para não cruzar com os olhares zombeteiros de sua tropa.

Nos dias que se seguiram à contratação de Murad, ele tratou de resolver o problema da água. Com o motor de um velho Pontiac, construiu uma estação de bombeamento e recrutou alguns homens para a perfuração. Quando a água jorrou, os lavradores deram gritos de alegria. Estenderam as mãos calosas sob o jato, refrescaram os rostos queimados pelo vento e renderam graças a Deus pela generosidade. Murad, porém, não tinha a mesma generosidade de Alá. Instituiu "turnos de água" para vigiar os poços durante a noite. Dois lavradores de sua confiança se revezavam frente à abertura, carabina apoiada no ombro. Acendiam uma fogueira para espantar os chacais e os cachorros e lutavam contra o sono esperando a troca da guarda.

Murad queria ver Amine feliz e orgulhoso. Estava pouco ligando para o ódio dos lavradores, sua única obsessão era satisfazer seu comandante. Amine delegou cada vez mais tarefas a Murad, e dedicou-se aos experimentos e às incontáveis reuniões no banco. Ausentava-se com frequência, o que punha Murad em desespero. Ao aceitar esse trabalho, imaginara que se refaria o vínculo que os unira durante a guerra, que redescobririam as alegrias da vida ao ar livre, de caminhar por horas, de enfrentar, juntos, o perigo e rir de piadas idiotas com aquelas risadas de homem. Achara que ressurgiria a antiga cumplicidade entre eles e que, apesar da relação hierárquica, que sempre haveria de existir, se reconstituiria uma amizade de que Mathilde, os lavradores e as próprias crianças estariam excluídos.

Não coube em si de alegria quando, em meados de dezembro, Amine se ofereceu para ajudá-lo a reparar a ceifadeira. Passaram três tardes enfurnados no galpão. Amine espantou-se com o entusiasmo de Murad, que assobiava alegremente enquanto subia no enorme veículo. Durante a guerra, era sempre ele quem consertava os carros de combate. Num fim de tarde, Amine, o rosto sujo de graxa e as mãos trêmulas de cansaço e frustração, jogou uma ferramenta contra a parede, furioso por ter perdido tempo e dinheiro com aquela máquina. Faltavam peças de reposição e nenhum mecânico da região estava apto a fornecê-las.

— É melhor desistir. Vou para casa.

Murad, contudo, foi atrás dele e, com uma voz forte, uma voz cômica, exortou Amine a se mostrar valente e otimista. Julgava ser capaz de forjar ele mesmo as peças que faltavam e disse que cortaria uma perna ou um braço se de algum modo isso ajudasse a fazer a ceifadeira funcionar. Isso fez Amine rir, o que, nessa época, fazia raramente.

Amine apreciava a eficiência do capataz, mas preocupava-o o clima opressivo dos métodos militares que ele havia instaurado. Os lavradores vinham constantemente se queixar. Murad atacava os nacionalistas e, não raro, era visto andando na estrada de mindinho entrelaçado com o *moqaddem*.*

---

* Chefe das informações. [N. da A.]

O capataz se gabava de ser um agente da ordem e da prosperidade. Quando Amine se abalou com o número crescente de brigas que vinham irrompendo na fazenda, quando disse que lamentava ver, pela manhã e à tarde, o semblante fechado dos lavradores, Murad lhe assegurou:

— Não é tempo para ser fraco. Há jovens semeando desordem no país inteiro, é preciso se mostrar firme.

Certo dia, Mathilde confessou ao marido:

— Ele me cansa.

Não aguentava mais a presença de Murad, que Amine impunha à mesa familiar mesmo aos domingos. Achava que ele parecia um abutre, com largos ombros caídos, o nariz recurvo como um bico, uma solidão de ave carniceira, e Amine, pela primeira vez, não se atreveu a discordar. Murad falava usando metáforas de guerra e Amine, não raro, tinha de repreendê-lo. "Não diga essas coisas na frente das crianças. Não vê que elas se assustam?" Tudo, para o capataz, girava em torno de honra e dever, toda história que contava tinha uma cota de batalhas. Amine sentia pena do antigo ajudante de ordens, que vivia aprisionado no passado, como um inseto imobilizado no âmbar, num eterno suspense. Percebia a inabilidade que havia por trás da arrogância de Murad e, num fim de tarde, quando voltavam juntos da lavoura, disse a ele:

— Você janta conosco no Natal. É uma noite de festa, é importante para Mathilde. — Teve vontade de acrescentar: "Não se fala na França nem na guerra", mas não ousou.

★

Mathilde convidou os Palosi para o Natal, e Corinne aceitou com alegria. "É tão triste um Natal sem crianças, você não acha?", comentara com Dragan, que sentira um aperto no coração. Corinne achava que ele não entendia o que significava não ser mãe. Julgava que essa dor lhe fosse inacessível e pensava que os homens, de modo geral, desconhecessem completamente esses íntimos sofrimentos. Corinne estava errada. Um dia, quando ele próprio era criança e ainda vivia em Budapeste, o pequeno Dragan se enfiara em um dos vestidos de Tamara, a irmã. A menina desatara a rir, quase fizera xixi na calça, repetindo "Que linda! Que linda!". O pai de Dragan, ao saber disso, ficara furioso e castigara o filho. Alertara-o contra essas brincadeiras perversas, contra essa inclinação duvidosa para a qual se deixara arrastar. Quando se lembrava desse episódio, Dragan refletia que ali se originara seu fascínio pelas mulheres. Nunca quisera possuí-las, nem tampouco ser como elas; não, o que o deslumbrava era o poder mágico que elas tinham, o ventre que se arredondava como se arredondara o da mãe. Isso ele não disse para o pai nem para o professor de medicina, quando este lhe perguntara, com um olhar feroz, por que queria se especializar em ginecologia. Respondera apenas: "Porque as mulheres sempre vão ter filhos."

Dragan tinha amor às crianças, e elas correspondiam. Aïcha adorava esse médico que punha discretamente balas de menta ou alcaçuz na mão dela, com uma piscadinha de cumplicidade. Era-lhe menos grata pelos doces em si do que pelo segredo compartilhado, pois tinha a impressão de significar algo para ele. De ter importância. Ele a intrigava, além disso, por causa do sotaque e da tal "Cortina de Ferro", que ele volta e meia mencionava, para trás da qual queria enviar laranjas e, um dia, quem sabe, damascos. Mathilde dissera que ele viria acompanhado da irmã, Tamara, que também vivia atrás da Cortina de Ferro, e Aïcha imaginou essa mulher atrás de uma grande persiana de metal, igual à que o merceeiro Sussi baixava à noite para proteger sua loja. *Que coisa estranha*, pensou. *Por que alguém iria viver assim?*

★

Na noite de Natal, os Palosi foram os últimos a chegar, e Aïcha ficou espiando, escondida atrás das pernas da mãe. Tamara apareceu, era uma mulher de tez amarelada e cabelo escasso, puxado para o lado numa espécie de coque que estivera em voga nos anos 1930. Os olhos salientes, com longos cílios embranquecidos, devoravam-lhe o rosto e davam a impressão de ter fixado imagens, lembranças tristes, que ela não podia parar de contemplar. Parecia uma criança velha aprisionada num carrossel. Selim, assustado, não quis estender o rosto quando ela aproximou dele os lábios finos. Ela usava um vestido fora de moda, de mangas e gola já várias vezes cerzidas. No colo, porém, e nos lóbulos das orelhas, joias suntuosas atraíram o olhar de Mathilde. Esses adereços herdados de um tempo antigo, de um mundo extinto, deixaram-na fascinada, e ela tratou Tamara como convidada especial.

A chegada deles trouxe alegria para a casa, que se encheu de risos e exclamações de surpresa. Todos elogiaram o vestido de Corinne, um modelo Corolle que revelava seus tornozelos e cujo decote profundo deixou os homens hipnotizados. Até a viúva Mercier, que tinha torcido o tornozelo e permanecia sentada sob a janela da sala, cumprimentou a convidada pela elegância. Dragan, naquela noite, fez as vezes de Papai Noel. Pediu a Tamo e a Amine que o ajudassem a esvaziar o porta-malas do carro, e quando entraram na sala, com os braços carregados de embrulhos, Mathilde correu ao encontro deles. Aïcha observou a mãe se sentar afoitamente no chão e pensou: *É uma criança também.*

— Obrigada, obrigada! — repetiu Mathilde, ao deparar com o Tokaji húngaro que Dragan conseguira encontrar. Em pé no meio da sala, ele abria uma garrafa.

—Vai lhe lembrar as vindimas tardias da Alsácia, quer ver? — disse ele, e verteu o líquido dourado numa taça, a qual cheirou cerimoniosamente. —Vamos, abra esse pacote!

Mathilde rompeu o cordão e encontrou, dentro da caixa, uma panóplia inteira de medicamentos, materiais e livros de medicina. Apanhou um deles e o apertou contra o peito.

— Esse é em francês! — exclamou Dragan, que ergueu sua taça à saúde das crianças e à alegria de estarem juntos.

Antes de cearem, Tamara aceitou cantar para os anfitriões. Conquistara uma modesta fama como cantora profissional na juventude, tendo se apresentado em Praga, Viena e na Alemanha, às margens de um lago de cujo nome se esquecera. Pôs-se de pé em frente à janela grande. Pousou uma das mãos no abdômen e estendeu o outro braço, os dedos apontados para o horizonte. Do peito seco e franzino de Tamara brotou uma voz potente, e as pedras preciosas pareciam vibrar no seu pescoço. O canto, de uma tristeza infinita, era como o lamento de uma sereia ou de algum animal estranho exilado na terra buscando, com esse clamor desesperado, reencontrar os seus. Tamo, que nunca tinha ouvido nada igual, acorreu para a sala. Vestia um uniforme preto e branco de criada e uma touquinha bufante que Mathilde a obrigara a usar. Cheirava a suor e já sujara, ao limpar os dedos, o bonito avental de babados, apesar de Mathilde ter-lhe dito e repetido "Isso não é um pano!". A empregada pousou sobre a cantora um olhar estupefato e, antes que se pusesse a rir ou fizesse um comentário em voz alta, Mathilde, mais que depressa, a mandou de volta para a cozinha. Aïcha se grudou no pai. Havia beleza naquele canto, talvez até uma certa magia, mas todas as emoções de Amine estavam como que encobertas, sufocadas, por uma terrível sensação de embaraço. Aquela cena o envergonhava, e ele não sabia por quê.

★ ★ ★

Depois da ceia, os homens saíram para fumar. A noite estava clara e distinguia-se a forma obscena dos ciprestes contra o céu violeta. Amine, meio embriagado, sentiu-se feliz, na frente da casa e dos convidados. Pensou: *Sou homem, sou pai. Possuo coisas.* Deixou que a mente divagasse num devaneio estranho e ligeiro. Vislumbrou, pela vidraça, o espelho da sala, que refletia os vultos da mulher e dos filhos. Voltou os olhos para o jardim e sentiu, pelos homens que o rodeavam, uma amizade tão profunda, tão intensa, que lhe veio uma tola vontade de abraçá-los, de expressar seus sentimentos. Dragan, que contava fazer a primeira colheita de laranjas na primavera seguinte, revelou que encontrara um possível revendedor e estava a dois passos de fechar um contrato. Entontecido de álcool, Amine custava a concentrar-se, as ideias lhe fugiam como voam ao vento as penugens dos dentes-de-leão. Não notou que Murad, bêbado também, tinha dificuldade em se firmar nas próprias pernas. O capataz havia se agarrado em Omar e falava com ele em árabe.

— É um frouxo — disse, referindo-se a Dragan, e, quando riu, espirrou saliva por entre os dentes falhos. Tinha inveja da elegância do húngaro, inveja da atenção que Amine lhe dispensava, e se sentia ridículo vestido com a camisa puída e o paletó que Mathilde lhe dera, menos por generosidade do que para não passar vergonha na frente dos convidados estrangeiros.

Omar tinha horror ao antigo soldado. Enxugou a saliva que lhe respingara no pescoço e revirou os olhos quando Murad se lançou num de seus eternos discursos sobre a guerra. Todos os homens baixaram a cabeça. Nem o judeu, nem o muçulmano, nem nenhum dos que tinham vivido aqueles anos de traição e vergonha queriam ter a noite arruinada por causa daquele comentário. Murad, com o olhar titubeante, mencionou seus anos de Indochina.

— Comunistas de merda! — berrou, e Dragan olhou para o interior da casa em busca de um olhar cúmplice da esposa. Omar se desvencilhou de repente, Murad perdeu o equilíbrio e estatelou-se no chão.

— Dien Bien Phu! Dien Bien Phu! — exclamou Omar, pulando feito um diabo, a boca contraída de raiva. Ele se abaixou, agarrou Murad pelo colarinho e cuspiu no seu rosto.

— Seu vendido! Seu soldadinho miserável que se deixa explorar pelos franceses. Você é um traidor do islã, um traidor do seu país.

Dragan se agachou para examinar o corte que Murad abrira na testa ao cair. Amine, agora sóbrio, acercou-se do irmão, mas antes mesmo que tentasse chamá-lo à razão, o olhar míope de Omar pousou sobre ele e o paralisou.

— Vou embora. Nem sei o que estou fazendo nesta casa de degenerados, celebrando um deus que não é o meu. Você devia ter vergonha diante de seus filhos e de seus lavradores. Devia se envergonhar de desprezar seu povo. É bom tomar cuidado. Os traidores vão passar por maus bocados quando retomarmos o país.

Omar virou-lhe as costas e desapareceu na escuridão, o vulto longilíneo se esvanecendo aos poucos, como se o campo o devorasse.

As mulheres tinham escutado os gritos e tomaram um susto ao ver Murad caído no chão. Corinne correu, e Amine, apesar da raiva e da dor que sentia, não pôde conter um riso ao avistá-la. Seus seios eram tão imponentes que ela se movia de um jeito estranho, saltitando feito um cabrito, as costas muito eretas, o queixo à frente. Dragan deu um tapinha nas costas do anfitrião e disse, em húngaro, algo que significava "Não deixemos que isso estrague a festa. Bebamos!".

VII

Omar não tornou a aparecer. Passou-se uma semana, um mês, e ele não dava sinal de vida.

Uma manhã, Yasmine encontrou, em frente à porta cravejada, dois cestos repletos de alimentos. Eram tão pesados que teve de arrastá-los pelo chão até a cozinha e, aos berros, chamou por Mouilala.

— Dois frangos, ovos e favas. Veja só esses tomates, e esse pacote de açafrão!

Mouilala se atirou sobre a antiga escravizada e a estapeou.

— Guarde isso! Está me ouvindo? Guarde! — Tinha o rosto enrugado molhado de lágrimas e tremia. Mouilala sabia que os nacionalistas distribuíam cestos de alimentos, e eventualmente dinheiro, às famílias dos mártires ou prisioneiros.

— Sua idiota! Imbecil! Não entende que aconteceu alguma coisa com meu filho?

Quando Amine foi visitá-la, a velha senhora estava sentada no pátio, e foi a primeira vez que ele a viu com o cabelo à mostra. Longas madeixas grisalhas e ásperas desciam-lhe pelas costas. Ela se levantou, furiosa, e o fitou com um olhar cheio de ódio.

— Onde é que ele está? Faz um mês que não aparece em casa! Que o Profeta o tenha sob sua proteção! Não me esconda nada, Amine. Se sabe de alguma coisa, se aconteceu uma desgraça com meu filho, por favor, me diga!

Fazia dias que Mouilala não dormia, estava mais magra, com as feições cansadas.

— Não estou escondendo nada. Por que está me acusando? Faz meses que Omar vem se envolvendo com um bando de agitadores, ele é quem está pondo em risco a segurança da nossa família. Por que está culpando a mim?

Mouilala desatou a chorar. Era a primeira vez que acontecia uma briga entre ela e Amine.

— Encontre-o, *ya ouldi*,* encontre seu irmão. Traga-o para casa.

Amine beijou a cabeça da mãe, esfregou as mãos dela nas dele e prometeu.

— Vai dar tudo certo. Vou trazê-lo de volta. Tenho certeza de que há uma explicação plausível para isso tudo.

A verdade era que a ausência de Omar o torturava. Durante semanas, Amine bateu à porta dos vizinhos, dos amigos da família, dos poucos contatos que ainda tinha no Exército. Foi aos cafés em que o irmão fora visto com frequência, passou tardes inteiras sentado em frente à rodoviária vendo partir os ônibus para Tânger e Casablanca. Não raro, levantava-se num sobressalto para correr atrás de algum homem cujo porte ou andar marcial lhe lembravam o do irmão. Tocava nas costas do desconhecido, que se virava, e Amine dizia: "Desculpe, meu senhor. Eu me confundi."

Lembrou-se de que Omar mencionava com frequência um colega do liceu, Otmane, que era natural de Fez, e resolveu ir até lá. Chegou no início da tarde no alto da cidade sagrada e enveredou pelas ruelas úmidas da almedina. Era um mês de fevereiro triste e glacial, que espalhava sua luz sotur-

---

* Meu filho. [N. da A.]

na sobre os campos verdejantes e as mesquitas suntuosas da capital imperial. Amine pediu informações aos transeuntes apressados e tiritantes de frio, mas cada qual indicava um caminho distinto e, ao fim de duas horas andando em círculos, entrou em pânico. Tinha constantemente que se grudar nas paredes para deixar passar um burro ou uma carroça. "*Balak, balak!*",* e Amine tomava um susto, a camisa encharcada de suor apesar do frio que fazia. Um ancião com manchas descoradas na pele se aproximou e, com voz mansa, rolando os "r", se ofereceu para escoltá-lo. Caminharam em silêncio, Amine seguindo os passos daquele homem distinto que todos cumprimentavam.

— É aqui — disse o desconhecido mostrando uma porta, e, antes que Amine pudesse agradecer-lhe, desapareceu numa viela.

Uma empregada, que não devia ter nem 15 anos, veio abrir a porta e o conduziu a uma salinha no térreo. E Amine esperou um longo tempo no *riad* deserto e silencioso. Várias vezes se levantou e deu, cauteloso, uma volta no pátio central. Espiou pelas portas entreabertas, fez ressoar os sapatos nos zelliges na esperança de que os moradores, talvez dormindo àquela hora da tarde, acordassem com o barulho. O *riad* era amplo e decorado com extremo bom gosto. Em frente à fonte, um vasto cômodo abrigava uma escrivaninha de mogno, junto à qual estavam dispostos dois sofás revestidos de tecidos preciosos. No pátio crescia um jasmim, que perfumava o ar, e uma glicínia, que subia até os parapeitos do primeiro piso. À direita da porta de entrada, as paredes da sala marroquina eram ornadas de esculturas de gesso e o teto de cedro, coberto de desenhos coloridos.

---

* "Saia da frente!" [N. da A.]

Amine estava a ponto de ir embora quando a porta se abriu e um homem entrou. Usava uma djelaba listrada e um tarbuche. Tinha a barba cuidadosamente aparada e trazia, debaixo do braço, uma pilha de dossiês espremidos numa pasta de couro vermelho. Estranhando a presença de um desconhecido em sua casa, o homem franziu a testa.

— Boa tarde, Sidi! Desculpe incomodá-lo. Deixaram-me entrar.

O dono da casa continuou calado.

— Meu nome é Amine Belhaj. Mais uma vez, perdoe-me por vir importuná-lo em sua casa. É que estou à procura do meu irmão, Omar Belhaj. Sei que ele e seu filho são amigos e achei que talvez pudesse encontrá-lo aqui. Já procurei por toda parte, e minha mãe está morta de preocupação.

— Sim, claro, Omar! Agora estou vendo a semelhança. Você estava no *front* em 1940, não é? Lamento muito, mas Omar não está aqui. Otmane foi expulso do liceu e está atualmente estudando em Azrou. E, bem, faz bastante tempo que não vê seu irmão.

Amine não conseguiu disfarçar a decepção. Enfiou as mãos nos bolsos e ficou em silêncio.

— Sente-se — convidou o dono da casa, e nesse momento a jovem criada reapareceu e pôs um bule de chá na mesa de cobre.

Hadj Karim era um rico homem de negócios e dirigia um escritório de consultoria em aquisições imobiliárias e investimentos. Tinha um funcionário e uma máquina de escrever e gozava da confiança da vizinhança do seu bairro e além. Em Fez, e em toda a região, requisitava-se a proteção dessa figura influente, que era próxima aos partidos nacionalistas, mas contava com diversos amigos europeus. A cada dois anos, fazia um tratamento em Châtel Guyon para aliviar-se da asma e do eczema. Gostava de vinho, escutava música alemã e tinha adquirido de um ex-embaixador da Inglaterra móveis do século XIX que conferiam ao *riad* dele um caráter todo especial. Era um homem indecifrável, sucessivamente acusado de ser ora um informante a serviço das autoridades francesas, ora um dos maiores agentes do nacionalismo marroquino.

— Trabalhei para os franceses nos anos 1930 — pôs-se a contar. — Redigia contratos, fazia alguma tradução jurídica. Era um funcionário honesto e não tinham nada a dizer contra mim, graças a Deus. Até que, em 1944, apoiei o manifesto da independência e tomei parte das insurreições. Os franceses me despediram, e foi aí que abri meu próprio escritório de defensor dativo de direito marroquino. Quem disse que precisamos deles, não é mesmo? — O semblante de Hadj Karim se anuviou. — Nem todos tiveram a mesma sorte que eu. Alguns dos meus amigos foram exilados no Tafilalet, outros foram torturados por verdadeiros psicopatas, que apagavam cigarros nas costas deles, tentavam enlouquecê-los. O que eu podia fazer? Tentei ajudar meus irmãos. Organizei coletas para financiar a defesa dos prisioneiros políticos. Um dia, fui ao tribunal na esperança de dar assistência a um jovem réu, ou, pelo menos, apoio a um pai devastado por um julgamento cruel. Na frente do edifício, vi um homem sentado no chão, gritando algo que eu não entendia. Eu me aproximei e vi, ao lado dele, umas três, quatro gravatas cuidadosamente dispostas sobre um retalho de pano. O vendedor julgou estar diante de um bom cliente, então insistiu que eu levasse uma, mas eu disse que não estava interessado e segui em direção ao tribunal. Junto à entrada, uma multidão se apinhava. Homens rezando, mulheres arranhando o próprio rosto e invocando o nome do Profeta. Acredite, Si Belhaj, ainda me lembro de cada um deles. Pais humilhados pela própria impotência, me estendendo documentos que não conseguiam ler. Lançavam-me olhares suplicantes, mandavam as mulheres sair da frente e ficar quietas, mas mães desconsoladas não escutam ninguém. Quando finalmente alcancei a porta do tribunal, me apresentei, fiz valer minhas credenciais de jurista. O porteiro, porém, foi categórico. Não podia entrar no saguão sem estar de gravata. Eu mal podia acreditar. Ressentido, envergonhado, retornei até o vendedor sentado no chão e apanhei uma gravata azul. Paguei sem dizer uma palavra e a amarrei por cima da djelaba. Eu me sentiria ridículo se não tivesse visto, nos degraus que levavam às salas de audiência, pais aflitos com o capuz da djelaba levantado e uma gravata no pescoço.

Hadj Karim tomou um gole de chá. Amine, lentamente, meneava a cabeça.

— Sou igual a todos esses pais, Si Belhaj. Eu me orgulho de ter um filho nacionalista. Me orgulho desses filhos que se insurgem contra o ocupante, que punem os traidores, que lutam para pôr fim a uma ocupação injusta. Mas quantos assassinatos ainda serão necessários? Quantos condenados ao pelotão de fuzilamento até vermos nossa causa triunfar? Otmane está em Azrou, longe disso tudo. Precisa estudar, se preparar para conduzir este país quando ele se tornar independente. Encontre o seu irmão. Procure-o por toda parte. Se ele estiver em Rabat, em Casablanca, leve-o para casa. Admiro quem aceita, de coração sincero, o martírio dos seus, mas entendo melhor quem faz de tudo para salvá-los.

Grandes candelabros foram acesos no pátio, onde anoitecia e agora estava escuro. Amine reparou, sobre um móvel, num belo relógio de madeira de fabricação francesa, com um mostrador dourado que brilhava na penumbra. Hadj Karim fez questão de mandar alguém acompanhar Amine até as portas da almedina, onde ele deixara o carro. Antes de se despedirem, Hadj Karim prometeu se informar e avisá-lo assim que soubesse de alguma coisa.

— Tenho amigos. Não se preocupe, alguém vai acabar falando.

No caminho para a fazenda, Amine não parou de pensar em tudo que aquele homem lhe contara. Ocorreu-lhe que talvez vivesse demasiado afastado de tudo, que esse isolamento o tornava, de certo modo, culpado e o deixava cego. Era um covarde e, como o último dos covardes, cavara uma toca e nela se escondera, na esperança de que ninguém o atingisse, ninguém o visse. Amine havia nascido em meio àqueles homens, em meio àquele povo, mas nunca vira nisso um motivo de orgulho. Pelo contrário, muitas vezes tentara tranquilizar os europeus que conhecia. Queria lhes mostrar que era diferente, que não era dissimulado, fatalista ou preguiçoso, como os colonos gostavam de se referir aos marroquinos. Tinha sempre consigo, pregada no peito, a imagem que os franceses faziam dele. Adolescente, habituara-se a andar devagar, cabisbaixo. Sabia que a pele escura, o físico atarracado e os ombros largos incitavam a desconfiança. Enfiava, então, as mãos sob as axilas, como um homem que jurou não se meter em briga. Agora tinha a impressão de viver num mundo povoado só de inimigos.

Invejava o fanatismo do irmão, a capacidade de pertencer. Quisera não conhecer a moderação, não ter medo de morrer. Nos momentos de perigo, só pensava na esposa e na mãe. Sempre se obrigava a sobreviver. Na Alemanha, no campo onde fora mantido prisioneiro, fora convidado pelos colegas de caserna a participar de um projeto de fuga. Tinham estudado minuciosamente as opções que se apresentavam. Roubaram alicates para cortar os arames farpados; estocaram algum alimento. Durante semanas, Amine havia arranjado desculpas para eles não se arriscarem. "Está muito escuro", dizia. "Esperemos a lua cheia." "Está muito frio, não vamos sobreviver nessas florestas geladas. Aguardemos os dias quentes." Os homens confiavam no tino dele, ou talvez escutassem, nessas precauções, o eco do próprio medo de cada um. Duas estações se passaram, duas estações com adiamentos e sentimento de culpa, duas estações fingindo estar ansioso para fugir. A liberdade o obcecava, é óbvio, habitava todos os sonhos de Amine, mas não conseguia correr o risco de levar uma bala nas costas, de morrer feito um cão, enganchado no arame farpado.

Para Selma, o sumiço de Omar inaugurou um período de alegria e liberdade. Já não havia ninguém a vigiá-la, a atentar para as ausências e as mentiras dela. Durante toda a adolescência, ela exibira com um orgulho perverso as canelas cobertas de hematomas, o rosto inchado, os olhos semifechados. Às amigas que se negavam a acompanhá-la nas estripulias, costumava dizer: "Por que se privar, se vamos apanhar do mesmo jeito?" Ia ao cinema enrolada num haique para não ser reconhecida e, uma vez na sala escura, deixava os homens acariciarem-lhe as pernas desnudas, pensando: *Ao menos uma alegria que já não vão poder me tirar.* Omar, não raro, a esperava no pátio e, sob os olhos de Mouilala, batia na irmã até ela sangrar. Certa vez, quando Selma ainda não tinha 15 anos, ela chegara tarde da escola e, ao bater à porta de casa, no Berrima, Omar se negara a abrir. Era inverno, escurecia cedo. Ela jurou que tinha sido retida na sala de aula, que não fizera nada de errado, invocou Alá e sua misericórdia. Podia ouvir os gritos de Yasmine atrás da porta cravejada, implorando ao rapaz que se mostrasse clemente. Omar, porém, não cedera, e Selma, morta de frio e de medo, passara a noite no jardinzinho adjacente, deitada na grama molhada.

Odiava esse irmão que lhe proibia tudo, que a chamava de puta e lhe cuspira no rosto em várias ocasiões. Mil vezes desejara a morte dele e amaldiçoara o Senhor por ter de viver sob o jugo de um homem tão brutal. Ele ria dos desejos de liberdade da irmã. "Ora, amigas, amigas", repetia com voz estridente quando ela pedia permissão para visitar uma vizinha. "Você só pensa em se divertir?" Erguia-a a alguns centímetros do chão, colava o rosto no da moça, que tremia, e a arremessava contra uma parede ou a jogava da escada.

Quando Omar desapareceu e Amine, assoberbado com a fazenda, espaçou as visitas, Selma exultou. Passou a viver como uma equilibrista, ciente de que essa liberdade seria só por um tempo e que em breve, como a maioria das vizinhas da idade dela, não poderia mais subir para o terraço, por conta da barriga crescida e de um marido ciumento. No amã, as mulheres olhavam o corpo de Selma, apalpavam-lhe os quadris, e a massagista, uma vez, pôs a mão entre as coxas da jovem com certa brutalidade. Disse-lhe: "Seu futuro marido será um homem de sorte." O toque daquela mão oleosa, daqueles dedos pretos habituados a amassar corpos, deixou-a transtornada. Compreendeu que havia dentro dela algo irrepleto, algo insaciável, um vazio à espera de ser preenchido, e, sozinha no quarto, reproduziu aquele gesto, sem ter vergonha e sem lograr satisfazer-se. Homens apareceram para pedir sua mão. Sentavam-se na sala e ela, das escadas, observava com um olhar inquieto aqueles pais de família barrigudos, que faziam barulho ao tomar o chá e fingiam cuspir para espantar os gatos rondando em redor. Mouilala os recebia, febril, escutava os seus pedidos e, ao perceber que não se tratava de nada sobre o filho dela, que aqueles homens não tinham ideia do que acontecera com Omar, levantava-se, enquanto o homem ficava uns instantes ali parado, estupefato, depois ia embora daquela casa de doidos sem olhar para trás. Selma então pensou que a tinham esquecido. Que ninguém naquela família se lembrava da existência dela, e alegrou-se por isso.

Começou a matar aula e a perambular pelas ruas. Deixou livros e cadernos de lado, encurtou a bainha das saias e, com a ajuda de uma amiga espanhola, depilou as sobrancelhas e cortou o cabelo segundo a última moda. Surrupiou nas gavetas da mesa de cabeceira dinheiro para comprar cigarro e Coca-Cola. E quando Yasmine ameaçou denunciá-la, abraçou-a com força e disse: "Yasmine querida, você jamais faria isso." A antiga escravizada, que não conhecia outra vida senão na casa dos outros, que nunca fizera senão obedecer e calar-se, de repente assumira o poder sobre a casa. Trazia à cintura um pesado molho de chaves que se ouvia tilintar no corredor e no pátio. Era responsável pelas reservas de farinha e lentilha que Mouilala, traumatizada por guerras e escassezes, teimava em manter. Só ela podia abrir a porta dos quartos, os baús de cedro decorados com palmetas e os amplos armários em que Mouilala deixara mofar seu enxoval. À noite, quando Selma sumia sem a mãe saber, a velha negra sentava-se no pátio e esperava. Entrevia-se, no escuro, a ponta incandescente dos cigarros sem filtro que ela fumava, mal iluminando o rosto amarfanhado pelos anos. Compreendia, embora de forma confusa, o desejo de liberdade da jovem. As escapadas de Selma despertavam no coração da pobre escravizada vontades havia muito extintas, fantasias de fuga, esperanças de reencontros.

*

Durante todo o inverno de 1955, Selma passou as manhãs no cinema e as tardes na casa das vizinhas, ou num café cujo dono exigia que se pagasse antes de consumir. Ali, os jovens falavam sobre amor e viagens, sobre carros de luxo e o melhor jeito de driblar a vigilância dos velhos, centro de todas as conversas. Os velhos que não entendiam nada, que não viam que o mundo havia mudado, que acusavam a juventude de só se interessar por boates e banhos de sol. Entre duas partidas de pebolim, excitados por aqueles longos dias de ócio, os amigos de Selma vociferavam que não tinham conta nenhuma a prestar àqueles idosos sinistros que lhes faziam as vezes de pais. Estavam fartos de ouvir falar em Verdun e Monte Cassino, nos atiradores senegaleses e nos soldados espanhóis. Fartos das lembranças dos tempos de fome, de crianças mortas em tenra idade, de terras perdidas ao fim de uma batalha. Os jovens só queriam saber de rock 'n' roll, filmes norte-americanos, carros e noitadas com garotas que não se acanhavam em sair escondidas pulando a janela. Selma, entre todas, era a preferida. Não por ser a mais bonita ou a mais arrojada, mas porque os fazia rir e por eles sentirem nela um desejo de viver tão intenso que nada parecia ser capaz de reprimi-lo. Era irresistível quando imitava Vivien Leigh em *E o vento levou...*, balançava a cabeça e dizia com voz aguda: "Guerra, guerra, guerra, tataratá!" Às vezes debochava de Amine, e a plateia rolava de rir diante daquela garota magnífica, de testa franzida, peito estufado tal qual um antigo soldado orgulhoso de suas medalhas. "Considere-se feliz por nunca ter passado fome", arremedava com voz grossa, o dedo em riste. "Você não conheceu a guerra, sua garota desmiolada." Selma não tinha medo. Nunca achou que pudesse ser reconhecida, que alguém pudesse denunciá-la. Que estivesse fazendo algo errado. Acreditava na própria sorte e sonhava com o amor. Ia percebendo um pouco mais a cada dia, com um misto de excitação e pavor, a vastidão do mundo e das possibilidades que se ofereciam a ela. Meknés lhe parecia tão pequena, era como uma roupa apertada na qual nos sentimos sufocar e que receamos ver rasgar-se a cada movimento. Tinha acessos de fúria e raiva, saía esbravejando do quarto de uma amiga, entornava copos de chá fervente na mesa do bar. "Vocês ficam andando em círculos. São sempre, sempre as mesmas conversas!", dizia. Achava seus amigos triviais e pressentia, por trás da rebeldia adolescente, uma autêntica tendência ao conformismo e à submissão. Algumas garotas já começavam a evitá-la. Não queriam arriscar suas reputações sendo vistas na companhia de Selma.

À tarde, ela às vezes encontrava refúgio na casa da vizinha, Mademoiselle Fabre. Essa francesa vivia na almedina desde o fim dos anos 1920, num antigo *riad* caindo aos pedaços. Reinava ali uma bagunça horrorosa: a sala era atulhada de sofás sujos, baús arrebentados, livros manchados de chá ou de comida derramada. As cortinas estavam todas roídas por camundongos e pairava no ar um cheiro de genitais e ovo podre. Mademoiselle recolhia todos os miseráveis que havia na almedina, e não era raro ver órfãos ou jovens viúvas sem recursos dormindo no chão ou num canto da sala. No inverno o telhado pingava, e ao som das gotas de chuva se estatelando nas tinas de metal misturavam-se os gritos das crianças, o ranger das carroças passando na rua, o estalar dos teares no andar de cima. Mademoiselle era feia. Seu nariz, de poros dilatados, era grosso e disforme, suas sobrancelhas, grisalhas e ralas, e um ligeiro tremor no maxilar, surgido nos últimos anos, dificultava-lhe a fala. Por sob as amplas gandouras que costumava usar, entrevia-se a barriga protuberante e as pernas grossas cheias de varizes roxas. Pendurado no pescoço usava um crucifixo de marfim que apalpava sem cessar, como se fosse um talismã ou amuleto. Trouxera-o da África Central, onde crescera e sobre a qual não gostava de falar. Ninguém sabia nada da sua infância ou dos anos que antecederam a chegada de Mademoiselle ao Marrocos. Dizia-se na almedina que tinha sido freira, era filha de um rico industrial, que um homem a quem amava perdidamente a trouxera para a almedina e em seguida a abandonara.

Fazia mais de trinta anos que Mademoiselle vivia entre os marroquinos, falava a língua deles, conhecia os costumes deles. Era convidada para os casamentos e as cerimônias religiosas, e ninguém mais reparava naquela mulher que em nada se distinguia dos nativos, tomava em silêncio seu copo de chá fervente, sabia benzer as crianças e invocar sobre uma casa a misericórdia divina. Nas reuniões de mulheres, ela ouvia confidências. Destilava conselhos, escrevia cartas para as que não sabiam escrever, atentava para doenças vergonhosas e marcas de espancamento. Uma mulher, certo dia, lhe dissera: "Se o pombo não tivesse gritado, o lobo não teria vindo apanhá-lo." E Mademoiselle sempre se impusera uma infinita discrição. Negava-se a perturbar em altos brados os fundamentos daquele mundo no qual não passava de uma estrangeira, mas ainda assim se enfurecia diante da miséria e das injustiças. Uma vez, uma única vez, atreveu-se a bater na porta de um homem cuja filha demonstrava talentos excepcionais. Implorara àquele pai severo que apoiasse a garota nos estudos, e se propusera a enviá-la à França para cursar uma universidade. O homem não se zangara. Não a pusera para fora nem a acusara de querer semear a devassidão e a desordem. Não. O velho achara graça. Caíra na risada e erguera os braços em sinal de espanto. "Estudos!", e, com um gesto quase afetuoso, agradecera a Mademoiselle Fabre e a acompanhara até a porta.

Perdoavam a Mademoiselle a excentricidade porque ela era velha e sem atrativos. Porque sabiam que era boa e generosa. Durante a guerra, alimentara famílias assoladas pela miséria, vestira crianças que andavam em andrajos. Escolhera um lado e nunca perdia uma oportunidade de reafirmá-lo. Em setembro de 1954, um jornalista viera de Paris para fazer uma reportagem na cidade de Meknés. Alguém o aconselhara a conversar com aquela francesa que montara um ateliê de tecelagem e era muito sensível à situação dos miseráveis. O jovem foi recebido uma tarde, e quase passou mal naquela casa quentíssima em que não circulava nem um sopro de ar. No chão, crianças separavam por cores pedaços de lã que em seguida guardavam em cestos. No andar de cima, moças sentadas diante de grandes teares verticais conversavam enquanto faziam bailar os fios. Na cozinha, duas velhas negras molhavam o pão num mingau amarronzado. O repórter pediu um copo d'água e Mademoiselle Fabre deu-lhe um tapinha na testa, dizendo:

— Pobre moço. Não se agite, não tente se debater.

Falaram sobre as obras de caridade que ela fazia, sobre a vida na almedina, sobre a situação sanitária e moral das moças que trabalhavam ali. O jornalista então lhe perguntou se ela não estava com medo dos terroristas, se ela não andava nervosa, como o restante da comunidade francesa. Mademoiselle ergueu os olhos. Fitou, lá no alto, o céu branco do fim de verão e cerrou os punhos, como se tentando se conter.

— Houve um tempo, não muito distante, em que chamávamos de terroristas esses que vieram a ser os resistentes. Como não entender que, depois de mais de quarenta anos de protetorado, os marroquinos reivindiquem essa liberdade pela qual lutaram, essa liberdade cujo gosto lhes transmitimos, cujo valor lhes ensinamos?

O jornalista, que suava em bicas, retorquiu que a independência se faria, por certo, mas aos poucos. Que não se podiam incriminar os franceses que tinham sacrificado a vida por esse país. O que seria do Marrocos quando os franceses fossem embora? Quem iria governar? Quem iria trabalhar a terra? Mademoiselle Fabre o interrompeu.

— Quer saber? Pouco me importa a opinião desses franceses. Acham que são eles que estão sendo invadidos por esse povo que tem crescido e se afirmado. Pois que fiquem avisados: eles são estrangeiros.

E pôs o jornalista para fora sem nem propor que alguém o acompanhasse até o hotel em que estava hospedado na cidade nova.

Nas quintas-feiras à tarde a francesa recebia um grupo de moças de boas famílias, às quais dizia ensinar ponto-cruz, tricô e rudimentos de piano. Os pais confiavam nela, sabiam que Mademoiselle jamais ousaria fazer proselitismo com as filhas deles. E ela, de fato, não falava em Jesus, nada dizia do amor Dele que se irradiava sobre o mundo, mas, ainda assim, realizava conversões. Nenhuma moça aprendeu a tocar mais que duas notas, e eram todas perfeitamente incapazes de cerzir uma meia. Passavam aquelas horas no pátio interno ou na saleta marroquina, deitadas em colchões, se empanturrando de bolos de mel. Mademoiselle punha um disco e as ensinava a dançar, lia para elas poemas que as faziam corar, e algumas fugiam gritando "*Ouili, ouili!*".* Emprestava-lhes a *Paris Match*, de que depois se viam páginas arrancadas esvoaçando de terraço em terraço, e retratos da princesa Margaret indo parar na sarjeta.

Numa tarde de março de 1955, quando estava para servir o chá, Mademoiselle Fabre surpreendeu as alunas em animada discussão. Fazia uma semana que os liceus estavam em greve por causa de uma estudante que fora humilhada por um professor. Ele a acusara de ter escrito uma composição subversiva sobre o combate de Joana d'Arc contra os ingleses e de ter se aproveitado da matéria de história para expressar simpatias nacionalistas. Ouviam-se, no andar de cima, as risadas dos trabalhadores que consertavam o telhado, e as garotas não podiam se impedir de tentar espiá-los. Com um gesto

---

* "Ai, ai, ai!" [N. da A.]

amplo e cerimonioso, no estilo dos marroquinos, Mademoiselle Fabre serviu o chá de menta nos copos lascados. Acercou-se de Selma.

— Venha comigo, senhorita, preciso falar com você.

Selma a seguiu até a cozinha. Perguntou-se qual seria o motivo daquela conversa à parte. Estava a ponto de dizer que não ligava para política, que tinha uma cunhada francesa, que não tomava partido, mas Mademoiselle Fabre sorriu e a convidou a sentar-se a uma mesinha de madeira sobre a qual havia uma cesta de frutas cobertas de mosquitos. Mademoiselle esticou as pernas. Por alguns minutos, que a Selma pareceram intermináveis, absorveu-se na contemplação da buganvília que se espraiava, em imensos cachos lilases, pelo muro ao fundo do jardim. Apanhou um pêssego bichado, cuja casca se soltou e revelou uma polpa escura e mole.

— Soube que não está mais indo ao liceu.

Selma deu de ombros.

— Para quê? Eu não entendia nada.

— Deixe de ser tonta. Sem estudo você não chega a lugar algum.

Selma ficou surpresa. Nunca tinha visto Mademoiselle falar daquela maneira, mostrar-se tão severa com uma das garotas.

— Tem a ver com algum garoto, não tem?

Selma enrubesceu e, se pudesse, sairia correndo e nunca mais poria os pés naquela casa. Suas pernas começaram a tremer, e Mademoiselle Fabre pôs a mão no joelho dela.

— Pensa que eu não entendo? Deve achar, com certeza, que nunca me apaixonei.

Faça com que ela se cale. Faça com que me deixe ir embora, pensou Selma, mas a velha continuou, roçando os dedos no crucifixo de marfim, que de tanto ser apalpado parecia ter sido lustrado.

—Você hoje está apaixonada, o que é maravilhoso. Acredita em tudo que os garotos lhe falam. Acha que isso vai durar, que eles vão amá-la do jeito como amam agora para sempre. Os estudos, perto disso, não têm importância alguma. Mas você não sabe nada da vida! Um dia, terá sacrificado tudo por eles, estará destituída de tudo e dependente do menor dos gestos deles. Dependente do humor e afeto que eles lhe dispensarem, à mercê da brutalidade deles. Acredite quando digo que você deveria estudar e pensar no seu futuro. Os tempos mudaram. Você não precisa abraçar o mesmo destino de sua mãe. Pode ser alguém na vida, advogada, professora, enfermeira. Até aviadora! Não ouviu falar naquela moça, Touria Chaoui, que com apenas 16 anos tirou o brevê de piloto? Você será aquilo que quiser ser, desde que se esforce para tanto. E nunca, jamais, terá de pedir dinheiro a um homem.

Selma escutou, circundando com as mãos o copo de chá. Escutou tão atentamente, que Mademoiselle Fabre pensou tê-la convencido.

—Volte para o liceu. Estude para os exames, conte comigo se precisar de ajuda. Prometa-me que não vai largar a escola.

Selma agradeceu, beijou as faces enrugadas da vizinha e disse:

— Prometo.

No caminho de volta, porém, enquanto andava rumo à casa do Berrima, Selma pensou no rosto da antiga freira, na pele dela branca como cal, nos lábios tão finos que ela parecia ter comido a própria boca. Riu sozinha nas ruas estreitas e disse para si mesma: *O que ela sabe dos homens? O que conhece do amor?* Sentiu um imenso desprezo pelo corpo gordo e triste da velha mulher, pela vida solitária dela, pelos ideais que não passavam de um jeito de disfarçar a carência de afeto. Selma, no dia anterior, tinha beijado um garoto. E desde então não parava de se perguntar como era possível que os homens, que a tolhiam, que a dominavam, fossem também esses por quem tanto ansiava ser livre. Sim, um garoto a tinha beijado, e ela se lembrava, com uma precisão inumana, do caminho percorrido pelos beijos dele. Sentia, desde o dia anterior, uma necessidade incessante de fechar os olhos para reviver, com uma excitação nunca exaurida, aquele instante delicioso. Revia os olhos claros do garoto, ouvia a voz dele, as palavras que dissera — "Está tremendo?" —, e sentia um arrepio percorrer-lhe o corpo inteiro. Estava prisioneira daquela lembrança que sem cessar remoía, e passava as mãos na boca, no pescoço, buscando resquícios de uma lesão, de uma marca deixada pela boca do homem. Cada vez que ele pousara os lábios na pele dela, Selma sentira como se a tivessem libertado do medo, da covardia em que tinha sido educada.

Então era para isso que os homens serviam? Por isso é que se falava tanto no amor? Sim, eles arrancavam nossa coragem encolhida no fundo do peito, traziam-na para a luz do dia, forçavam-na a desabrochar. Por um beijo, por mais um beijo, sentia-se investida de uma força imensa. *Eles têm toda a razão*, pensou, subindo para o quarto. *Têm toda a razão de tomar cuidado e nos prevenir, porque isso que trazemos escondido sob os véus e as saias, isso que dissimulamos, é repleto de um fogo pelo qual somos capazes de trair a tudo e a todos.*

No fim de março, uma onda de frio se abateu sobre Meknés e, no pátio, a água do poço congelou. Mouilala adoeceu e ficou muitos dias de cama, o rosto magro mal despontando entre os grossos cobertores com que Yasmine a cobria. Mathilde foi visitá-la várias vezes, cuidou dela apesar da resistência da sogra, apesar da recusa em tomar os remédios, e teve de tratá-la como uma criancinha birrenta e assustada. Ela melhorou, mas quando por fim conseguiu levantar-se e foi até a cozinha, vestindo um roupão que ganhara de Mathilde, percebeu que algo estava errado. De início não entendeu o que lhe causava aquele pânico, aquela sensação de ser como uma estrangeira na própria casa. Andou pelo corredor, ralhando com Yasmine, subiu e desceu as escadas apesar da dor que sentia nas pernas. Debruçou-se à janela, contemplou a rua, que lhe pareceu insípida, como destituída de alguma coisa. Seria possível o mundo ter mudado tanto naquelas poucas semanas em que estivera doente? Pensou que tinha enlouquecido, que estava possuída pelos demônios, como o filho Jalil. Lembrou-se das histórias que contavam sobre os avós dela, que andavam seminus pelas ruas, falavam com fantasmas. Pois tinha sido alcançada pela maldição familiar, a mente de Mouilala, pouco a pouco, começava a abandoná-la.

Sentiu medo e, para se acalmar, fez o que sempre fazia. Sentou-se na cozinha, pegou um maço de coentro e o picou bem fininho. Aproximou as mãos, as velhas mãos tortas e cheias de erva, da boca e do nariz, lambuzou o rosto com coentro picado e começou a chorar. Enfiou os dedos nas narinas, esfregou os olhos feito uma doida. Não sentia cheiro nenhum. A doença, por algum malefício que ela não entendia, tinha-lhe tirado o olfato.

Foi devido a isso que ela não sentiu, nas roupas da filha, o cheiro de cigarro e de poeira dos canteiros de obra. Mouilala também não sentiu, nas camisas da adolescente, o perfume barato que Selma tinha comprado na almedina com dinheiro furtado. A velha senhora não notou, principalmente, que à fragrância adocicada se mesclava o aroma de uma água-de-colônia fresca e cítrica, desses perfumes da moda que os europeus costumavam passar no pescoço e nas axilas. Selma chegava em casa no fim da tarde com as faces vermelhas, o cabelo despenteado, o hálito carregado do cheiro de outra boca. Cantava no pátio, falava com a mãe com os olhos brilhando e a abraçava com força enquanto dizia: "Te amo tanto, mãe!"

Uma noite, Mathilde esperou Amine à porta de casa.
— Hoje estive na cidade — disse ela. — Fui visitar sua mãe. Mouilala se comportara de um jeito estranho com Aïcha. Desatara a gritar quando a menina aproximara os lábios da mão da avó.
— Ela acusou Aïcha de querer mordê-la. Soluçava e apertava a barriga com a mão. Estava mesmo com medo, entende?

Sim, Amine entendia. Já havia reparado na magreza da mãe, no olhar vazio, nos lapsos dela. Mouilala tinha parado de tingir o cabelo com henna e por vezes saía do quarto sem atar o lenço sobre os fios grisalhos. Mathilde seria capaz de jurar que, quando a visitara, a sogra não a reconhecera. A velha senhora a fitara por alguns segundos, a língua para fora da boca, o olhar baço, e, de repente, parecera aliviada. Não pronunciara o nome da nora — algo que nunca fazia —, mas dera um sorriso e pousara a mão no braço dela. Mouilala passava horas sentada à mesa da cozinha, os braços caídos, em frente aos cestos de legumes. Quando sua mente recobrava algum vigor, tratava de preparar a comida, mas os pratos já não tinham o mesmo sabor de antes. Esquecia alguns ingredientes ou adormecia na cadeira de madeira, e o tagine queimava no fundo. Ela, sempre tão austera e silenciosa, agora passava os dias cantarolando músicas infantis, que a faziam rir às gargalhadas. Rodopiava e levantava o caftan com as mãos, zombando de Yasmine e mostrando a língua para ela.

— Não podemos deixá-la assim — afirmou Mathilde.

Amine tirou as botas, pôs o casaco na cadeira do saguão de entrada e ficou parado, em silêncio.

— Ela precisa vir morar conosco. E Selma também.

A esposa o fitava com carinho, mãos pousadas nos quadris. Amine lançou-lhe um olhar ardente, que a surpreendeu, e, num impulso de faceirice, ela ajeitou o penteado e desatou o avental que lhe cingia a cintura. Naquele momento, ele lamentou não dispor de palavras. Não ser desses homens que dispõem de tempo para o espírito e o afeto, tempo para dizer o que trazem no peito. Contemplou-a demoradamente e pensou que ela se transformara numa mulher daquela terra, sofria o mesmo que ele, trabalhava com a mesma garra, e que ele era incapaz de lhe agradecer.

— Sim, tem razão. Aliás, eu já não andava tranquilo sabendo das duas sozinhas na almedina, sem um homem para protegê-las.

Ele se aproximou de Mathilde, ficou na ponta dos pés e, devagar, deu um beijo no rosto que ela inclinava para ele.

No início da primavera Amine ajudou a mãe com a mudança. Jalil foi mandado para a casa de um tio, um homem santo que morava perto de Ifrane e lhes garantiu que a altitude iria fazer bem para aquela mente frágil. Yasmine, que nunca tinha visto neve, se ofereceu para acompanhá-lo. Instalaram Mouilala no cômodo mais iluminado, à entrada da casa. Selma dividiria o quarto com Aïcha e Selim, mas Murad conseguiu tijolos e cimento e tratou de construir uma outra ala na casa.

Mouilala pouco saía do quarto. Era comum Mathilde encontrá-la sentada sob a janela, o olhar absorto na contemplação dos ladrilhos vermelhos do piso. Toda envolta em branco, bamboleava a cabeça, revisitando uma vida de silêncio, uma vida calada em que era proibido estar triste. Sobre o branco do tecido destacavam-se as mãos escuras e enrugadas, mãos que pareciam encerrar, tal qual um livro sem palavras, a vida inteira daquela mulher. Selim passava muito tempo com ela. Deitava-se no chão, pousava a cabeça no colo da avó e fechava os olhos enquanto ela acariciava-lhe a nuca e as costas. Recusava-se a comer em outro lugar que não o quarto da velha, e foi preciso aceitar que ele criasse maus hábitos, comesse com os dedos e arrotasse ruidosamente. Mouilala, que Mathilde sempre conhecera magra e a vida inteira se contentara com as sobras dos outros, manifestava agora essa repugnante gulodice dos velhos, que encontram nesses prazeres triviais um derradeiro sentido para a vida.

Mathilde corria o dia todo, da escola para casa, da cozinha para a lavanderia. Limpava as coxas da velha e as do filho. Fazia comida para todo mundo e ela mesma comia em pé, entre duas missões a cumprir. Pela manhã, ao voltar da escola, atendia os doentes, depois lavava e passava roupa. À tarde, ia às lojas dos fornecedores comprar produtos químicos ou peças de reposição. Vivia num permanente estado de apreensão: com a situação financeira deles, com a saúde de Mouilala e das crianças. Preocupava-a o humor sombrio de Amine, que, no dia em que Selma se mudara para a fazenda, já a prevenira: "Não quero que ela se aproxime dos lavradores. Não quero que fique zanzando por aí. É do liceu para casa, está me ouvindo?" Mathilde meneara a cabeça, o coração apertado de angústia. Quando o irmão não estava — a maior parte do tempo —, Selma se mostrava insolente e cruel. Mathilde lhe dava ordens, mas Selma não dava a mínima. Retrucava: "Você não é minha mãe."

Mathilde temia as chuvas violentas de março, o granizo que os camponeses prenunciavam vendo o céu amarelento dos fins de tarde. Tomava um susto quando o telefone tocava e, com a mão no aparelho, rezava para não ser o banco, o liceu ou o internato. Corinne ligava na hora da sesta e convidava-a para tomar chá. "Você tem todo o direito de se divertir", dizia.

Mathilde agora só escrevia para Irène cartas secas, vazias de confidências e sentimentos. Pedia à irmã que mandasse receitas de pratos da infância, de que tinha saudade. Queria muito ser uma dona de casa irrepreensível, dessas que apareciam nas fotos das revistas que Corinne lhe emprestava. Dessas que sabem conduzir um lar e zelar por sua paz, sobre as quais tudo repousa, que são amadas e temidas. Entretanto, como Aïcha um dia dissera com a vozinha aguda, "de qualquer forma, acaba sempre dando tudo errado" — e Mathilde não a desmentira. De dia, descascava os legumes com um livro aberto na sua frente. Escondia livros nos bolsos dos aventais e se sentava, vez ou outra, numa pilha de roupas por passar para ler romances de Henri Troyat ou Anaïs Nin, que a viúva Mercier lhe emprestava. Cozinhava pratos que Amine achava intragáveis. Saladas de batata salpicadas de cebola e cheirando a vinagre, pratões de repolho que deixava ferver tanto tempo que a casa fedia durante dias, bolos de carne tão secos que Aïcha os cuspia de volta e escondia as sobras no bolso do jaleco. Amine reclamava. Empurrava, com a ponta do garfo, os escalopes empapados de nata que não convinham para aquele clima. Sentia falta da comida da mãe e tinha certeza de que era só para provocar que Mathilde dizia não gostar de cuscuz e lentilha com carne defumada. Ela incentivava os filhos a falar durante as refeições, fazia-lhes perguntas, ria quando batiam com a colher na mesa pedindo sobremesa. Amine então se zangava com aquelas crianças malcriadas e barulhentas. Amaldiçoava aquela casa em que não encontrava o sossego que um homem trabalhador tinha todo o direito de exigir. Mathilde pegava Selim no colo, tirava da manga um lenço sujo e chorava. Uma noite, ante o olhar estupefato de Aïcha, Amine se pusera a cantar uma antiga canção: "Chorava como Madalena arrependida, chorava, chorava, chorava... Chorava todas as lágrimas do corpo..." Foi atrás de Mathilde até o corredor e gritou "Que aflição! Que aflição!...", e Mathilde, louca de raiva, berrou insultos em alsaciano cujo significado jamais aceitou revelar.

 Mathilde engordou, e na têmpora lhe surgiu uma mecha de cabelos brancos. Durante o dia, usava um largo chapéu de ráfia, igual ao das camponesas, e sandálias de borracha preta. No rosto e no pescoço, a pele dela se cobrira de pequenas manchas marrons e rugas miúdas haviam aparecido. Ao fim daqueles dias intermináveis, ela às vezes caía em profunda melancolia. No caminho para a escola, o rosto afagado pelo vento, refletia que lá se iam dez anos que vinha percorrendo aquela paisagem e tinha a impressão de não ter realizado nada. Que marca ela iria deixar? Centenas de refeições devoradas e que desapareceram, alegrias fugazes das quais nada restava, canções sussurradas ao pé de um leito de criança, tardes a consolar tristezas de que ninguém mais se lembrava.

Mangas cerzidas, aflições solitárias que ela não dividia por medo de zombaria. Por mais que fizesse, e apesar da imensa gratidão dos filhos e dos doentes, tinha a impressão de que sua vida não passava de uma obra de aniquilamento. Tudo que ela realizava estava fadado a desaparecer. Tal era a sina de sua vida doméstica e minúscula, em que a repetição dos mesmos gestos acabava por consumir os nervos. Contemplava, pela janela, as plantações de amendoeiras, os acres de vinhas, os jovens arbustos chegando à maturidade e que iam dar frutos dali a um ano ou dois. Tinha inveja de Amine, inveja dessa fazenda que ele construíra pedra por pedra e que, naquele ano de 1955, lhe dava os primeiros retornos.

A colheita dos pêssegos havia sido boa, e ele vendera as amêndoas a um preço vantajoso. Para frustração de Mathilde, que reclamava dinheiro para o material escolar e roupas novas, Amine decidiu investir todo o lucro em melhorias na fazenda. "Uma mulher daqui jamais ousaria se meter nesses assuntos", censurou. Mandou construir uma segunda estufa, contratou uma dezena de lavradores extras para as colheitas e pagou a um engenheiro francês um estudo para a construção de uma bacia de retenção de água. Fazia tempo que Amine estava fascinado pelo cultivo de oliveiras. Tinha lido tudo que encontrara sobre o assunto e desenvolvera plantações experimentais de grande densidade. Estava convencido de que poderia, sozinho, produzir novas variedades, mais resistentes ao calor, à carência de água. Por ocasião da Feira de Meknés, na primavera de 1955, apresentou seus trabalhos e, num discurso confuso, amassando seus apontamentos com mãos úmidas, tentou expor sua teoria para uma plateia um tanto cética. "Toda inovação sempre é escarnecida no começo, não é?", desabafou com o amigo Dragan. "Se tudo acontecer como previsto, essas árvores terão um rendimento até seis vezes maior que o das variedades hoje existentes na fazenda. E com uma necessidade de água tão reduzida que eu até poderia retornar aos métodos tradicionais de irrigação."

Naqueles anos todos de labuta, Amine se habituara a trabalhar sozinho, sem contar com a ajuda de ninguém. A fazenda dele era cercada por terras de colonos cuja riqueza e cujo poderio por muito tempo o intimidaram. No fim da guerra, os colonos de Meknés ainda dispunham de um poder considerável. Dizia-se que eram capazes de pôr ou depor um residente-geral; que bastava eles moverem um dedo para mudar os rumos da política em Paris. Hoje, os vizinhos de Amine se mostravam mais afáveis com ele. Na Câmara da Agricultura, à qual fez um pedido de subvenção, foi recebido com deferência, e embora lhe negassem a verba que pleiteava, foi elogiado por mostrar criatividade e persistência. Quando relatou a reunião ao médico húngaro, este sorriu.

— Estão com medo, só isso. Perceberam que os ventos estão mudando e que os nativos, em breve, serão seus próprios patrões. Tratando você como um igual estão garantindo as retaguardas.

— Um igual? Dizem que querem me apoiar, que acreditam no meu futuro, mas me negaram crédito. E, depois que eu fracassar, vão dizer que eu era preguiçoso, que os árabes são todos iguais, que sem os franceses e a força de trabalho deles não chegaríamos a lugar algum.

Em maio, a fazenda de Roger Mariani se incendiou. Os porcos morreram nos estábulos, e por muitos dias propagou-se o cheiro de carne queimada. Os lavradores, que combateram o fogo sem grande empenho, escondiam o rosto com panos e alguns vomitavam. "É *haram** respirar essa fumaça maldita",

---

*   Pecado. [N. da A.]

diziam. Na noite do incêndio, Roger Mariani foi até a colina, e Mathilde o levou até a sala, onde ele se sentou e bebeu, sozinho, uma garrafa de Tokaji. O homem que um dia fora tão poderoso, que ameaçara o general Noguès no próprio gabinete do militar em Rabat e obtivera ganho de causa, chorou como um menino na velha poltrona de veludo.

— Tem horas que sinto um aperto no peito, não consigo pensar, é como se uma névoa densa invadisse minha mente. Não sei mais o que o futuro nos reserva, onde está a justiça, se devo pagar por crimes que sempre vou negar ter cometido. Acreditei neste país como um alucinado acredita em Deus, sem refletir, sem questionar. E agora escuto que vão me matar, que meus lavradores andam entocando armas para me abater, que talvez me enforquem. Que estavam só fingindo que não eram mais selvagens.

Depois das férias de Natal, a relação entre Amine e Murad se esgarçou, e Amine passou a evitar seu antigo ajudante de ordens a todo custo. Sempre que a silhueta de Murad se delineava no caminho de terra que ia da fazenda ao aduar, sempre que Amine avistava aquele rosto encovado, os olhos amarelados do antigo soldado, sentia o estômago se revirar. Dava-lhe ordens sem olhar diretamente para ele, e, quando Murad vinha até Amine para expor um problema ou festejar uma colheita vindoura, o patrão ficava irrequieto. Era mais forte que ele: começava a balançar de um pé para o outro e, não raro, tinha que cerrar os punhos e os dentes para não sair correndo.

Durante o Ramadã, que caiu no mês de abril, Murad não aceitou que os felás trabalhassem à noite e organizassem os próprios horários em função do calor e do cansaço.

— O regadio e a ceifa têm que ser feitos de dia! Nem eu nem Deus podemos mudar isso! — berrou para um camponês, o qual pôs a mão diante da boca e recitou uma oração.

Deixava que fizessem uma sesta durante o dia, mas em seguida os insultava, arreliava-se, culpando-os por abusar da generosidade do patrão. Certa vez, bateu num homem que surpreendera no jardim, a poucos metros da casa. Agarrou-o pelos cabelos e o moeu de pancadas, acusando-o de espionar a família Belhaj, de andar atrás da jovem Selma, de tentar espiar a patroa através dos mosquiteiros da sala. Murad vigiava a empregada, que incriminava por furtos imaginários. Interrogava os clientes de Mathilde, de quem suspeitava querer explorá-la.

Um dia, Amine o chamou no escritório e, como nos tempos da guerra, falou num tom simples e marcial, limitando-se a dar ordens e nenhuma explicação.

— A partir de agora, se um camponês das redondezas vier pedir água, vamos lhe dar água. Enquanto eu for vivo, a ninguém será negado o uso do poço. Se houver doentes querendo ser atendidos, você vai garantir que sejam atendidos. Ninguém será espancado nas minhas terras e todos terão direito ao descanso.

Amine, durante o dia, não saía da fazenda, mas à noite fugia do bulício das crianças, das queixas de Mathilde, do olhar zangado da irmã, que não aguentava mais viver naquela colina isolada. Amine jogava baralho em cafés enfumaçados, bebia álcool barato em botecos sem janelas, com outros homens tão bêbados e envergonhados quanto ele. Não raro, encontrava antigos colegas de guarnição, militares taciturnos a quem era grato por não puxarem conversa. Uma noite, Murad o acompanhou. Amine foi incapaz de se lembrar, no dia seguinte, em que circunstâncias e por que artimanha o capataz o convencera a deixá-lo ir com ele. O fato é que naquela noite Murad entrou no carro e, juntos, foram para uma biboca à beira da estrada. Juntos beberam, e Amine não lhe deu a mínima atenção. *Que encha a cara*, pensou. *Que encha a cara e role num barranco, estúpido e imbecil.* No boteco chinfrim em que tinham ido parar, havia um acordeonista tocando, e Amine teve vontade de dançar. Teve vontade de ser outra pessoa, uma pessoa com quem ninguém contasse, que levasse uma vida leve e fácil, uma vida semeada de pecados. Um homem segurou no ombro dele e os dois se balançaram para lá e para cá. O companheiro teve um acesso de riso que se espalhou pela sala e, como um sortilégio, contagiou todos os convivas. As bocas escancaradas mostravam dentes estragados. Alguns batiam palmas ou marcavam o ritmo com os pés. Um homem alto e malnutrido deu um assobio, e todos se viraram para ele.

—Vamos — disse, e todos sabiam para onde estavam indo.

Foram andando pela orla da almedina e chegaram ao Mers, o "bairro reservado". Amine estava bêbado, cambaleante, e não enxergava direito. Desconhecidos se revezavam para escorá-lo. Um homem aliviou a bexiga numa parede e os outros todos foram tomados por um súbito desejo de urinar. Amine, aparvalhado, ficou vendo o longo fio de urina escorrer da parede da muralha ao chão pavimentado. Murad aproximou-se e tentou dissuadi-lo de prosseguir na larga rua em que se enfileiravam bordéis mantidos por rabugentas matronas. A rua depois se convertia em ruela, escura e estreita, e terminava numa espécie de beco sem saída, no qual bandidos aguardavam os homens que se tornavam imprudentes em função de encontros sexuais. Amine o repeliu com rudeza, olhou atravessado para a mão que Murad pusera em seu ombro, em seguida pararam em frente a uma porta, na qual um dos homens bateu. Ouviu-se um estalido, seguido de um deslizar de babuchas no piso e uma fileira de pulseiras chacoalhando. A porta se abriu e mulheres seminuas se jogaram sobre eles como gafanhotos sobre as lavouras. Murad não viu quando Amine sumiu. Tentou afastar a morena que o pegou pela mão e o arrastou para um quarto minúsculo mobiliado com uma cama e um bidê que pingava. O álcool o deixara mais lerdo, não conseguia manter o foco no objetivo de salvar Amine e sentiu a raiva brotar dentro dele. A mulher, de idade indefinida, tinha na cabeça um turbante e a pele dela cheirava a cravo-da-índia. Abaixou as calças de Murad com uma destreza que o horrorizou. Murad ficou olhando enquanto ela desabotoava o que lhe fazia as vezes de anágua. A mulher tinha nas pernas arranhões recentes que formavam um desenho, um símbolo de que ele não entendia o significado. Teve então ganas de enfiar os dedos nos olhos da prostituta, ganas de puni-la. A mulher, que decerto conhecia aquele jeito de olhar, hesitou um instante. Virou o rosto para a porta, mas, visivelmente bêbada também, ou entorpecida de maconha, deixou para lá e se deitou no colchão.

— Ande logo. Está muito calor.

Ele não soube dizer, depois, se foi essa frase ou se foi o suor que escorria entre os seios da moça, se foram os rangidos que chegavam de outros quartos ou a impressão que teve de ouvir a voz de Amine, mas ali, em frente àquela mulher de pupilas dilatadas, vieram-lhe à mente imagens da guerra da Indochina e dos bordéis militares que os oficiais dos Assuntos Nativos organizavam para os soldados. Vieram-lhe os sons daquela terra, a umidade do ar, a paisagem confusa que ele, uma vez, tentara descrever para Amine, porém este não entendera a escuridão, o tom de pesadelo. "Uma selva assim é de fazer sonhar", dissera. Murad passou as mãos nos braços nus e sentiu-se gelado, teve a impressão de que nuvens de mosquitos invadiam o cômodo, que as próprias nuca e barriga se cobriam outra vez com as largas picadas vermelhas que lá o mantinham acordado noites a fio. Podia ouvir os gritos dos oficiais franceses e pensou em quantas entranhas de homens brancos tinha visto, quantos cristãos morreram se esvaindo em diarreia, enlouquecidos por guerras inúteis. Não, matar não era o mais difícil. E, ao pensar nisso, o estalo do gatilho ressoou-lhe na cabeça e ele deu um tapa na têmpora, como que para esvaziar a mente dessas ideias sombrias.

A prostituta, a quem a matrona vivia repetindo que tinha de ser rápida, que havia clientes esperando, levantou-se com um ar cansado. Foi, nua, em direção a Murad.

— Está passando mal? — perguntou ela, e gritou por socorro quando o antigo soldado, o corpo sacudido por soluços, pôs-se a bater com a testa na parede de pedra.

Puseram-no dali para fora, e a matrona cuspiu no rosto do ajudante de ordens, que delirava. As prostitutas foram para cima dele, berrando, zombando, enchendo-o de insultos.

— Maldito seja. Malditos sejam todos vocês.

Amine e ele saíram andando sem rumo. Estavam sozinhos, todos tinham fugido deles, e Amine não se lembrava de onde havia deixado o carro. Parou no caminho, acendeu um cigarro e, na primeira tragada, sentiu ânsia de vômito.

Aos lavradores, no dia seguinte, disse que o capataz estava doente, e não pôde deixar de ficar triste ao notar a expressão de alívio e alegria no rosto deles. Mathilde, que ofereceu ajuda e medicamentos, ouviu secamente em resposta que Murad precisava de repouso. "Só repouso." E Amine acrescentou:

— Acho que deveríamos casá-lo. Não faz bem ser tão sozinho.

VIII

Fazia vinte anos que Mehki trabalhava como fotógrafo na avenue de la République. Quando o tempo permitia, ou seja, com frequência, percorria a avenida, câmera a tiracolo, se oferecendo aos transeuntes para fazer um retrato deles. Nos primeiros anos, penara para se impor face à concorrência, especialmente à daquele jovem armênio que conhecia todo mundo, desde o engraxate até o dono do bar, e abocanhava todos os clientes. Mehki afinal compreendera que não podia contar só com o acaso para conseguir fregueses. Que não bastava insistir, abaixar os preços ou apregoar seu talento. Não, o importante era identificar as pessoas que queriam uma recordação daquele momento preciso. Aquelas que se achavam bonitas, que se sentiam envelhecer, ou que viam os filhos crescer e pensavam *Passa tão depressa*. Era inútil se deter nos idosos, nos homens de negócios, nas donas de casa com o rosto marcado de preocupações. O que sempre dava certo eram as crianças. Fazia caretas para elas, explicava o funcionamento da câmera, e os pais não resistiam ao desejo de gravar num pedaço de cartão o rostinho angelical do rebento. Mehki nunca tinha fotografado a própria família. A mãe dele achava que a câmera era uma máquina demoníaca, que roubava a alma daqueles que o orgulho impelia a posar.

No início da carreira, trabalhara como fotógrafo do Registro Civil e era frequente os maridos recusarem que as esposas fossem fotografadas. Alguns altos dignitários marroquinos até tinham enviado cartas agressivas à Residência Geral, declarando que se opunham veementemente a que suas mulheres mostrassem o rosto a desconhecidos. Os franceses haviam cedido, e muitos foram os caides ou paxás que se limitaram a fornecer uma breve descrição das respectivas esposas, que era anexada aos documentos de identidade.

As presas preferidas, porém, eram os namorados. E nesse dia de primavera Mehki topou com o mais lindo dos casais. O ar estava ameno e cheio de promessas. Uma luz macia banhava o centro da cidade, afagando as fachadas brancas dos prédios, realçando o vermelho vibrante dos gerânios e das flores de hibisco. Um casal se destacou na multidão e ele correu até os dois, já com o dedo no botão de disparo, sendo sincero quando disse:

—Vocês são tão lindos que eu os fotografaria até de graça!

Falou em árabe, e o rapaz, europeu, ergueu as mãos para indicar que não entendia. Tirou do bolso uma nota de dinheiro que estendeu para Mehki. *Namorados são generosos*, pensou. *Querem impressionar as garotas. Com o tempo isso desanda, mas, até lá, é muito bom para Mehki!*

Foi isso que o fotógrafo pensou, e estava tão feliz, tão entusiasmado, que não reparou no nervosismo da moça, que olhava ao redor como uma fugitiva. Ela se assustou quando o rapaz, que vestia uma jaqueta estilo norte-americano, tocou-lhe o ombro. Eram tão lindos, tão incrivelmente lindos, que Mehki ficou deslumbrado. Não lhe ocorreu, nem por um segundo, que eles eram incompatíveis. Não teve a perspicácia de ver que aqueles dois não eram para estar juntos.

O que estava fazendo na avenida naquela terça à tarde, ela que era apenas uma menina, uma moça de boa família, decerto uma família honrada, que mandava costurar para ela saias retas e blazers de tecido austero? Não tinha nada dessas biscates que perambulavam para cima e para baixo na avenida, driblavam a vigilância de pais e irmãos, engravidavam por um deslize no banco de trás de um carro. Exalava um frescor maravilhoso, e Mehki, enquanto pegava a câmera, refletiu que havia algo de extraordinário em ser ele a pessoa que iria fixar aquele instante para a eternidade. Sentia-se transportado por uma espécie de graça. Esse momento tão fugaz, esse rosto que ainda não fora maculado, nem pela mão de um homem, nem por vícios, nem pela dureza da vida. Era isso que ficaria gravado no filme dele, a inocência de uma moça e um olhar no qual já pairava um desejo de aventura. O homem também era extremamente bonito, bastava ver como os passantes, homens e mulheres, se viravam para olhar para aquele corpo de puro músculo, aquele corpo alto e magro, a nuca delineada, bronzeada de sol. Ele sorria, e isso era uma coisa a que Mehki era sensível. A beleza de dentes e lábios ainda não manchados pelo excesso de cigarro e café ruim. A maioria das pessoas que ele fotografava, por sorte, cerrava a boca ao posar, mas esse rapaz estava tão exultante de alegria, sentia-se tão afortunado, que não conseguia parar de rir e falar.

A garota se recusou a posar. Queria ir embora e cochichou para o rapaz algo que Mehki não entendeu. O namorado, contudo, insistiu, segurou no pulso da moça e a fez rodopiar.

— Ora, vamos, é um instante só, e ficamos com uma recordação — disse ele.

Mehki não teria dito melhor. Num flash, uma lembrança para a vida inteira — era o slogan dele. Ela estava tão tensa, tão fechada, parada ali na avenida, que Mehki se aproximou e, em árabe, perguntou o seu nome.

— Certo, Selma, sorria e olhe para mim.

Tirada a fotografia, Mehki lhes deu um canhoto, que o rapaz guardou no bolso da jaqueta.

— Volte amanhã. Caso não me encontre na avenida, vou deixar a foto no estúdio, aquele ali, na esquina.

E Mehki ficou olhando enquanto eles se afastavam e se perdiam na multidão que percorria a calçada. No dia seguinte, o rapaz não voltou. Mehki o esperou por vários dias, mudou até de itinerário na esperança de cruzar com ele ao acaso. A fotografia ficara muito boa, e Mehki achou que talvez fosse o retrato mais bonito que já tinha tirado. Conseguira captar a luz daquela tarde de maio, fizera o enquadramento de modo a que se vissem, em segundo plano, as palmeiras e o letreiro do cinema. Os dois namorados se entreolhavam. Ela, frágil e tímida, fitava o rosto do belo rapaz, que deixara a boca entreaberta.

Um dia, no fim da tarde, Mehki entrou no estúdio de Lucien, que revelava os filmes para ele e lhe vendera a crédito uma câmera nova. Os dois trataram de negócios, acertaram as contas e, no fim da conversa, Mehki pegou a foto na bolsa de couro.

— Que pena — disse —, não vieram buscá-la.

Lucien, que se esforçava para esconder o desejo que sentia pelos homens, debruçou-se sobre a fotografia e exclamou:

— Que garoto bonito! É uma pena ele não ter vindo.

Mehki deu de ombros, e, quando estendeu a mão para pegar o retrato, Lucien lhe disse:

— É uma bela foto, Mehki, realmente bela. Você está cada vez melhor, sabia? Escute, eu lhe proponho o seguinte: vou pôr essa fotografia na vitrine, isso vai atrair a clientela, e assim a avenida inteira fica sabendo que você fotografa namorados como ninguém. O que acha?

Mehki hesitou. É óbvio que era sensível aos elogios e à publicidade que essa fotografia poderia lhe trazer junto a quem passava na avenida. No entanto, também sentia um estranho desejo de guardar aquela imagem só para si, de transformar aquele casal em amigos seus, companheiros anônimos. Tinha um certo receio de atirá-los à multidão da avenida, mas Lucien se mostrou extremamente persuasivo e Mehki cedeu. No fim do dia, pouco antes de fechar o estúdio, Lucien expôs na vitrine o retrato do piloto Alain Crozières e da jovem Selma Belhaj. Menos de uma semana depois, Amine passou por ali e o viu.

Selma e Mathilde pensariam, posteriormente, que o acaso estava de birra com elas. Que até a sorte estava do lado dos homens, dos poderosos, do lado da injustiça. Porque Amine, naquela primavera de 1955, raramente ia à cidade nova. A proliferação dos atentados, assassinatos, sequestros, a resposta cada vez mais violenta da Présence Française às ações dos nacionalistas, contribuíram para instaurar na cidade um clima pesado no qual o fazendeiro não queria se envolver. Nesse dia, porém, contrariando os próprios hábitos, foi ao consultório de Dragan Palosi, que decidira encomendar mudas de árvores frutíferas na Europa e dissera: "Passe no meu consultório, falamos de negócios e depois acompanho você ao banco para negociar o empréstimo de que precisa." E assim aconteceu. Amine, morto de vergonha, tinha aguardado na sala de espera lotada de mulheres, metade das quais estava grávida. Conversou por quase uma hora com o médico, que lhe mostrou variedades de pessegueiros, ameixeiras e damasqueiros numa espécie de catálogo de papel glacê. Em seguida, caminharam juntos até o banco, onde foram atendidos por um homem de pele escamosa. Segundo Dragan, o homem era casado com uma argelina e morava um pouco distante da cidade, próximo a um desses pomares que os citadinos alugavam para passar o domingo e fazer piquenique. O banqueiro se interessou pelos projetos agrícolas de Amine com um entusiasmo e uma precisão que surpreenderam este último. Apertaram as mãos no fim da entrevista, após terem fechado negócio, e Amine despediu-se de ambos com a sensação do dever cumprido.

Estava feliz, e era por isso que andava devagar pela avenida. Pensava que, afinal, tinha todo o direito de perambular, de olhar as mulheres, de passar tão perto delas que dava para lhes sentir o perfume. Não queria ir para casa e, por essa razão, caminhava com as mãos nos bolsos, olhando para as vitrines, sem pensar nos acontecimentos, no irmão, nas recriminações de Mathilde sobre os novos investimentos que fizera. Contemplou as lingeries nas vitrines, os sutiãs pontudos e as calcinhas de cetim. Admirou os chocolates no mostruário de uma confeitaria cuja especialidade eram as cerejas cristalizadas. E então, na vitrine de um estúdio fotográfico, avistou o retrato. Por alguns segundos, não acreditou no que via. Soltou um riso nervoso e pensou que a moça, a jovem da fotografia, era estranhamente parecida com Selma. Devia ser italiana ou espanhola, mediterrânea, em todo caso, e ele achou que era muito bonita. Mas sentiu a garganta ficar apertada. Teve a impressão de ter levado um soco no estômago, e o corpo inteiro de Amine se contraiu sob o efeito da raiva. Aproximou-se da vidraça, mais para impedir que as pessoas vissem a foto do que para examinar os detalhes dela. Tinha a sensação de que a irmã estava nua diante da multidão e que a barreira do corpo dele era o único meio de que dispunha para preservar a honra de Selma. Amine precisou se conter para não quebrar o vidro com a testa, apanhar a foto e sair correndo.

Entrou no estúdio e encontrou Lucien jogando paciência atrás do balcão de madeira.

— No que posso ajudá-lo? — perguntou o dono do estúdio, fitando Amine com apreensão.

O que aquele árabe de testa franzida e olhar furioso queria com ele? Era muito azar. O estúdio estava vazio, e eis que aparecia um exaltado, um nacionalista, um terrorista, talvez, prestes a acabar com ele só porque estava sozinho, indefeso, e era francês. Amine tirou um lenço do bolso e enxugou a testa.

— Queria ver a fotografia que está na vitrine. A da moça.

— Esta? — indagou Lucien, que foi lentamente até as prateleiras, pegou o retrato e o pôs no balcão.

Amine o examinou longamente, em silêncio, e por fim perguntou:

— Quanto?

— Desculpe, não entendi.

— Quanto custa a foto? Quero comprar.

— Bem, ela não está à venda. Esse casal pagou pela fotografia e ficou de vir buscá-la. Não apareceram, mas não se pode perder a esperança — declarou Lucien com voz aguda e deu uma risada.

Amine lhe lançou um olhar fulminante.

— Diga quanto quer pela foto, que eu pago.

— Mas se eu já lhe disse que...

— Escute. Essa moça — disse, apontando o dedo para o papel cartonado —, essa moça é minha irmã, e não pretendo deixá-la nem mais um minuto na vitrine da sua loja. Diga quanto lhe devo e eu vou embora.

Lucien não queria confusão. Vítima de uma chantagem humilhante, saíra da França e viera para este novo mundo, um mundo igualmente cruel, porém mais ensolarado, com a intenção de se ater ao propósito da discrição. Já ouvira falar muitas vezes no senso de honra dos árabes para se atrever a provocá-los. "Toque um dedo nas mulheres deles e eles lhe rasgam um sorriso de orelha a orelha", dissera-lhe um cliente pouco tempo depois de ele ter aberto o estúdio. E Lucien pensara: *Esse risco eu não corro.* Alguns dias atrás, lera no jornal que em Rabat, ou Port Lyautey, um funcionário fora apunhalado por um velho marroquino. Este o acusava de ter tocado no lenço que encobria o rosto da mulher dele e de ter exclamado, rindo: "Ora, essa *fatma* é loura como uma alemã. E tem olhos azuis, ainda por cima!" Lucien se arrepiou e estendeu o retrato para Amine:

— Fique com ela. Afinal, se é sua irmã, tem todo o direito. Pode entregar para ela. Ou faça o que achar melhor, não é da minha conta.

Amine pegou a foto e deixou o estúdio sem se despedir de Lucien, que abaixou a persiana e decidiu fechar mais cedo.

Já era noite quando chegou à fazenda, e Mathilde estava na sala, cerzindo. Parado no vão da porta entreaberta, ficou um bom tempo a observá-la sem ela notar. Engolia, em grandes goles, a própria saliva, que estava viscosa e salgada.

Mathilde o viu e, quase em seguida, baixou os olhos para a costura.

— Já está tarde — disse, mas não ficou surpresa por ele não responder.

O marido se aproximou, olhou para o suéter de manga rasgada e para o polegar de Mathilde, protegido com um dedal prateado. Tirou a fotografia do bolso da jaqueta e, quando a depositou sobre a roupa infantil, Mathilde levou as mãos à boca. O dedal se chocou contra os dentes dela. Sua expressão era a de um assassino frente a uma prova irrefutável. Estava confusa, acuada.

— É totalmente inocente — balbuciou ela. — Eu ia mesmo lhe contar. Esse rapaz tem boas intenções. Quer vir aqui, pedir a mão dela, casar-se com ela. É um rapaz sério, acredite.

Ele a fitou, e Mathilde teve a impressão de que os olhos de Amine se alargavam, que suas feições se deformavam, sua boca ficava enorme, e ela tomou um susto quando ele começou a berrar:

—Você está completamente louca! Minha irmã jamais vai se casar com um francês!

Agarrou Mathilde pela manga e a puxou da poltrona. Arrastou-a para o corredor imerso na escuridão.

—Você me humilhou!

Cuspiu no rosto dela e, com as costas da mão, deu-lhe uma bofetada.

Ela pensou nas crianças, ficou calada. Não pulou no pescoço do marido, não o arranhou, não se defendeu. Não disse nada, preferiu deixar a raiva passar, rezar para ele sentir vergonha e essa vergonha refreá-lo. Deixou-se arrastar, tal qual um corpo morto, um corpo agora tão pesado que a fúria de Amine redobrou. Ele queria brigar, e que ela se defendesse. Com a manzorra escura agarrou uma mecha do cabelo de Mathilde, obrigou-a a se endireitar e aproximou o rosto dela do seu.

— Ainda não terminamos — disse, dando-lhe um murro em seguida.

Na entrada do corredor que dava nos quartos, ele a soltou. Ela ficou diante dele, de joelhos, nariz sangrando. Amine abriu os botões do paletó e se pôs a tremer. Derrubou o pequeno móvel de madeira em que Mathilde guardava os livros dela. O móvel quebrou e os livros se esparramaram no chão.

No vão da porta entreaberta, Mathilde avistou o vulto de Aïcha, que os espiava. Amine olhou na direção da filha. As feições dele relaxaram. Pareceu que iria começar a rir, dizer que era só uma brincadeira com a mamãe, uma brincadeira que as crianças não podiam entender, e que era hora de ela ir para a cama. A passos furiosos, porém, passos de insano, dirigiu-se para o quarto.

Mathilde fitou, no chão, a capa de um livro. A história da viagem de Nils Holgersson que o pai lia para ela quando era pequena. Concentrou toda a sua atenção na imagem do pequeno Nils montado no dorso de um ganso. Não ergueu os olhos quando lhe chegaram os gritos de Selma, não se moveu quando a cunhada clamou por socorro. E então ouviu a voz de Amine, que ameaçava:

—Vou matar vocês todas!

Na mão ele segurava um revólver, o cano apontado para o lindo rosto de Selma. Poucas semanas antes, solicitara uma licença de porte de armas. Disse que era para proteger a família, que o campo andava perigoso e só podiam contar com eles mesmos. Mathilde cobriu os olhos com as mãos. Era o que podia fazer. A única ideia que lhe ocorreu. Não queria ver aquilo, ver a morte vindo de frente pelas mãos do marido, do pai dos filhos dela. Pensou então em Aïcha, no bebê, que dormia sossegado, em Selma, que soluçava, e virou o rosto para o quarto das crianças.

Amine acompanhou seu olhar e viu Aïcha, o cabelo aureolado por um fino halo de luz. Parecia um fantasma.

—Vou matar vocês todas! — gritou novamente e sacudiu o revólver em todas as direções.

Não sabia por quem começar, mas, depois que decidisse, iria abatê-las, uma por uma, com frieza e determinação. Os soluços delas se confundiram, os berros, Mathilde e Selma imploraram-lhe perdão, e ele então escutou o próprio nome, escutou "papai" e transpirou dentro do paletó, que encolhera de repente. Ele já tinha atirado num homem, num desconhecido. Já tinha atirado, e sabia que era capaz de fazê-lo, que seria muito rápido, que o medo passaria, seria seguido de um alívio imenso, e até mesmo de uma sensação de onipotência. Mas ele escutou "papai", e esse "papai" vinha de lá, do quarto em que estava sua filha parada junto à porta, com a camisola encharcada, os pés patinando numa poça. Por um instante, pensou em virar a arma para si mesmo. Isso resolveria tudo, não haveria mais nada a dizer nem nada a ser discutido. E o paletó de domingo ficaria coberto de sangue. Largou o revólver e, sem olhar para elas, saiu do quarto.

Mathilde pôs o dedo sobre os lábios. Chorava em silêncio e fez sinal a Selma para não se mexer. Engatinhando, correu até a arma. Tinha os olhos embaçados de lágrimas, o nariz sangrava profusamente e sentia dificuldade em respirar. Agudos lampejos lhe varavam a cabeça, e precisou, por alguns segundos, pressionar as têmporas com as mãos para não desabar. Pegou o revólver, que pareceu muito pesado, e começou a rodopiar como se estivesse possuída. Olhou em volta, buscando alguma coisa, algum jeito de fazê-lo sumir. Lançou um olhar desesperado para a filha e então, se erguendo na ponta dos pés descalços, alcançou o enorme vaso de argila no alto da estante. Inclinou-o de leve e jogou a arma dentro. Reassentou o vaso, que balançou devagar e, nesses poucos segundos, as três ficaram petrificadas, apavoradas com a ideia de o vaso quebrar, de Amine voltar, perceber o desastre e matá-las.

— Prestem atenção, queridas. — Mathilde puxou Selma e a filha para si e as apertou junto ao coração, que batia tão forte que a criança se assustou. O cheiro de urina lhe subiu às narinas, misturado com o de sangue. — Nunca contem para ele onde está o revólver, estão ouvindo? Mesmo que ele implore, mesmo que ameace ou lhes prometa algo em troca. Nunca contem que está dentro do vaso.

Elas assentiram lentamente com a cabeça.

— Quero ouvir vocês dizerem "prometo". Digam!

Mathilde agora tinha um ar zangado, e as garotas obedeceram.

Mathilde as levou até o banheiro, encheu uma tina grande com água morna e pôs Aïcha dentro. Lavou a camisolinha e em seguida passou, no próprio rosto e no de Selma, um pano embebido em álcool e água gelada. Sentia o nariz doer horrivelmente. Não se atreveu a tocá-lo, mas sabia que estava quebrado e, apesar da dor, apesar da raiva, não pôde evitar de pensar que isso iria torná-la mais feia. Que Amine, além de roubar-lhe a dignidade, iria deixá-la com um nariz de boxeador, com uma cara de cão sarnento.

Aïcha conhecia mulheres com o rosto roxo. Já vira muitas mães com os olhos semifechados, mães com a face cor de púrpura, com os lábios partidos. Até achava, na época, que era para isso que tinham inventado a maquiagem. Para encobrir as pancadas dos homens.

Nessa noite as três dormiram no mesmo quarto, as pernas de uma entrançadas nas das outras. Antes de adormecer, com as costas grudadas na barriga da mãe, Aïcha recitou uma prece em voz alta.

— *Abençoai, ó meu Deus, esse repouso com o qual vou restaurar minhas forças a fim de melhor Vos servir. Virgem Santa, mãe de meu Deus e, depois dele, minha principal esperança, meu anjo da guarda, meu santo patrono, intercedei por mim, protegei-me por toda essa noite, por todo o tempo de minha vida e na hora de minha morte. Assim seja.*

Acordaram na mesma posição, como que paralisadas de medo que ele voltasse, convencidas de que as três, juntas, formavam um corpo invencível. Em seu sono agitado, tinham se transformado numa espécie de animal, num caranguejo-ermitão, num crustáceo enfiado na própria concha. Mathilde apertou a filha junto ao próprio corpo, queria fazê-la sumir e desvanecer-se com ela. *Dorme, minha menina, dorme. Isso tudo não passa de um sonho ruim.*

★

Amine andou pelo campo a noite inteira. No escuro, esbarrou nas árvores, os ramos arranharam-lhe o rosto. Caminhou amaldiçoando cada acre daquela terra ingrata. Louco, delirante, pôs-se a contar as pedras e convenceu-se de que elas conspiravam contra ele, reproduzindo-se nas sombras, disseminando-se aos milhares em cada acre de terra para deixá-la impossível de lavrar, incapaz de gerar. Quisera triturar aqueles pedregulhos todos com as mãos, com os dentes, mastigá-los e cuspir de volta uma imensa nuvem de pó que encobrisse tudo. O ar estava gelado. Sentou-se ao pé de uma árvore. Seu corpo inteiro tremia, ele encolheu os ombros, curvou-se sobre si mesmo e afundou num cochilo, entorpecido de álcool e vergonha.

Só voltou para casa dois dias depois. Mathilde não lhe perguntou por onde andara e Amine não procurou o revólver. A casa ficou vários dias imersa num silêncio profundo, opaco, num silêncio que ninguém ousou romper. Aïcha falava com os olhos. Selma não saía do quarto. Passava o tempo todo deitada na cama, chorando no travesseiro, amaldiçoando o irmão e jurando vingança. Amine decidiu que ela não concluiria o liceu. Não via sentido em perturbar mais ainda a garota e enfiar-lhe ideias malucas na cabeça.

Amine passava os dias fora. Não aguentava olhar para o rosto de Mathilde, os olhos contornados de olheiras arroxeadas, o nariz que dobrara de tamanho, o lábio partido. Não tinha certeza, mas parecia que ela havia perdido um dente. Ele saía logo ao amanhecer, e quando voltava a mulher já dormia. Passava a noite no escritório e fazia as necessidades no sanitário externo, para grande desagrado de Tamo, a quem essa promiscuidade chocava. Por vários dias, viveu como um covarde.

No sábado seguinte, levantou-se bem cedo. Lavou-se, barbeou-se, perfumou-se. Entrou na cozinha onde Mathilde, de costas, estava fritando ovos. Ela sentiu o cheiro da água-de-colônia e foi incapaz de mover-se. De pé em frente ao fogão, espátula de madeira na mão, rezou para ele não falar nada. Era só isso que a preocupava. *Faça com que ele não seja estúpido a ponto de abrir a boca, de me impingir uma banalidade, de agir como se nada tivesse acontecido.* Jurava a si mesma que iria esbofeteá-lo se ele viesse com um "me desculpe". O silêncio, porém, não foi rompido. Amine ficou andando com passos miúdos atrás de Mathilde, que não podia vê-lo, mas sentia que, feito bicho feroz, o marido caminhava em círculos, narinas dilatadas, ofegante. Recostando-se no grande armário azul, ele parou para observá-la. Ela passou a mão no cabelo e apertou o cinto do avental. Deixou queimar os ovos e tossiu por causa da fumaça.

Tinha certa vergonha de admitir, mas o silêncio que se instaurara entre eles produzia sobre ela efeitos estranhos. Pensou que, se nunca mais se falassem, poderiam voltar a ser bichos, e então muitas coisas se tornariam possíveis. Novos horizontes se abririam para eles, aprenderiam novos gestos, poderiam rugir, lutar, se arranhar até sangrar. Já não teriam aquelas discussões intermináveis em que os dois se esfalfavam para ter razão e nada se resolvia. Ela não tinha desejos de vingança. E esse corpo, esse corpo que ele havia devastado, arrebentado, ela sentiu vontade de abandoná-lo nas mãos dele. Por dias a fio, eles nada disseram um para o outro, mas fizeram amor, em pé contra a parede, atrás de uma porta e até fora da casa, uma vez, apoiados na escada que subia para o telhado. Para envergonhá-lo, ela perdeu todo o pudor, toda a compostura. Jogou-lhe na cara sua luxúria e sua beleza de mulher, sua indecência e sua lascívia. Deu-lhe ordens cuja crueza o chocava e alimentava-lhe a excitação. Mostrou-lhe que havia dentro dela algo de inapreensível, algo de sujo, que ele, no entanto, jamais maculara. Uma escuridão que era dela e ele jamais compreenderia.

Uma noite, enquanto Mathilde passava roupa, Amine entrou na cozinha e lhe disse:

— Venha. Ele chegou.

Mathilde pousou o ferro. Saiu da cozinha e, em seguida, voltou por onde veio. Sob o olhar de Aïcha, inclinou-se para a torneira. Molhou o rosto e alisou o cabelo. Tirou o avental e disse:

— Já volto.

É claro que a menina foi atrás, discreta como um ratinho, e os olhos dela brilhavam no corredor escuro pelo qual avançou. Sentou atrás da porta e, por uma fresta, viu um homem parrudo, de pele espinhenta, que vestia uma djelaba marrom e estava de barba malfeita. Tinha bolsas tão inchadas debaixo dos olhos que bastaria o roçar de uma das mãos, ou uma simples rajada de vento, para elas estourarem e soltarem um líquido viscoso. Estava sentado numa poltrona do escritório, e havia um rapaz em pé atrás dele. Este tinha uma larga mancha amarela no ombro do paletó cáqui, como se um pássaro tivesse acabado de defecar em cima dele. Estendeu ao ancião um grosso caderno revestido de couro.

— Seu nome? — disse o velho, olhando na direção de Mathilde.

Ela respondeu, mas o *adoul* virou-se em seguida para Amine. Com a testa franzida, repetiu:

— O nome dela?

Amine soletrou o nome de sua mulher. "Mathilde".

— O nome do pai dela?

— Georges — disse Amine, e se inclinou sobre o caderno, meio sem jeito por ter de informar esse nome cristão, esse nome impossível de escrever.

— Jurge? Jurge? — repetiu o *adoul*, e se pôs a mordiscar a caneta.

O rapaz, atrás dele, ficou irrequieto.

— Tudo bem, vou escrever como se ouve — resolveu o homem da lei, e o assistente suspirou aliviado.

O *adoul* ergueu os olhos para Mathilde. Fitou-a durante alguns segundos, examinou-lhe o rosto e as mãos, que ela apertava uma na outra. Aïcha então ouviu a voz da mãe, que, em árabe, recitou:

— Juro que há somente um Deus e que Maomé é o seu profeta.

— Muito bem — disse o homem da lei. — E que nome vai usar a partir de agora?

Mathilde não pensara no assunto. Amine lhe falara na necessidade de se rebatizar, de adotar um nome muçulmano, mas ela andava com o coração tão pesado ultimamente, com a mente tão assoberbada de problemas, que acabara não refletindo sobre o seu novo nome.

— Mariam — disse, por fim, e o *adoul* pareceu muito satisfeito com a escolha.

— Que assim seja, Mariam. Bem-vinda à comunidade do islã.

Amine aproximou-se da porta. Viu Aïcha e lhe disse:

— Não gosto dessa sua mania de ficar espiando o tempo todo. Vá para o seu quarto.

Ela se pôs de pé e cruzou o comprido corredor, seguida pelo pai. Deitou-se na cama e viu Amine pegar Selma pelo braço, como as irmãs faziam com as alunas quando eram punidas e a madre superiora queria falar com elas.

Aïcha já dormia quando Selma e Murad se encontraram no escritório e — sob os olhos de Mathilde e Amine, e de dois camponeses que mandaram chamar para servir de testemunhas — foram casados pelo *adoul*.

Selma não quis saber de conversa. Quando Mathilde bateu à porta do barracão em que ela agora dormia com o marido, recusou-se a abrir. A alsaciana chutou, bateu com os punhos, por fim encostou a testa na porta e, depois de gritar, pôs-se a falar bem baixinho, como se esperasse que Selma esticasse o ouvido. Que colasse, pelo menos, o rosto no batente e escutasse, como outrora, os conselhos da cunhada. Com voz doce, sem pensar, sem calcular, Mathilde pediu perdão. Falou em liberdade interior, na necessidade de aprender a se conformar, nas quimeras sobre o grande amor que precipitava as moças no fracasso e no desespero. "Eu também já fui jovem." E empregou o tempo futuro "Um dia você entenderá", "Um dia você vai nos agradecer". Ela deveria ver o lado bom das coisas, dizia. Não deixar a tristeza obscurecer o nascimento do primeiro filho, não cultivar a saudade de um homem, muito bonito, sem dúvida, porém covarde e inconsequente. Selma não respondeu. Ficou longe da porta, agachada contra a parede, as mãos nos ouvidos. Ela se abrira com Mathilde, pedira-lhe para tocar nos seus seios doloridos, no seu ventre ainda liso, e Mathilde a traíra. Não, Selma não iria ouvir, nem que tivesse de enfiar alcatrão nos ouvidos. A cunhada tinha agido por inveja. Podia tê-la ajudado a fugir, a matar o feto, a casar com Alain Crozières, podia ter posto em prática todos os belos discursos sobre a libertação das mulheres e o direito de amar. Mas não, tinha preferido deixar que a lei dos homens se erguesse entre elas. Mathilde a denunciara, e ao irmão não ocorrera nada melhor para resolver o problema do que apelar para os antigos métodos. *Vai ver, não suportava a ideia de eu ser feliz*, pensou Selma, *mais feliz do que ela e mais bem-casada.*

Quando não estava trancada no quarto, Selma ficava junto das crianças ou de Mouilala, inviabilizando qualquer conversa pessoal, torturando Mathilde, que ansiava por se fazer perdoar. Corria atrás da moça quando a via sozinha no jardim. Certa vez, agarrou-lhe as costas da camisa e por pouco não a estrangulou.

— Deixe-me explicar. Por favor, pare de me evitar.

Selma, no entanto, se virou bruscamente e começou a estapear Mathilde com as mãos, a enchê-la de pontapés. Tamo ouviu os gritos das duas mulheres, que se engalfinhavam feito crianças, e não ousou se meter. *Vão dar um jeito de dizer que a culpa foi minha*, pensou, fechando a cortina. Mathilde protegia o rosto e implorava a Selma:

— Seja um pouco razoável. De qualquer forma, o seu lindo aviador fugiu assim que soube do bebê. Você devia agradecer por a termos livrado da vergonha.

À noite, enquanto Amine roncava ao lado, Mathilde repensou o que tinha dito. Será que acreditava mesmo nisso? Será que se tornara esse tipo de mulher? Do tipo que incita as outras a serem razoáveis, a desistirem, que coloca a honra acima da felicidade? *No fundo*, pensou, *não havia nada que eu pudesse fazer*. E repetiu isso para si mesma de novo e de novo, não para se lamentar, mas para se convencer da própria impotência e atenuar a culpa. Perguntou-se o que Murad e Selma estariam fazendo naquele momento. Imaginou o corpo nu do ajudante de ordens, as mãos nos quadris da jovem, a boca desdentada nos lábios dela. Figurou o enlace entre eles com tanto realismo que precisou se conter para não berrar, não empurrar o marido para fora da cama, não chorar pela sina daquela menina que ela havia abandonado. Levantou-se e se pôs a andar pelo corredor para acalmar os nervos. Na cozinha, comeu as sobras de uma Linzer Torte de geleia até se nausear. Depois debruçou-se à janela, certa de que acabaria ouvindo um gemido, um arquejo. Contudo, não ouviu nada senão os ratos correndo pelo tronco da palmeira gigante. Compreendeu, então, que o que a torturava, o que a revoltava, não era tanto o casamento em si ou a moralidade da escolha de Amine, mas aquela cópula contranatural. E teve de admitir que se ela tanto insistia para falar com Selma era menos para lhe pedir perdão e mais para inquiri-la sobre aquele acasalamento infame, monstruoso. Queria saber se a adolescente sentira medo, se sentira nojo quando o sexo do marido a penetrara. Se tinha fechado os olhos e pensado no aviador para esquecer a feiura e a velhice do soldado.

*

Um dia de manhã, uma picape estacionou no pátio e dois garotos descarregaram uma cama de casal de madeira. O mais velho não tinha ainda 18 anos. Vestia uma calça que lhe batia nas canelas e um boné de pano desbotado de sol. O outro era ainda mais moço, e o rosto de bebê contrastava com o corpo massudo e musculoso. Manteve-se um pouco afastado, aguardando as ordens do colega. Murad apontou para o barracão, mas o garoto do boné deu de ombros.

— Não vai passar — disse, indicando a porta.

Murad, que havia comprado o móvel num dos melhores artesãos da cidade, enfezou-se. Não estava ali para discutir, mandou que inclinassem a cama de lado e a fizessem deslizar pelo chão. Eles passaram mais de uma hora empurrando, carregando, virando a cama. Machucaram as mãos e as costas. Testa molhada de suor, rosto escarlate, os dois garotos riam da teimosia de Murad.

— Seja razoável, homem! Quando não vai, não vai! — disse o mais moço num tom insolente que desagradou ao capataz.

Exausto, o adolescente se sentou no colchão e piscou o olho para o colega:

— Quem não vai gostar é a madame. Bonita cama para uma casa tão pequena.

Murad fitou os garotos, que saltitavam sobre o leito e davam risada. Sentiu-se tolo, tolo de doer. Quando a vira na loja da almedina, lhe parecera perfeita. Ele então pensara em Amine e imaginara que o patrão teria orgulho dele. Que iria, enfim, respeitá-lo, achar que um homem capaz de comprar uma cama dessas era o melhor dos maridos para a irmã. *Sou um idiota*, repetiu consigo, e, não tivesse se contido, teria esmurrado os adolescentes e destruído o leito a machadadas ali mesmo, ao pé da grande palmeira. Mas ficou olhando a picape desaparecer numa nuvem de poeira, o coração repleto de um calmo desespero.

Durante dois dias, a cama ficou ali e ninguém perguntou nada. Nem Amine nem Mathilde, que estavam tão sem graça, tão envergonhados, que agiram como se o lugar dela fosse mesmo ali, no meio do pátio arenoso. Até que, uma manhã, Murad pediu o dia de folga e Amine consentiu. O capataz pegou uma marreta, derrubou a parede do barracão que era voltada para os campos e fez passar a cama pelo rombo. Arranjou tijolos, cimento e tratou de ampliar o cômodo em que agora vivia com Selma. Passou o dia todo, e até tarde da noite, levantando uma parede nova. Pretendia instalar um banheiro para a esposa, que até então se lavava no sanitário externo. Tamo se ergueu na ponta dos pés para observar, pela janela, o capataz trabalhar.

— Deixe de ser bisbilhoteira. Vá cuidar da sua vida — disse-lhe a alsaciana.

Quando a casa ficou pronta, Murad sentiu-se orgulhoso, mas não alterou em nada seus hábitos. Ao chegar a noite, deixou a cama de casal para Selma e deitou-se no chão.

Para encontrar Omar, era preciso seguir o cheiro de sangue. Amine pensava dessa forma e, naquele verão de 1955, sangue não faltava. Escorria nas cidades, onde proliferavam assassinatos em plena rua e corpos eram estraçalhados por bombas. O sangue se espalhava pelo campo, onde queimavam-se as colheitas e se espancavam os patrões até a morte. Nesses assassinatos se misturavam a política e as vinganças pessoais. Matava-se em nome de Deus, da pátria, para extinguir uma dívida, para se vingar de uma humilhação ou de uma mulher adúltera. Em resposta aos colonos degolados vinham as *ratonnades* e as torturas. De tanto mudar de lado, o medo reinava em toda parte.

Cada vez que ocorria um atentado, Amine se perguntava: será que Omar morreu? Será que Omar matou? Pensou nisso quando um industrial foi assassinado em Casablanca, quando um soldado francês morreu em Rabat, quando um idoso marroquino pereceu em Berkane, quando, em Marrakech, um oficial dos Assuntos Urbanos foi alvo de um ataque. Pensou em Omar quando, dois dias após o assassinato do proprietário de jornal moderado Jacques Lemaigre Dubreuil pelo contraterrorismo, ouviu no rádio o pronunciamento do residente-geral Francis Lacoste. "A violência, todas as formas de violência, causa-nos horror e é igualmente desprezível." Dias depois, Francis Lacoste foi substituído por Gilbert Grandval, que aterrissou num país no auge da tensão. Num primeiro momento, Grandval suscitou a esperança de que o terrorismo chegasse ao fim, de que um diálogo se restabelecesse entre as comunidades. Ele anulou algumas condenações e medidas de expulsão. Confrontou os membros mais extremistas da comunidade francesa. Em 14 de julho, porém, o atentado de Mers Sultan, em Casablanca, jogou essas esperanças por terra. Mulheres de luto, um véu negro sobre o rosto, recusaram-se a apertar a mão do representante francês. "Não temos nada que nos vincule à metrópole e ainda vamos perder o que levamos anos para construir, o país em que criamos nossos filhos." Europeus arremeteram à almedina da Cidade Branca, arrancando ao passar as bandeiras tricolores que enfeitavam as ruas por ocasião da festa nacional. Cometeram saques, incêndios, atrocidades de todo tipo, às vezes com o incentivo da polícia. Uma vala de sangue corria agora entre as comunidades.

Na noite de 24 de julho de 1955, Omar reapareceu. Chegou a Meknés escondido na traseira de um carro dirigido por um casablanquense de apenas 18 anos. Estacionaram ao pé da almedina, num beco com eflúvios de urina no ar, e, fumando, esperaram o raiar do dia. O cortejo de Gilbert Grandval atravessaria a praça El Hedim por volta das nove horas da manhã, e Omar e os companheiros dele faziam questão de recebê-lo. Traziam escondidos no porta-malas do carro sacos cheios de lixo, dois revólveres e algumas facas. Amanheceu e as tropas da guarnição apareceram na praça, empertigadas em uniformes de gala. Prestariam honras à passagem do cortejo e escoltariam o residente-geral até a porta El Mansur, onde lhe seriam servidos leite e tâmaras. Mulheres postaram-se próximo às barreiras. Agitavam sem entusiasmo bonecas em forma de cruz com um pedaço de pano, à guisa de vestido, e um pequeno buquê de flores. Tinham ganhado umas moedas em troca de estarem presentes, e riam entre elas. Apesar da alegria, bem se via que o fervor era fictício, que seus "Viva a França" não passavam de pífia encenação. Portadores de deficiências a quem faltava um braço ou uma perna procuravam postar-se o mais perto possível da passagem do cortejo, na esperança de poder exibir sua triste sina a uma França que os esquecera. Aos policiais que os rechaçavam, descreviam sua folha de serviço. "Combatemos pela França e estamos na miséria."

Ao amanhecer, grupos especiais de proteção começaram a montar barreiras em frente às portas da cidade velha. Entretanto, foram rapidamente sobrepujados pela multidão, que surgia de todos os cantos. Um caminhão estacionou na praça El Hedim e os policiais, aterrorizados, ordenaram aos passageiros que descessem e jogassem no chão as bandeiras marroquinas que agitavam. Eles se recusaram e começaram a chutar a traseira do caminhão, que balançou, e o barulho eletrizou a multidão. Garotos e velhos, camponeses vindos das montanhas, burgueses e comerciantes se aglomeravam ao redor da praça. Portavam bandeiras, fotografias do sultão e bradavam: "Youssef! Youssef!" Alguns empunhavam pedaços de pau e outros, facas de açougueiro. Próximo à tribuna de onde o residente-geral iria proferir um discurso, dignitários inquietos transpiravam em suas djelabas brancas.

Omar fez um sinal para os companheiros e eles saltaram do carro. Caminharam até a multidão e se fundiram naquele enxame de gente cujo nervosismo não parava de crescer. Atrás deles, mulheres de rostos velados tinham se içado sobre uns cavaletes e bradavam "Independência!". Omar cerrou o punho, pôs-se a gritar e entregou os sacos cheios de lixo aos homens que o cercavam. Jogaram cascas de laranja, frutas podres, fezes secas na cara dos policiais. A voz de Omar, grave e vibrante, atiçava os companheiros. Ele batia os pés, cuspia, e sua fúria se espalhava em volta, inflando de coragem os peitos adolescentes e as costas curvadas dos velhos. Um garoto que não tinha mais de 15 anos, vestido com uma simples camiseta de baixo branca e calças que lhe deixavam à mostra as canelas sem pelos, tomou impulso e atirou umas pedras nos guardas da segurança. Os outros manifestantes o imitaram e apedrejaram os policiais. Só se ouvia o som dos pedregulhos se espatifando no pavimento e os berros dos policiais que, em francês, apelavam à calma. Um deles, com a arcada superciliar sangrando, pegou na metralhadora. Atirou para o alto e, em seguida, com o maxilar contraído e o olhar cheio de terror, apontou para a multidão e atirou outra vez. Caiu, aos pés de Omar, o jovem casablanquense. Apesar da confusão, da correria desabalada, do choro das mulheres, os camaradas se juntaram em torno do ferido e um deles tentou desvencilhá-lo.

— Há ambulâncias a caminho. Temos que ir até os tampões de segurança.*

Omar, porém, o deteve com um gesto imperioso.

— Não.

Já habituados à frieza do líder, os rapazes se entreolharam. Omar tinha o semblante sereno. Exibia um sorriso satisfeito. As coisas estavam se passando exatamente como o desejado, e essa desordem, essa confusão, era o melhor que podia acontecer.

— Se o levarmos ao hospital e ele sobreviver, vão torturá-lo. Vão ameaçar mandá-lo para Darkoum ou outro centro de detenção qualquer, e ele vai falar. Nada de ambulância.

---

* Dispositivo implementado durante as manifestações que visava à evacuação dos feridos por ambulância. [N. da A.]

Omar se abaixou e, com os braços magros, ergueu o ferido, que urrava de dor.

— Corram!

Na debandada, Omar perdeu os óculos, e lhe ocorreria mais tarde que graças a essa cegueira é que conseguira atravessar a multidão, se esquivar das balas e chegar à porta da almedina para se embrenhar nas ruelas. Não procurou saber se os companheiros vinham atrás, não consolou o ferido que chamava pela mãe e implorava a Alá. Também não viu, ao deixar a praça, as centenas de babuchas abandonadas que atulhavam esse espaço da infância dele, os tarbuches manchados de sangue, os homens que choravam.

Nas ruas do Berrima, foi recebido pelo ulular das mulheres, que haviam se agrupado nos terraços. Teve a impressão de que o incentivavam, que o guiavam para a casa da mãe e, feito um sonâmbulo, chegou em frente à antiga porta cravejada e bateu. Um velho veio abrir. Ele o empurrou, entrou no pátio interno e, fechando a porta atrás de si, perguntou:

— Quem é você?

— E você, quem é? — retrucou o idoso.

— Esta é a casa da minha mãe. Onde estão todos?

— Foram embora. Já faz semanas. Estou guardando a casa enquanto isso. — O vigia lançou um olhar preocupado para o corpo que Omar carregava às costas e acrescentou: — Não quero confusão.

Omar estendeu o ferido sobre um sofá úmido. Aproximou bem o rosto e encostou o ouvido na boca do jovem. Estava respirando.

— Dê uma olhada nele — ordenou Omar, que subiu a escada engatinhando, mãos espalmadas nos degraus.

Não enxergava mais do que formas indistintas, halos de luz, movimentos inquietantes. Sentiu cheiro de fumaça e compreendeu que havia casas queimando por toda parte, que tinham ateado fogo nas lojas dos traidores, que a cidade inteira se sublevava. Escutou o rugido de um avião sobrevoando a almedina e, ao longe, o som dos tiros. Exultou ao pensar que lá fora os homens seguiam lutando e que a França, na pessoa de Gilbert Grandval, devia estar tremendo frente a esse desastre. No fim da manhã, os *goumiers* fardados e a polícia de choque tinham isolado inteiramente a almedina da cidade nova. Próximo ao Camp Poublan, três tanques se posicionaram, os canhões apontados para a cidade autóctone.

Quando Omar voltou, o garoto tinha desmaiado. O velho vigia estava junto dele, fungando e dando tapas na testa. Omar mandou que ele ficasse quieto, e o ancião, tal como os gatos antigamente, atravessou o pátio e foi se esconder no antigo quarto de Mouilala. Omar passou a tarde inteira sentado no pátio quentíssimo. Vez ou outra massageava as têmporas e arregalava os olhos de coruja, como a esperar que lhe fosse devolvida a visão. Não podia correr o risco de sair e ser detido pelos policiais que esquadrinhavam as ruelas da almedina, esmurravam as portas das casas, ameaçavam os moradores de entrar à força e depredar tudo. Jipes cruzavam as ruas para evacuar os europeus que ainda residiam na cidade velha e levá-los para a área das feiras ou ao Hôtel de Bordeaux, requisitado para a circunstância.

Ao fim de algumas horas Omar caiu no sono. O velho, que se sobressaltava ao menor ruído, começou a rezar. Olhou para Omar e pensou que só tendo um coração muito frio, só sendo desprovido de moral e sentimentos para conseguir dormir numa situação dessas. À noite, o ferido se agitou. O vigia se aproximou, segurou-lhe a mão e tentou entender o que o garoto murmurava. Era um simples camponês, um pobre matuto que havia fugido da pobreza das montanhas para as favelas de Casablanca. Durante meses tentara se empregar numa das construções de que ouvira dizer maravilhas. Ninguém quis contratá-lo e ele se fora, como outros milhares de camponeses, remoer a frustração nas pedreiras, na periferia da Cidade Branca, demasiado pobre e envergonhado para cogitar um retorno ao lar. Foi ali, entre os barracos de zinco, nesses bairros em que moleques órfãos defecavam no chão e morriam de angina, que um recrutador o encontrou. Deve ter visto o ódio e o desespero nos olhos do garoto e calculado que ali estava um bom recruta. Subjugado pela febre e por uma dor intensa, o rapaz pedia que avisassem sua mãe.

De manhãzinha, Omar chamou o vigia.

— Vá buscar um médico. Se a polícia perguntar aonde vai, diga que há uma mulher em trabalho de parto, que é muito urgente. Ande logo. Vá num pé e volte no outro, entendeu?

Deu um dinheiro para o velho, que, feliz por escapulir daquela casa maldita, saiu desabalado para a rua.

Duas horas depois, Dragan entrou na casa. Não fizera perguntas ao velho, limitando-se a segui-lo, trazendo na mão sua velha maleta de couro. O médico não esperava ver Omar, e fez um gesto de recuo quando o jovem esticou o corpo comprido.

— Temos um ferido.

Dragan o seguiu e se debruçou sobre o adolescente, cuja respiração estava mais fraca. O irmão de Amine, atrás dele, estava irrequieto. Sem os óculos, via-se melhor o rosto de menino, as feições finas e cansadas. Tinha o cabelo grudado de suor e o pescoço coberto de sangue seco. Fedia.

Dragan remexeu a maleta. Pediu ao velho que o ajudasse, e o vigia pôs água para ferver e limpou os instrumentos. O médico desinfetou a lesão, fez uma espécie de curativo no braço ferido e administrou um calmante no rapaz. Enquanto o atendia, conversava gentilmente com ele, afagava-lhe a testa, procurava acalmá-lo.

Dragan estava suturando o ferimento quando os companheiros de Omar entraram na casa. O vigia, ao ver a deferência com que tratavam o líder, se fez bruscamente obsequioso. Alvoroçou-se, correu para a cozinha e cuidou de fazer um chá para os combatentes da resistência. Por duas vezes maldisse os franceses, tratou os cristãos de infiéis e, quando cruzou o olhar com o de Dragan, este deu de ombros para indicar que não tinha nada com o assunto.

O médico foi até Omar para se despedir.

— É preciso estar atento à ferida e desinfetá-la regularmente. Posso voltar hoje à noite, se quiser, e trazer uma bandagem limpa e remédios para a febre.

— É muita gentileza sua, mas à noite não estaremos mais aqui — respondeu Omar.

— Seu irmão andou preocupado por sua causa. Procurou por você. Havia um rumor de que você estaria preso.

— Ora, presos todos nós estamos. Não podemos dizer que somos livres enquanto vivermos num país colonizado.

Dragan não soube o que responder. Apertou a mão de Omar e saiu. Caminhou pelas ruas desertas da almedina, e os raros rostos com que cruzou estavam marcados de luto e pesar. Elevou-se a voz de um muezim. Quatro garotos tinham sido enterrados naquela manhã. De madrugada, policiais franceses haviam instalado um cordão de isolamento, e sob proteção o cortejo seguira para a mesquita, em clima de calma e recolhimento. Omar, ao acompanhar Dragan até a porta, se propusera a pagar pela consulta, mas o médico recusara secamente. *Ele é cruel*, pensou, enquanto voltava para casa. O irmão de Amine lhe lembrava certos homens que encontrara, outrora, nos caminhos do exílio. Homens cheios de belas palavras, homens inflados de ideal, que, à força de belos discursos, tinham esgotado em si mesmos toda e qualquer humanidade.

Dragan deu o dia de folga para o motorista. Sentou-se ao volante do carro e seguiu, de janelas abertas, para a fazenda dos Belhaj. O céu tinha um tom de azul suave e o calor estava tão pesado que parecia que um campo podia se incendiar a qualquer momento. Dragan abriu a boca e aspirou o vento quente, o vento ruim que aqueceu-lhe o peito e o fez tossir. Mesclavam-se no ar um cheiro de loureiro e de percevejos esmagados. Como sempre nos momentos de melancolia, pensou nas árvores e nas laranjas maduras e suculentas que um dia haveriam de rolar em mesas tchecas e húngaras, como se ele houvesse enviado um pedaço de sol para aquelas terras noturnas.

Chegando à colina, sentiu-se quase culpado por trazer aquelas tristes notícias. Não era desses que acreditavam no mito do bom rural, povoado por camponeses berberes alegres e pacatos. No entanto, sabia que reinava ali, apesar de tudo, uma espécie de paz, uma harmonia, de que Amine e Mathilde queriam ser os guardiões. Não ignorava que eles se mantinham deliberadamente à margem do furor da cidade; que deixavam o rádio desligado e usavam os jornais para embrulhar ovos frescos e fazer chapeuzinhos ou aviões para Selim. Estacionou o carro e avistou, ao longe, Amine voltando apressado para casa. Aïcha, no jardim, trepava numa árvore e Selma estava sentada no balanço que Amine instalara na "limoranja". Alguém molhara as lajotas de cimento candentes e uma nuvem de vapor se erguia do chão. Ouviam-se os pássaros esvoaçando nas folhagens, e Dragan sentiu os olhos se encherem de lágrimas ante a indiferença da natureza pela estupidez dos homens. *Eles vão matar a si mesmos*, pensou, *e as borboletas vão seguir voando.*

Mathilde o recebeu com uma alegria que fez o coração de Dragan se apertar um pouco mais. Ela quis levá-lo até o dispensário, mostrar os progressos que fizera na arrumação dos instrumentos e dos remédios. Pediu notícias de Corinne, que estava veraneando na casa que eles tinham na praia e de quem sentia falta. Convidou-o para almoçar e se desculpou, o rosto e o pescoço se cobrindo de manchas vermelhas, pois planejara servir somente pão e café com leite.

— É ridículo, mas as crianças gostam.

Dragan, temendo que alguém ouvisse, sussurrou que tinha um assunto sério a tratar e seria melhor irem para o escritório. Sentou-se em frente a Amine e Mathilde e, com voz neutra, relatou os acontecimentos do dia anterior. Amine se remexia na cadeira, olhava para fora como se algum assunto urgente esperasse por ele. Parecia dizer: "O que eu tenho a ver com isso?" Assim que Dragan pronunciou o nome de Omar, o casal se imobilizou numa mesma atenção, num igual recolhimento. Nenhuma vez trocaram olhares entre si, mas Dragan notou que seguravam a mão um do outro. Naquele momento, não estavam em campos opostos. Não se alegravam com a desgraça do outro. Não esperavam um chorar ou exultar para cair em cima e cobri-lo de críticas. Não. Naquele instante, pertenciam ambos a um campo que não existia, em que se mesclavam de forma parelha — e portanto estranha — tolerância para com a violência e compaixão por assassinos e assassinados. Todos os sentimentos que brotavam dentro deles lhes soavam como traição e, sendo assim, preferiam calá-los. Eram a um tempo vítimas e carrascos, parceiros e adversários, dois seres híbridos incapazes de dar nome à lealdade. Eram dois excomungados que já não podiam rezar em igreja alguma, que tinham um deus secreto, privado, do qual ignoravam até o nome.

IX

A Eid al-Adha cairia dia 30 de julho. Tanto na cidade quanto no campo, temia-se que a festa desse pretexto para excessos, que a celebração do sacrifício de Abraão degenerasse em massacre. A Residência Geral deu rigorosas instruções aos militares estacionados em Meknés e aos funcionários, os quais ficaram furiosos por não poder viajar para a metrópole no verão. Nos arredores da fazenda, muitos colonos deixaram as respectivas propriedades. Roger Mariani partiu para Cabo Negro, onde possuía uma casa.

Uma semana antes da festa, Amine comprou um carneiro, que foi amarrado ao salgueiro-chorão e alimentado com palha por Murad. Da alta janela da sala, Aïcha e o irmão observavam o animal, a lã amarelada, os olhos tristes, os cornos ameaçadores. O menino queria fazer carinho no bicho, porém a irmã o impediu. "O papai comprou para nós", repetia ele, e Aïcha, num irreprimível acesso de crueldade, descreveu com profusão de detalhes o que iria acontecer com o animal. Não deixaram que as crianças olhassem quando o açougueiro degolou o bicho, cujo sangue espirrou e se espalhou, aos borbulhões, na grama do jardim. Tamo foi buscar uma bacia e limpou a relva vermelha, agradecendo a Deus por sua generosidade.

Mulheres se puseram a ulular, e um empregado esquartejou o animal no chão. A pele foi pendurada na porteira. Tamo e as irmãs acenderam, no quintal dos fundos, grandes fogueiras para assar a carne. Da janela da cozinha se viam fagulhas esvoaçando, se ouviam mãos mergulhando nas entranhas do bicho e fazendo um ruído de esponja empapada de água, um ruído de sucção e mucosas.

Numa grande tina de metal, Mathilde recolheu o coração, os pulmões e o fígado. Chamou Aïcha e aproximou o rosto da menina do coração arroxeado.

— Veja, é exatamente como no livro. O sangue passa por aqui. — Mathilde enfiou o dedo na artéria aorta e, em seguida, denominou os dois ventrículos, a aurícula e então concluiu: — Isso eu não lembro como se chama, esqueci. — Depois pegou os pulmões, sob o olhar escandalizado das empregadas, que achavam aquela cena indigna e sacrílega. Mathilde colocou as duas bolsas cinzentas e viscosas debaixo da torneira e ficou observando enquanto se enchiam de água. Selim bateu palmas e ela lhe deu um beijo na testa. — Imagine que é ar, em vez de água. Está vendo, meu amor, é assim que se respira.

Três dias depois da festa, homens do exército de libertação irromperam no aduar, no meio da noite, rostos camuflados por máscaras pretas. Ordenaram a Ito e Ba Milud que lhes dessem de comer e lhes arranjassem gasolina. E foram embora ao amanhecer, prometendo que a vitória estava próxima e os tempos de espoliação tinham ficado para trás.

★

Mathilde, nessa época, achava que os filhos eram muito pequenos para entender o que se passava, e se não explicou nada para eles não foi por indiferença nem por excesso de autoridade. Estava convencida de que, houvesse o que houvesse, as crianças viviam numa bolha de inocência que os adultos não tinham como romper. Mathilde julgava entender a filha melhor que ninguém, ler na alma da menina como se contempla uma linda paisagem através da janela. Tratava Aïcha como uma amiga, uma cúmplice, contava-lhe coisas que não eram para a idade dela e se tranquilizava pensando: *Se ela não entende, não vai lhe fazer mal.*

E Aïcha, de fato, não entendia. O mundo dos adultos era, a seu ver, nebuloso, indistinto, como o campo ao alvorecer ou no fim da tarde, nessas horas em que se esvanecem os contornos das coisas. Os pais falavam na frente dela, e Aïcha captava fiapos dessas conversas em que eles abaixavam a voz para pronunciar a palavra "assassinato" ou "desaparecimento". Aïcha, às vezes, matutava em silêncio. Perguntava-se por que Selma não dormia mais com ela. Por que as camponesas se deixavam arrastar para o capim alto pelos lavradores de mãos rachadas e pescoço vermelho de sol. Suspeitava que existia algo chamado desgraça e que os homens eram capazes de crueldade. E buscava explicações na natureza que a cercava.

Naquele verão ela reencontrou sua vida de bichinha do mato, a vida sem horários e sem restrições. Explorou o mundo da colina, que era, para ela, como uma ilha no meio da planície. Havia, às vezes, outras crianças, meninos da idade dela que carregavam nos braços cordeiros sujos e assustados. Andavam sem camisa pelos campos e tinham a pele bronzeada, os pelos da nuca e dos braços dourados de sol. Fios de suor riscavam, nos peitos empoeirados, sulcos um pouco mais claros. Aïcha ficou perturbada quando esses pastores vieram ao encontro dela e perguntaram se não queria acariciar os animais. Não conseguia tirar os olhos dos ombros musculosos, dos tornozelos grossos, e via neles os homens que viriam a ser. Por enquanto, eram crianças como ela, flutuavam numa espécie de estado de graça, mas Aïcha percebia, sem ter exatamente consciência disso, que já estavam sendo alcançados pela vida adulta. Que o trabalho, a pobreza, envelheciam aqueles corpos mais rapidamente do que o dela crescia.

Diariamente ela seguia, sob as árvores, a procissão dos lavradores, cujos gestos imitava, cujo trabalho tentava não perturbar. Ajudou-os a confeccionar um espantalho com palha fresca e roupas velhas de Amine. Pendurou nas árvores frutíferas pequenos espelhos partidos que espantavam os pássaros. Podia ficar horas observando o ninho da coruja no abacateiro ou uma toca de toupeira no fundo do jardim. Era paciente e silenciosa, aprendeu a apanhar camaleões e lagartos, que escondia numa caixa, e depois levantava a tampa bem depressa para olhar a presa. Certa manhã, encontrou numa trilha um minúsculo embrião de pássaro, não maior que o dedo mindinho dela. O bicho, que nem era propriamente um bicho, tinha bico, garras, um esqueleto tão pequeno que era quase irreal. Aïcha se deitou, o rosto apoiado na terra, e observou o trabalho das formigas que corriam sobre o cadáver. Pensou: *Não é porque são pequenas que não são cruéis.* Queria poder interrogar a terra, pedir-lhe que falasse sobre tudo que tinha visto, os que haviam vivido ali antes dela, os que haviam morrido e ela não conhecera.

Justamente porque se sentia livre, Aïcha quis descobrir os limites da propriedade. Ela nunca soubera ao certo até onde podia avançar, até onde iam as terras deles e onde começava o mundo dos outros. Suas forças levavam-na cada dia mais longe, e ela às vezes achava que iria topar com um muro, uma grade, uma falésia, qualquer coisa que a fizesse dizer: "É aqui que termina. Não se pode ir adiante." Certa tarde, foi além do galpão onde guardavam o trator. Atravessou as

plantações de marmeleiros e oliveiras, abriu caminho entre as altas hastes de girassóis queimados pelo sol. Desembocou num terreno repleto de urtigas que lhe batiam na cintura, e ali avistou uma mureta de um metro de altura. Era pintada a cal e formava um pequeno recinto tomado de ervas daninhas. Aïcha já tinha ido até ali. Muito tempo atrás. Ainda era bem pequena e segurava a mão de Mathilde, que colhera umas flores cheias de mosquitos. A mãe então lhe mostrara o muro e dissera: "É aqui que vamos ser enterrados, seu pai e eu." Aïcha se acercou do local. Uns cactos cobertos de figos-da-
-índia espalhavam um cheiro de mel, e ela se deitou no chão, no lugar onde imaginava que seria sepultado o corpo da mãe. Seria possível que Mathilde, um dia, ficasse muito velha, tão velha e enrugada quanto Mouilala? Tapou os olhos com o braço para proteger o rosto do sol e sonhou com as pranchas de anatomia que Dragan lhes dera de presente. Tinha decorado o nome de alguns ossos em húngaro: *combcsont* era o fêmur, *gerinc* era a coluna vertebral e *kulcscsont* era a clavícula.

★

Uma noite, durante o jantar, Amine anunciou que iriam passar dois dias à beira-mar, na praia de Mehdia. O destino em si não tinha nada de surpreendente, uma vez que era a praia mais próxima de Meknés e ficava a menos de três horas de carro. Amine, porém, sempre fizera pouco dos lazeres com que Mathilde tanto sonhava. Piqueniques, passeios na floresta, excursões nas montanhas. Dos que gostavam de se divertir, dizia que eram preguiçosos, vadios, imprestáveis. Se tinha organizado essa viagem fora, talvez, por insistência de Dragan, que tinha uma casa de veraneio nessa praia e, eterno cúmplice de Mathilde, notava lampejos de inveja em seus olhos sempre que ele falava em férias. Uma inveja que não era azeda nem hostil, apenas triste, como uma criança vendo outra abraçar um brinquedo que já se conformou em nunca possuir. Ou Amine talvez fora movido por sentimentos mais profundos, por um desejo de se fazer perdoar, ou de dar alegria a essa mulher que ele via definhar um pouco na colina, naquele universo em que só reinava o trabalho.

Entraram no carro ao amanhecer. O céu estava cor-de-rosa e era a hora em que as flores que Mathilde mandara plantar à entrada da fazenda exalavam seu perfume. Amine apressou as crianças, queria aproveitar o frescor da manhã para pegar a estrada. Selma ficou na fazenda. Não saiu da cama para se despedir deles e Mathilde achou melhor assim. Não teria sustentado o olhar da jovem. Selim e Aïcha se sentaram no banco de trás. Mathilde usava seu chapéu de ráfia e levava, num cesto grande, duas pás pequenas e um velho balde de limpeza.

Enfrentaram um engarrafamento a poucos quilômetros do mar. Selim tinha enjoado e pairava no carro um cheiro de vômito. Cheiro de leite coalhado e Coca-Cola. Perderam-se em ruas onde passeavam famílias em férias e custaram a encontrar a casa dos Palosi. No terraço, Corinne tomava sol e Dragan, suado e com o rosto vermelho, abusara um pouco da cerveja. Estava alegre e pegou Aïcha no colo. Brincou de fazê-la voar, e essa lembrança, lembrança de leveza naquelas mãos imensas e peludas, seria mais tarde quase tão forte, tão insustentável, quanto a lembrança do mar.

— O quê? — disse o médico. — Você nunca viu o oceano? Vamos dar um jeito nisso.

E foi levando a menina para a areia, mas ela teria preferido que ele não se afobasse tanto. Teria preferido ficar mais um pouco, olhos fechados, naquele terraço banhado de sol, escutando o som inquietante e ensurdecedor do mar. Foi disso que ela gostou primeiro. Foi isso que ela achou bonito. O som igual ao de um sopro num jornal que se enrola em forma de luneta e se encosta no ouvido do outro. Semelhante à respiração de alguém dormindo, feliz e cheio de sonhos. A rebentação das ondas, o suave furor, a que vinham mesclar-se, meio abafados, os risos das crianças brincando, as recomendações das mulheres — "Não chegue muito perto, você pode se afogar!" —, a gritaria dos ambulantes que queimavam os pés na areia vendendo rosca frita e sementes de girassol torradas. Dragan, sempre com Aïcha no colo, foi andando em direção à água. Pôs a menina no chão, que ainda estava com as sandálias de couro bege e se sentou para tirá-las. A água a tocou de leve, e nem por um instante ela sentiu medo. Tentou apanhar com os dedos a espuma que brotava na orla das ondas.

— A espuma — disse Dragan com seu forte sotaque, e parecia orgulhoso por conhecer essa palavra.

Os adultos almoçaram no terraço.

— Um pescador veio hoje de manhã nos oferecer os peixes do dia. Vocês nunca vão comer nada tão fresco.

A empregada, que Corinne trouxera de Meknés, tinha preparado uma salada de tomate e cenouras marinadas, e eles comeram com as mãos as sardinhas grelhadas e uma espécie de peixe branco, comprido como uma enguia, de carne firme e insossa. Mathilde mexia o tempo todo no prato das crianças, esfarelando o peixe com os dedos. Dizia:

— Só faltava eles se engasgarem com uma espinha. Iria estragar tudo.

Mathilde fora, na infância, uma banhista fora de série. Os amigos diziam que ela tinha um corpo feito para isso. Ombros largos, coxas firmes e pele grossa. Mergulhava no Reno mesmo no outono, mesmo quando a primavera não chegava, e saía da água com os lábios roxos, os dedos engelhados. Conseguia prender a respiração por muito tempo e não havia nada que gostasse tanto quanto ficar com a cabeça dentro d'água, aturdir-se de algo que não era silêncio, e sim um assobio das profundezas, uma ausência de agitação humana. Certa vez, ela devia ter uns 14, 15 anos, deixara-se flutuar como um galho velho, o rosto meio imerso na água, por tanto tempo que um amigo acabara mergulhando para socorrê-la. Achou que estivesse morta, pensou em histórias românticas de moças afogadas no rio devido a uma dor de amor. Mathilde, porém, erguera a cabeça, dando risada: "Enganei você!" O garoto ficara furioso. "Minhas calças novinhas! Minha mãe vai brigar comigo!"

Corinne vestiu um maiô e Mathilde foi com ela até a praia. Mais adiante, famílias armavam grandes barracas na areia e ficavam um mês ali acampadas, cozinhando em pequenos *kanuns* de barro, tomando banho nas duchas públicas. Mathilde avançou e, quando a água lhe bateu no peito, sentiu uma felicidade tão intensa que por pouco não correu para dar um abraço em Corinne. Nadou o mais longe que pôde, mergulhou o mais fundo que os pulmões permitiam. Virava-se, vez ou outra, e via a casa dos Palosi ficando cada vez menor, cada vez mais indistinta em meio à fileira de casas de arquitetura idêntica. Sem saber bem por quê, pôs-se a agitar os braços, talvez para acenar para os filhos e dizer "Vejam até onde cheguei".

Selim, em quem tinham posto um chapéu de palha muito grande para ele, cavou na areia um buraco que atraiu a curiosidade das outras crianças.

— Vamos fazer um castelo — disse uma menina.

— Sem esquecer dos fossos! — exclamou um menino a quem faltavam três dentes e que falava ceceando.

Aïcha sentou-se com eles. Como o mar e a areia tornavam as amizades mais fáceis! Seminus, a pele bronzeada de sol, brincavam juntos e não pensavam em nada senão em cavar o mais fundo possível, até alcançar a água e ver formar-se um laguinho ao pé do castelo. Por efeito do vento e da água do mar, o cabelo de Aïcha, em geral desgrenhado e crespo, estava lindamente cacheado, e ela passava as mãos nele. Pensou em pedir à mãe que, na fazenda, jogasse grandes sachês de sais na água do banho.

No fim da tarde, Corinne ajudou Mathilde a banhar as crianças. De pijama, exaustos depois de uma tarde brincando e mergulhando no mar, os pequenos se deitaram no terraço. Aïcha sentiu as pálpebras pesarem, mas o esplendor do espetáculo que se apresentava diante dela a manteve acordada. O céu ficou vermelho, depois rosa, e por fim veio um halo violeta vestir o horizonte, enquanto o sol, incandescente como nunca, descia sobre as águas para em seguida submergir. Passou, na praia, um vendedor de milho assado, e Aïcha aceitou a espiga que Dragan lhe ofereceu. Não tinha fome, e sim vontade de não dizer "não" para nada, de aproveitar tudo o que esse dia tinha para lhe dar. Mordeu a espiga, ficou com uns grãos presos nos dentes, era meio desagradável e ela começou a tossir. Antes de afundar no sono, ainda ouviu a risada do pai, uma risada que nunca tinha ouvido antes, livre de preocupações e de desconfianças.

★

Quando Aïcha acordou no dia seguinte, os adultos ainda dormiam, e ela andou sozinha pelo terraço. Sonhara, à noite, um sonho comprido como a pele das maçãs que Mathilde descascava apertando os lábios, jurando que conseguiria fazer uma longa guirlanda com a casca da fruta. Os Palosi tomaram café da manhã de roupa de banho, o que pareceu chocar Amine.

—Vivemos aqui como uns Crusoés — explicou Dragan, cuja pele leitosa estava cor de cereja. — Em trajes mínimos e comendo o que o mar nos traz.

Ao meio-dia o calor ficou tão forte que se formou, acima da água, uma nuvem de libélulas de corpo vermelho e brilhante, que mergulhavam de bico e logo voltavam a planar. O céu estava branco e a luz, ofuscante. Mathilde levou o guarda-sol e as toalhas para o mais perto possível da água, para desfrutar o frescor do mar e vigiar melhor as crianças, que não se cansavam de brincar nas ondas, afundar as mãos na areia molhada, observar os peixinhos minúsculos roçando-lhes os pés. Amine veio sentar-se ao lado da esposa. Despiu a camisa e depois as calças, sob as quais vestia um calção de banho emprestado por Dragan. Na barriga, nas costas e nas canelas a pele estava pálida, e via-se a marca do bronzeado nos braços nus. Nunca antes oferecera, aparentemente, o corpo despido à carícia do sol.

Amine não sabia nadar. Mouilala sempre tivera medo de água, por isso proibia os filhos de se aproximarem do uádi e até do poço. "A água pode engolir vocês", dizia. No entanto, vendo as crianças mergulharem nas ondas e as mulheres brancas e frágeis ajustarem a touca de banho e nadarem, cabeça reta, na superfície da água, Amine pensou que não devia ser tão complicado. Que não havia por que ele não conseguir, ele que corria mais rápido que a maioria dos camaradas, que montava sem sela, subia em árvores sem apoio, com a exclusiva força dos braços.

Já ia juntar-se aos filhos quando ouviu Mathilde gritar. Uma onda maior que as outras tinha alcançado as toalhas e arrastava as roupas de Amine. Pés dentro d'água, viu as calças flutuando para lá e para cá em cima das ondas. O oceano, tal qual amante ciumenta, caçoava dele e apontava-lhe o dedo para a sua nudez. As crianças desataram a rir, saíram correndo para resgatar as roupas de Amine e ganhar a recompensa que, a seu ver, mereceriam. Mathilde, afinal, recuperou as calças, que torceu com as mãos. Amine lhe disse:

— Temos que ir. Está quase na hora.

As crianças, quando eles chamaram, se recusaram a sair.

— Não — diziam —, não queremos ir embora.

Em pé, parados na areia, Amine e Mathilde ralhavam com elas.

— Agora chega. Saiam da água. Ou vamos ter que ir aí buscá-los?

Os pequenos não lhes deixaram escolha. Mathilde pulou graciosamente no mar e Amine avançou, cauteloso, até a água lhe bater nas axilas. Furioso, a voz gelada de ira, esticou o braço para o filho e o agarrou brutalmente pelo cabelo. Selim deu um grito.

— Nunca mais se atreva a desobedecer a seu pai, entendeu?

Na viagem de volta, Aïcha não conseguiu conter as lágrimas. Fitava o horizonte e se negava a responder à mãe, que tentava, em vão, consolá-la. À beira de uma estrada, viu homens andando com as mãos amarradas, roupas esfarrapadas, homens com o cabelo coberto de poeira, e pensou que decerto tinham sido tirados de uma gruta ou de algum buraco. Mathilde lhe disse:

— Não olhe para eles.

★

Chegaram à fazenda no meio da noite. Mathilde pegou Selim no colo e Amine levou Aïcha, que dormia, para a cama. Quando ia fechando a porta do quarto, a filha lhe perguntou:

— Pai, são só os franceses malvados que são atacados, não é? Os bonzinhos, os lavradores protegem, você não acha?

Amine fez um ar surpreso e sentou-se na beira da cama. Refletiu alguns instantes, cabeça baixa, mãos apertadas diante da boca.

— Não — asseverou com voz firme —, isso não tem nada a ver com bondade ou com justiça. Há homens bons que têm suas fazendas queimadas e canalhas que se safam de tudo. Na guerra não existem bons nem maus, nem justiça.

— Quer dizer que estamos em guerra?

— Não exatamente — disse Amine. E, como se falasse com os próprios botões, acrescentou: — É pior que uma guerra, na verdade. Porque faz tempo que convivemos com nossos inimigos, ou os que deveriam sê-lo. Alguns são nossos amigos, nossos vizinhos, nossa família. Crescemos juntos e, quando olho para eles, não vejo um inimigo a ser abatido, o que eu vejo é uma criança.

— Mas e nós? Estamos do lado dos bonzinhos ou dos malvados?

Aïcha se endireitara na cama e o fitava, preocupada. Ele pensou que não tinha jeito para falar com crianças, que ela decerto não entendia o que ele estava tentando explicar.

— Nós somos como a sua árvore — disse. — Metade limão, metade laranja. Não estamos de lado nenhum.

— E eles vão nos matar também?

— Não, não vai acontecer nada conosco. Prometo. Pode dormir sossegada.

Pegou delicadamente nas orelhas da filha para puxar o rosto junto ao seu e lhe dar um beijo. Fechou a porta de mansinho e, já no corredor, lembrou-se de que os frutos da "limoranja" eram intragáveis. Tinham a polpa seca e um gosto tão amargo que fazia os olhos lacrimejarem. Refletiu que ocorria no mundo dos homens o mesmo que na botânica. Uma espécie acabava dominando a outra, a laranja, um dia, ia se impor sobre o limão, ou vice-versa, e a árvore então voltaria a dar frutos comestíveis.

★

Não, ninguém vai vir aqui nos matar, persuadiu a si mesmo, e tinha a firme intenção de garantir que fosse assim. Durante todo o mês de agosto, dormiu com a espingarda debaixo da cama e pediu a Murad que fizesse o mesmo. O capataz ajudou Amine a instalar um alçapão no armário do quarto conjugal. Tiraram tudo que havia dentro dele, desparafusaram as prateleiras e confeccionaram uma espécie de fundo falso.

— Crianças, venham cá — chamou ele um dia, e Selim e Aïcha surgiram diante dele.

— Entrem aí.

Selim, achando a brincadeira muito divertida, deslizou para baixo do alçapão e a irmã o seguiu. Amine então fechou a tampa e os dois se viram imersos na escuridão. Do esconderijo, ouviam a voz do pai, como que abafada, e os passos dos adultos andando pelo quarto.

— Se acontecer alguma coisa, se estivermos em perigo, é aqui que devem vir se esconder.

Amine ensinou Mathilde a manusear uma granada, para o caso de a fazenda ser atacada na ausência dele. Ela o escutou com uma atenção de soldada, disposta a tudo para proteger seu território. Uns dias antes, um homem aparecera no dispensário. Era um velho lavrador que trabalhava na propriedade desde sempre, até chegara a conhecer o patriarca Kadour Belhaj. Mathilde imaginou que fosse por pudor quando ele pediu para falar com ela do lado de fora, debaixo da grande palmeira. Talvez estivesse doente e não quisesse que ninguém soubesse. Talvez quisesse, como era comum, pedir um adiantamento de salário ou trabalho para algum primo distante. O lavrador falou sobre o tempo, o calor sufocante e sobre o vento seco, que era muito ruim para as colheitas. Perguntou pelas crianças e as cobriu de bênçãos. Depois que se esgotaram as banalidades, pousou a mão no braço de Mathilde e sussurrou:

— Se algum dia eu vier procurá-la, não abra, sobretudo à noite. Mesmo sendo eu, mesmo se eu disser que é urgente, que há alguém doente ou precisando de ajuda, por favor, mantenha a porta fechada. Avise seus filhos, alerte a empregada. Se eu vier, será para matá-la. Porque terei afinal acreditado em quem diz que é preciso matar franceses para alcançar o paraíso.

Naquela noite, Mathilde pegou a espingarda escondida debaixo da cama e foi, descalça, até a grande palmeira. Na penumbra, disparou contra o tronco até esvaziar a munição. No dia seguinte, ao acordar, Amine encontrou os corpos dos ratos encurralados na trepadeira. Quando pediu explicações, Mathilde deu de ombros.

— Não aguentava mais esse barulho. Me dava pesadelos ouvi-los correndo pelas folhas.

No fim do mês, chegou a grande noite. Era uma noite de agosto, silenciosa e bela. Entre os cimos dos ciprestes luzia uma lua alaranjada, e as crianças se deitaram na relva para ver estrelas cadentes. Tinham criado o hábito, por causa do chergui, de jantar no jardim depois de escurecer. Moscas de brilho esverdeado morriam, presas na cera das velas. Dezenas de morcegos voavam de árvore em árvore, e Aïcha colocava as mãos na cabeça por medo de eles virem fazer ninho no cabelo dela.

Foram as mulheres as primeiras a escutar os disparos. Tinham os ouvidos treinados para ouvir o choro dos filhos pequenos, o gemido dos doentes, e se sentaram nas respectivas camas, o peito apertado por um mau pressentimento. Mathilde correu para o quarto das crianças. Pegou no colo os corpos quentes e amolecidos de sono. Apertou Selim junto ao peito:

— Está tudo bem, está tudo bem.

Pediu a Tamo que os escondesse no armário, e Aïcha, ainda meio imersa num sonho, compreendeu que fechavam o alçapão sobre ela e que precisava tranquilizar o irmão. Não era hora para chorar nem desobedecer, e os dois permaneceram quietos. Aïcha pensou na lanterna, a que servia para apanhar os pássaros. Quem dera o pai tivesse lembrado de lhe dar.

Do esconderijo, ouviu os gritos de Tamo, que queria ir até o aduar ver como estavam os pais dela, e os berros de Amine:

— Ninguém sai!

A empregada ficou sentada na cozinha, sobressaltando-se ao menor ruído, chorando com o rosto escondido no braço dobrado.

Houve primeiro um clarão imenso, ao longe, uma explosão violeta, que foi como um rasgo de luz dentro da noite. O incêndio desenhava um outro horizonte, e era como se o dia quisesse nascer em meio às trevas. Ao lampejo azulado sucedeu o laranja das chamas. Pela primeira vez na vida, viam o campo sulcado de luz. Seu mundo já não passava de um braseiro imenso, uma bola crepitante. A paisagem, em geral silenciosa, estava inflada do barulho dos tiros, dos gritos que chegavam até eles misturados com os dos chacais e das corujas.

A alguns quilômetros dali, as primeiras plantações foram incendiadas, os ramos das amendoeiras e dos pessegueiros foram devorados pelo fogo. Parecia que milhares de mulheres tinham se juntado para preparar uma ceia diabólica, e o vento terrível transportava o cheiro de madeira e folhas queimadas. Ao crepitar das chamas se mesclavam os gritos dos lavradores que, nas terras dos colonos, corriam do poço para o estábulo, do poço para as medas de feno que se consumiam. Voavam cinzas e fagulhas, cobrindo o rosto dos camponeses, queimando-lhes as costas, as mãos, mas eles não sentiam nada e se apressavam, baldes de água na mão. Os animais, nos estábulos, morreram queimados vivos. *Nem toda a boa vontade do mundo poderá conter esse massacre*, pensava Amine. *Nada irá detê-los. Ficaremos presos no meio do braseiro. Não tem jeito.*

No meio da noite, um tanque do Exército francês entrou na propriedade. Amine e Murad, que vinham fazendo rondas desde o pôr do sol, declinaram sua identidade de antigos soldados. O militar perguntou se precisavam de ajuda. Amine fitou o enorme veículo, o uniforme do soldado, e a presença de ambos nas terras dele o deixou pouco à vontade. Não queria que os lavradores o vissem de conversa com aquele homem que qualificariam de invasor.

— Não, comandante, está tudo bem. Não estamos precisando de nada. Podem seguir caminho.

O soldado foi embora e Murad se pôs em posição de descanso.

Debaixo do alçapão, Selim chorava. Agarrava-se na irmã, cobria-a de ranho e lágrimas, e ela lhe dizia:

— Cale a boca, seu tonto. Assim os malvados vão ouvir, vão vir nos pegar e nos matar.

Tapou com as mãos a boca do menino, que não parou de se agitar. Ela tentava ouvir os barulhos da casa, a voz da mãe principalmente, pois era com ela que estava preocupada. O que iam fazer com Mathilde se a encontrassem? Selim se acalmou. Descansou o rosto no peito da irmã, surpreso porque o coração dela não estava batendo mais forte e reconfortado, também, por ela parecer não estar com medo. Aïcha recitou uma oração, os lábios colados no ouvido do irmãozinho.

— *Anjo do céu, meu fiel e caridoso guia, concedei-me ser tão dócil às vossas inspirações e orientar tão bem meus próprios passos que em nada me desvie do caminho dos mandamentos do meu Deus. Santa Maria, Mãe de Deus, minha mãe e padroeira, coloco-me sob vossa proteção.*

E adormeceram os dois, como que apaziguados pela imagem desse anjo que os protegia.

Aïcha foi a primeira a acordar. Não sabia quanto tempo dormira. Não se ouvia mais nada lá fora. Parecia que os tiros tinham cessado, que o sossego retornara, e ela se perguntou por que ninguém tinha vindo libertá-los. *E se estivermos sozinhos no mundo?*, pensou. *E se estiverem todos mortos?* Empurrou com as duas mãos a tábua que os comprimia e, uma vez de pé, abriu a porta do armário. Selim estava deitado no fundo e deu um leve gemido quando ela se levantou. O quarto estava escuro. Aïcha, mãos à frente, andou lentamente pelo corredor. Conhecia o lugar de cada móvel e cuidou para não esbarrar em nada, não fazer nenhum barulho que pudesse chamar a atenção. Chegou à cozinha, que também estava vazia, e o coração dela ficou apertado. Moscas batiam as asas sobre restos do jantar. *Eles vieram*, pensou, *pegaram Tamo, os meus pais e até Selma.* A casa, nesse momento, pareceu-lhe imensa e hostil. Viu a si mesma, mãe do irmão, menininha prometida a um destino extraordinário. Contou para si histórias de orfanato e sofrimento que lhe encheram os olhos de lágrimas, fábulas que tanto a aterrorizavam quanto lhe davam coragem. Nisso, ouviu a voz de Selma, distante, sumida. Aïcha se virou, mas não havia ninguém ali. De início, pensou que tinha sonhado e, então, de novo, chegou-lhe a voz da tia. Acercou-se da janela e escutou mais nitidamente o som de uma conversa. *Estão lá em cima*, compreendeu, abrindo a porta, aliviada por eles estarem vivos e furiosa porque tinham se esquecido deles. Subiu, no escuro, a escada que levava ao terraço e avistou, primeiro, a ponta incandescente dos cigarros que Murad e Amine fumavam. Os dois homens estavam sentados lado a lado nos caixotes de amêndoas que os lavradores tinham deixado ali para secar, e as mulheres, em pé, de costas uma para a outra. Mathilde olhava na direção da cidade, de onde se vislumbravam as luzes desde aquele ponto elevado. E Selma contemplava o incêndio.

— Não vai chegar até nós. A colina vai ser poupada, graças a Deus. O vento amainou, não demora cai a tempestade.

Selma abriu os braços, como Cristo na cruz, e disparou a gritar. Gritos roucos, intermináveis, que respondiam aos dos chacais excitados pelo incêndio. Murad jogou fora o cigarro e, com rudeza, puxou a saia da mulher para fazê-la sentar-se.

De pé num degrau da escada, o rosto mal sobressaindo à borda do telhado, Aïcha hesitou em se mostrar. Talvez ralhassem com ela. O pai iria repreendê-la por ter saído à procura deles, por estar sempre se metendo na vida dos adultos, por não saber ficar no lugar dela. Avistou, ao longe, uma nuvem que tinha a forma de um cérebro e, em alguns momentos, parecia se iluminar, se inchar de eletricidade. Selma tinha razão. Ia chover, e eles estariam salvos. As preces não tinham sido em vão, o anjo de Aïcha cumprira as promessas. Galgou a beirada com cuidado e foi devagarinho até Mathilde, que, quando a viu, não disse nada. Apertou a cabeça da filha contra o ventre e voltou o rosto para as chamas que se extinguiam.

Era um mundo desaparecendo diante dos olhos dela. Ardiam, mais adiante, as casas dos colonos. O fogo consumia os trajes de meninas boazinhas, os casacos chiques das mães, os grandes armários no fundo dos quais se guardavam, embrulhados em lençóis, vestidos preciosos usados apenas uma vez. Os livros eram reduzidos a cinzas, bem como as heranças trazidas da França e ostentadas com orgulho na cara dos nativos. Aïcha não conseguia desgrudar os olhos daquela cena. A colina nunca lhe parecera tão bela. Queria gritar, de tão feliz que se sentia. Queria dizer alguma coisa, começar a rir ou a dançar, como as *chouafas* de que a avó lhe falara, que rodopiavam até desmaiar. Mas Aïcha não se moveu. Sentou-se ao lado do pai e apertou as pernas junto ao peito. *Que queimem*, pensou. *Que se vão embora. Que morram.*

Meus agradecimentos vão primeiramente para o meu editor, Jean-Marie Laclavetine, sem o qual este livro jamais teria vindo à luz. A confiança, a amizade e a paixão dele pela literatura me sustentaram a cada página. Agradeço igualmente a Marion Butel, cuja eficiência e gentileza me ajudaram a ter tempo para a escrita. Toda a minha gratidão ao historiador Hassan Aourid, a Karim Boukhari, aos professores Mustapha Bencheikh e Maati Monjib, cujos trabalhos me inspiraram, além do quê, tiveram a amabilidade de me esclarecer sobre a vida no Marrocos nos anos 1950. Obrigada a Jamal Baddou pelas confidências e pela generosidade. Por fim, agradeço do fundo do coração a meu marido, Antoine, que perdoa as minhas ausências, guarda carinhosamente a porta do meu escritório e todos os dias me dá provas de quanto me ama e me apoia.

1ª edição	ABRIL DE 2024
impressão	CROMOSETE
papel de miolo	LUX CREAM 70 G/M²
papel de capa	CARTÃO SUPREMO ALTA ALVURA 250 G/M²
tipografia	PLANTIN MT PRO